# Un asunto sentimental

Jorge Eduardo Benavides

# Un asunto sentimental

# ALFAGUARA

© 2012, Jorge Eduardo Benavides
© De esta edición:
2013, Santillana Ediciones Generales, S. L.
Avenida de los Artesanos, 6. 28760 Tres Cantos, Madrid
Teléfono 91 744 90 60
Telefax 91 744 92 24
www.alfaguara.com

ISBN: 978-84-204-1414-0
Depósito legal: M-2.493-2013
Impreso en Madrid (España)
en el mes de febrero de 2013

Diseño:
Proyecto de Enric Satué

© Cubierta:
Vladimir León

Cualquier forma de reproducción, distribución, comunicación pública
o transformación de esta obra solo puede ser realizada con la autori-
zación de sus titulares, salvo excepción prevista por la ley. Diríjase a
CEDRO (Centro Español de Derechos Reprográficos) si necesita fo-
tocopiar o escanear algún fragmento de esta obra (www.conlicencia.com;
91 702 19 70 / 93 272 04 47).

**PRISA** EDICIONES

*Para Eva, lo único real*

Organizar de tal manera nuestra vida que sea para los otros un misterio, que quien mejor nos conozca solo nos desconozca más de cerca que los otros...

Fragmento 115. *El libro del desasosiego*
FERNANDO PESSOA

La transparencia es el peor engaño del mundo, solía decir mi padre: Uno es las mentiras que dice.

*Los Informantes*
JUAN GABRIEL VÁSQUEZ

Con las mentiras se puede llegar muy lejos. Pero lo que no se puede es volver.

*Proverbio arequipeño*

# Venecia

—Venecia es mucho más que una ciudad, lo sabe todo el mundo, es un estado de ánimo, una leve borrachera feliz de los sentidos, una inexplicable necesidad de amarla y poseerla como a una bella, bellísima mujer, algo siempre inmerecido —me dijo.

Estábamos en la terraza del Hotel Rialto bebiendo una copa de prosecco muy frío, contemplando la niebla casi azul que cubría el Gran Canal, atravesado por *vaporettos* fantasmales y góndolas ahora vacías, como elegantes espectros de otra época. Llevábamos hablando Albert Cremades y yo un par de horas. Desde el principio, cuando intercambiamos unas frases de sincera sorpresa por encontrarnos en aquella ciudad advertí que Cremades vivía atormentado por algo, como si tuviera una reciente herida a la que aún no se acostumbrara. Cuando le pregunté por aquella novela suya que, según acababa de leer en el avión, empezaba a colarse en la lista de las más vendidas, hizo un gesto, se encogió de hombros, cambió discretamente de tema. No lo conocía mucho, a decir verdad: hacía un par de años habíamos coincidido en una cena con Alonso Cueto, porque él trabajaba como jefe de prensa en la editorial donde mi amigo acababa de publicar y en el transcurso de esos dos años nos habíamos visto por casualidad, siempre rodeados de otras personas y también siempre por cuestiones que laboralmente nos atañían de manera periférica. Cremades era un tipo ligeramente rubio, no particularmente alto, de gafas redondas y, pese a la inminente calvicie, poseía un aire de efímera adolescencia, quizá porque era más bien imberbe y su rostro se teñía de rojo con facilidad. Hablaba con una dicción cerrada del Ampurdán y usaba las manos para enfatizar los finales de sus frases, como si ello le diese a sus palabras una cualidad más exacta y certera que no obstante desdecía ese enfoque como de suspicacia permanente, tan propio de los miopes.

Sin embargo, allí en el bar del Rialto, donde yo hojeaba distraídamente *El Corriere della Sera* cuando él se acercó, tardé un poco en reconocerlo. Llevaba unos pantalones de lino crudo, una camisa blanca arremangada y un sombrero color beis. Con franqueza, lo encontré algo inverosímilmente tropical para Venecia, y más en esa época del año. Pero tal vez se debía al hecho de que siempre lo había visto vestido de trajes muy sobrios y corbatas, y ahora seguramente andaba de vacaciones. No obstante, su expresión era menos resuelta, sus gestos más rígidos cuando me invitó a tomar una copa con él allí mismo, en el bar del hotel. Conversamos de conocidos y de libros, de cotilleos sobre editores y agentes, y también de lo mucho que se vendían ahora las novelas de género histórico, sorbiendo de a poquitos un par de gin tonics. Pero Cremades parecía ido, los ojos ofuscados de miope, sin concentrarse del todo en la conversación, salpicando lacónicas y estériles frases que iban a morir a orillas de nuestra charla. Picoteó sin suficiente maledicencia el grano crocante de unos cuantos chismes sobre un escritor que le sentaba como una patada en el culo, especuló sin gracia acerca de una novela inglesa recientemente publicada y solo pareció animarse un poco y abandonar su contenido malestar al mencionarme el Perú, donde había pasado unos meses que en sus ojos chispeaban como gemas. Me detalló aquel viaje que había empezado con una invitación de la Casa de España para unas conferencias y que, sin proponérselo, casi sin darse cuenta, «como salen mejor las cosas», acotó, se había lanzado a conocer Machu Picchu y el Cusco, primero, y luego Arequipa. De aquel periplo, Albert Cremades guardaba una nostalgia casi edénica que a mí se me antojaba un poco empalagosa. Incluso aderezó sus frases con términos típicamente peruanos y divagó sobre la posibilidad de escribir una novela ambientada allí o algo relacionado con el Perú, pero una y otra vez se oscurecía, como si hubiese perdido la fuerza necesaria para mantener aquel entusiasmo tan parco. En fin, yo empezaba a maldecir la casualidad de aquel encuentro y Cremades así pareció advertirlo. Terminó de un trago su segunda copa, llamó al barman, atajó con brusquedad mi gesto de pagar y encargó una botella a la terraza. «Si tu debilidad es el cava, como me confesaste una vez, tienes que probar esto», dijo dirigiéndose a mí.

Cuando decidimos dejar aquel algo decadente y luctuoso bar del hotel y salir a la terraza para dar cuenta del impecable *Opere trevigiane brut* que Cremades había pedido con repentina munificencia, advertí que estaba dispuesto a su confesión, que dentro de sí bullía la necesidad de contarme algo. Algo que debía ser grave quizá, porque de pronto su rostro parecía haberse afilado y ya no mostraba aquel aire tan adolescente. Tenía unos brazos sorprendentemente velludos y se frotaba el reloj como si allí latiese una herida. Luego se volvió hacia mí y me soltó, casi sin venir a cuento, aquella frase contundente sobre Venecia.

—Sí —insistió clavándome una mirada que me sobresaltó—: es como amar a una mujer bellísima.

Serían las tres copas de prosecco que había añadido ya a los tragos del bar, pensé, pero también la decisión con que parecía haberse arrojado a la turbulencia de su confesión inminente. Respiré más tranquilo: se trataba, con toda seguridad, de un desvarío de amor. Es cierto que a los cuarentones el amor —un nuevo amor, fresco, sorpresivo— nos suele coger con la guardia baja y sus oscilaciones nos causan estragos que creíamos ya extraviados en la primera juventud, pero al fin y al cabo, casi siempre nos recuperamos. Lo de Cremades, sin embargo, su forma de aferrar la botella por el cuello como si la estrangulara, su voz repentinamente ronca, su mirada ceñuda siguiendo el avance de una inofensiva góndola, me parecía algo teatral. Pronto, sin embargo, iba a saber que no tenía nada de impostado.

Cada vez que llego a Venecia sigo experimentando el mismo burbujeo en el estómago, la misma excitación de adolescente cuando el avión toma tierra en el aeropuerto Marco Polo y me dirijo a la estación del *vaporetto* que nos lleva a Venecia como mejor se arriba a ella, por mar. Dicen que hay épocas del año en que Venecia huele mal, que el agua estancada de los canales, que la marea y sus ataques arteros... pero también eso es Venecia, con sus *palazzos* de paredes desconchadas y sus callejuelas pintarrajeadas cerca del Cannaregio o en el *sestiere* de Dorsoduro, donde viven muchos venecianos alejados de la vocinglera humanidad que recorre incesantemente el trayecto a la Piazza San Marco, «el salón más hermoso de Europa», como se cuenta que dijo Napoleón —que la despreciaba— al invadir la isla. Si Venecia hubiera sido francesa estaría impecable, llena de farolillos de hierro forjado, coquetas *boutiques* de paredes color pizarra bajo limpios toldos a rayas verdes y blancas. Todo impecable, claro, pero no sería Venecia.

Me gusta pasear por el Dorsoduro y asomarme a sus estrechos callejones que culminan en embarcaderos familiares y recoletos, y cuando voy acudo habitualmente a un restaurante pequeño y encantador en la calle Delle Mende, donde el vino blanco de la región siempre es fresco, profundo y dorado, especialmente el Picolit, del que me gusta llevarme unas botellas de regreso. Procuro ir a comer a restaurantes donde la carta solo esté en el idioma del país y casi nunca me he llevado una sorpresa desagradable. Además en L'Angelo, Gianni, el dueño, siempre me recibe con una sonrisa socarrona, con su ostentoso ademán de cortesía y sus comentarios sobre golf: Gianni es un verdadero apasionado de este deporte y a poco que te descuides se ha quitado el delantal y te está explicando el *swing* de Tiger Woods, tan diferente del de Ernie Els, que es su favorito. Y hace un ficticio golpe realmente impecable, ante la mirada llena de sorna de su mujer, que lo baja de las nubes y lo devuelve brutalmente a la realidad. «Pero Gianni, caro, tú nunca has ido a un campo de golf.» Es cierto: Gianni compra libros, revistas y vídeos de golf, y hasta tiene un hierro siete, me parece, pero nunca ha ido a un campo. Ni le importa. La primera vez que entré al L'Angelo se me acercó porque yo estaba leyendo una revista de golf mientras esperaba un *fritto misto,* anunciado como especialidad de la casa. Me sorprendió lo mucho que sabía no solo de fechas y torneos sino de cuestiones técnicas, así que congeniamos de inmediato. Mas cuando le pregunté qué tan lejos estaba el campo donde iba a jugar, se encogió de hombros. «Yo qué sé. Nunca he ido a jugar», me dijo como si fuera algo obvio. Me quedé frío, pensando oscuramente si aquel italiano sesentón, canoso y barrigudo me estaba tomando el pelo de mala manera. Pero no es así. Gianni simplemente es un loco del golf en una isla llena de canales, supongo que eso condiciona mentalmente. Y no me lo imaginaba en el elitista Circolo Golf Venezia, de Lido.

Esta última vez que llegué a Venecia para quedarme un par de meses a terminar la novela que tenía aparcada hacía ya mucho tiempo, decidí regalarme con una ligera sobremesa conversando con Gianni y la dulce Franca, siempre tan amistosos y tan ávidos de saber todo sobre Madrid o sobre cualquier otra ciudad del mundo, como si hubiesen aceptado una innominable predestinación que les prohibiera salir de Venecia. Y tienen razón: para qué. Yo hace tiempo que vengo aquí y siempre me ronda la idea de instalarme definitivamente, de alquilar un apartamento pequeño y modesto por ejemplo en la Giudecca, donde por las mañanas uno puede ver a los niños bostezando rumbo al colegio, a los oficinistas apurando un café *espresso* o *lungo,* según se hayan levantado aquel día, y escasos turistas más bien decepcionados por esa parsimonia de andar por casa tan (aparentemente) poco veneciana. De tal manera que cuando por intermedio del escritor chileno Carlos Franz me puse en contacto con Luca Tornieri, pintor veneciano que quería pasar unos meses en Madrid, decidí que aquella era la oportunidad que estaba buscando y al cabo de unas cuantas llamadas telefónicas y otros tantos correos electrónicos convinimos en intercambiar nuestras viviendas por una temporada. Él se quedaría en mi departamento en el Madrid de los Austrias, yo me alojaría en su piso en San Polo, el más pequeño de los seis *sestieri* venecianos, pero también, a mi gusto, el más atractivo porque abarca la zona de Rialto, la más antigua de la ciudad.

—¿Entonces... dos meses? —me dijo Luca con su acento tan marcado, como si temiera un súbito arrepentimiento por mi parte.

—Dos meses —le contesté yo.

Así que allí estaba, fumando y charlando con Franca y Gianni, después de cenar frugalmente y pensando si rematar la temprana noche con un café y una copa en el Colleoni o en el bar del Hotel Rialto, más cercano al piso de Luca Tornieri, mi casa por dos largos meses. Cuando llegué, una vecina me estaba esperando en el rellano con una sonrisa y las llaves: «¿*Signore* Jorge Benavides? *Benvenuto*». Luego entró conmigo al piso de Tornieri y me explicó en una atolondrada mezcla de español, dialecto veneciano e italiano algunas cosas básicas sobre el abrir o cerrar el paso del gas, un grifo que goteaba un poco, asuntos domésticos. Al fin se fue, señalando hacia el techo: ella vivía en la planta de arriba y cualquier cosa que necesitara... ya sabía. Dejé las maletas y miré a mi alrededor. Se trataba de un segundo piso pequeño, justo a la espalda de la Scuola di San Rocco. Un apartamento luminoso y muy cuidado, con un esmero de solterón sin complejos que se veía en la calidad de los muebles de diseño, los tonos pastel de las habitaciones, las cortinas alegres sin exagerar, los libros de arte, grandes y lujosos ejemplares en inglés y alemán, junto a viejos volúmenes de Penguin y novelas italianas en estanterías donde de tanto en tanto aparecían algunas fotos en las que se veía a Luca, (esto lo supuse, no nos habíamos visto las caras) junto a una mujer de unos treinta años, sonriendo ambos al objetivo con esa camaradería juguetona y confiada de las parejas antiguas. ☙

Al principio, nada más llegar del aeropuerto y dejar las maletas, miré aquellas fotos casi con vergüenza, como si me estuviera atreviendo a husmear en la intimidad de otra persona, por lo que no reparé del todo en lo que veía. Pero de pronto volví mis ojos hacia una de las instantáneas. Tomé la foto con cuidado y me fijé bien en las facciones de aquella mujer, en las arruguitas que se le formaban al sonreír, el rostro muy junto al de aquel hombre de cabellos largos y barba entrecana que parecía inmensamente feliz a su lado. Me senté con lentitud en el butacón de piel y me serví un whisky. Y estuve largo rato así, quieto, con la copa en la mano, escuchando el rumor remoto de las calles adyacentes que subía por la ventana abierta. Quizá por eso, para sacudirme esa tentativa de nostalgia que atacaba inesperadamente, decidí salir a dar una vuelta y luego al L'Angelo, donde ya había reservado mesa. ☙

Apenas hube salido del piso de Luca, caminé sin rumbo por la ciudad todavía bulliciosa, intentando pensar en la novela, en la rutina que me fijaría para escribir y aprovechar esos meses. Finalmente, en algún momento me perdí —es tan fácil que ocurra en esta ciudad diseñada para perderse— y ofuscado me detuve, cerca de San Geremia, bastante lejos de la casa. Me quedé contemplando el reflejo de la luna en el agua veneciana de un canal silencioso, como si así pudiera asomarme a mis propios pensamientos, como si en aquellas aguas oscuras pudiese encontrar la tranquilidad que tanto buscaba y que de pronto, el simple hecho de contemplar la fotografía de una mujer, de dos personas amándose frente al objetivo de una cámara me hubiera empujado suavemente hacia una leve nostalgia. De una ventana bizantina y esquinada emergía una melodía de moda, pero apenas en un volumen suficiente como para desbaratar esa calma salitrosa que seguramente a dos canales de distancia mañana por la mañana se convertiría en una turbamulta turística, en un peregrinaje insomne que sigue las flechas indicativas, cruza Rialto y desemboca en la Piazza San Marco, empecinadamente ajena a sus visitantes y a su afán por acercarse al Harry's bar, al café Florian, casi siempre ciegos para con sus rincones más recoletos, signados por esa particular nomenclatura catastral que tiene la ciudad: *molo,* campo, *fondamenta, salizzada...* insustituibles y bellas palabras, como si Venecia, además de una ciudad, fuera un sabor que retiene nuestro paladar cuando nos alejamos de ella. Y algo así era lo que me diría Albert Cremades, cuando después de cenar tempranamente en L'Angelo y conversar un rato con Franca y Gianni —y por esos azares inexplicables que tiene la vida— me lo encontré en el bar del Hotel Rialto, donde yo había acudido a tomar una copa antes de regresar a casa. Entonces, luego de charlar ociosamente de esto y de aquello, terminada la botella de prosecco, Cremades se decidió a contarme, a confesarme más bien, a qué había venido a Venecia.

—Salud.

—Salud.

Desperté con un taladro perforándome la cabeza, aturdido aún y con la lengua hecha un trozo de lija, el olor espantoso de la nicotina en la camisa que no me había quitado al tumbarme en la cama, no sabría decir a qué hora. Tardé todavía un momento en acordarme dónde estaba, con esa terrible sensación de congoja y arrepentimiento que suelen producirme los excesos nocturnos, apenado también porque desde la calle ascendía un bullicio alegre que invitaba a salir a comprar pan, a beberse despacio un *espresso doppio* cuyo aroma ya empezaba a antojárseme como un placer inalcanzable. Pero mientras me tomaba dos aspirinas y un largo trago de agua fresca, hube de admitir que en el centro mismo de esa desazón latía un recuerdo calamitoso de frases excesivas, de un dolor y una incomodidad que no me correspondían del todo. De golpe recordé a Cremades, los gin tonics, la botella de prosecco, las últimas copas en una pequeña taberna a la que me llevó después, marchando entusiasta por el laberinto veneciano de canales y callejuelas estrechísimas y consteladas de lamparones húmedos. Allí, en aquella taberna, bebimos algo irresponsablemente más prosecco, sentados a una mesa de madera oscura, mordisqueando desganados unas papas fritas, escuchando el canturreo beodo de unos gondoleros que jugaban a las cartas entre maldiciones y murmullos. Y allí siguió Albert Cremades contándome su historia con una minucia donde creí entrever el cilicio de la expiación: aquella mujer de la que se había enamorado, a quien además esperaba en Venecia para intentar una reconciliación...

Después de una larga ducha que iba disipando lentamente los vapores turbios de la noche, la resaca y la incomodidad de haber asistido a una confesión algo fuera de lugar, decidí salir a caminar un poco, a despejarme con el ligero frío que empezaba a levantarse como vaga neblina en la isla. Iría a tomarme un café, a leer el periódico e intentar volver a la rutina que nada más llegar a Venecia había pulverizado mi súbito encuentro con Cremades. La misma tarde de mi llegada no advertí ninguna sombra ni intranquilidad que amenazara la dulce rutina de escribir la novela y que veía abrirse ante mí como el inicio de un proyecto tantas veces postergado. Aparcada casi dos años —desde mi última estancia en Nueva York, más o menos— la novela sobre el dictador peruano en la que llevaba trabajando demasiado tiempo, yo quería retomarla sin vacilación ni distracciones. Era lo principal, si quería acabarla en un tiempo razonable: que nada me debía distraer. Y nada me distrajo al llegar, salvo quizá aquella foto de doméstica ventura en la que Tornieri sonreía frente a la cámara, el rostro pegado al de una mujer que miraba al objetivo con la confianza indiscutible de la felicidad en los ojos, y que no sé por qué me trajo recuerdos de un tiempo ya lejano: quizá porque la encontré parecida en su manera confiada de sonreír, de enroscar su brazo en torno al de su amante, como cuando Dinorah y yo nos hicimos aquella foto en Estambul, sin saber que nuestro breve tiempo de felicidad alcanzaba muy pronto su último tramo.

Ya en la calle, aspirando con ganas el aire limpio de la mañana templada, busqué una cafetería cerca del campo de San Polo, un periódico y un rincón apartado para desleír sin prisas ese vago malestar que me había causado el encuentro con Cremades. Me senté a una mesa en la terraza, desafiando a la humedad y al frío, contemplando la fuente central, la derruida elegancia del palacio Soranzo y de esos edificios de ventanas góticas y paredes desconchadas, lamidas una y otra vez por las aguas crudas de la laguna. Y pensar que aquí mismo en el mil cuatrocientos y tantos intentaron asesinar a Lorenzo de Médicis, que buscó refugio en esta ciudad cuando mataron a su primo Alessandro... ¡Quién lo diría! pensé, sobre todo esos días en que la plaza se llena de gente durante el festival de cine o tan solo cuando al mediodía se colma de colegiales vocingleros que comen pizza y beben coca colas absolutamente ajenos a las intrigas de los Médicis y a la densa historia de Venecia. Sorbí con placer el café caliente que me trajo una guapa camarera y me puse a hojear distraído el periódico, pero al cabo de un momento caí en cuenta de que todo ese rato había seguido zumbando, bajo la aparente placidez de mi lectura y de mis melifluas reflexiones históricas, Albert Cremades y su relato de la noche pasada.

Creo que ya habíamos cruzado el ecuador de la sobriedad hacía un buen rato cuando realmente empezó a contarme aquella historia suya. Recuerdo que salimos del bar del Rialto al advertir que un *vaporetto* silencioso descargaba en el muelle inmediato al hotel a un manso grupo de jubilados alemanes que se dirigió directamente hacia la terraza donde nos encontrábamos. Al instante, la placentera holganza de nuestra charla solitaria se vio enturbiada por aquella veintena de setentones con *trolleys* y mochilas que pedía una cena ya tardía en exceso. Así pues, acabamos las copas y cruzamos el puente Rialto sin decirnos una palabra. Apoyados en el lustroso mármol contemplamos un momento el canal taciturno, los farolillos que adornaban la ribera vecina con su aura como de ensueño y fuga, y buscamos un bar al que me dejé guiar sin protestas por Cremades.

No recuerdo con exactitud adónde fuimos pero sí que Cremades, temiendo quizá que yo desertara de su confesión, empezó a fingir un aire festivo y algo chusco, como si quisiera creer —y hacerme creer a mí, de paso— que éramos dos muchachos disfrutando el momento anticipado de una juerga o de un festín sicalíptico en una ciudad ajena. Y no tenía por qué hacerlo pues yo había sido ya picado a traición por la curiosidad, por saber algo más acerca de aquella mujer que las palabras de Cremades se empecinaban en mostrármela bella, dulce, inesperada como un repentino balón de oxígeno que el tiempo le hubiera concedido inexplicablemente a él, a su edad. Más o menos así fue como lo contó Cremades mientras entrábamos en una taberna —una fonda algo siniestra más bien— en la que flotaba el olor vagamente pútrido de la humedad y el vinazo agrio derramado en el suelo, una taberna pequeña y burda, donde jugaba a las cartas un grupo de *gondolieri* algo bebido, fumando y sorbiendo spritz, a esas horas, bajo la mirada indiferente del patrón: había algo teatral en todo aquello, una donosa escenografía que el alcohol me hizo imaginar renacentista en aquel momento y que le marcaba el acento a lo que Cremades, después de pedir una botella de prosecco, se dedicó a contarme. No sé por qué se empeñó en ir allí, habiendo tantos lugares agradables en las dos islas, pero intuí el pueril recurso de quien ofrece un lugar habitual y casero, como esos bares madrileños llenos de cáscaras de gambas y huesos de aceituna desparramados por el suelo donde muchos españoles se juntan para conversar a gritos en un ambiente de vecindad y tosca camaradería.

Las dos aspirinas comenzaban a hacer su efecto y después de beberme el café y sin hambre aún, pensé en caminar un poco y luego acercarme al L'Angelo o quizá buscar algún otro restaurante escondido, perdido entre los canales del *sestiere* de Cannaregio, a donde me ha-

bía propuesto llegar para ver en la Iglesia de la Madonna
dell'Orto los magníficos frescos de Tintoretto que vege-
tan allí, parsimoniosos y nobles. A Dinorah le hubiera encantado, pensé alcanzado del todo por la nostalgia, porque en esos días primeros en que nos conocimos, Venecia
salió una y otra vez en nuestras charlas. Ella nunca había
estado aquí y desde pequeña, me confesó, soñaba con visitar las islas, pasear por San Marco, cruzar el puente de los
suspiros, franquear el Gran Canal en una góndola negra
y brillante... y si bien su concepción de la ciudad estaba nutrida íntegramente de folletos turísticos, postales y
fugaces imágenes refritas, yo no podía dejar de conmo-
verme por esa Venecia que se iluminaba en sus ojos como
una antorcha violenta y tibia al mismo tiempo. Al fin y al
cabo Venecia es para quienes la amamos casi siempre un
amor de paso, una pieza de caza irreductible, a la que solo
podemos contemplar con los ojos enamorados del turista.
Y me vinieron a la cabeza, de golpe, las palabras de Cremades la noche anterior, antes de su confesión: una leve
borrachera feliz de los sentidos, había dicho, una inexplicable necesidad de amarla y poseerla como a una bella,
bellísima mujer, algo siempre inmerecido. Seguramente
porque a él le ocurría lo mismo que a mí me había sucedido
hacía ya unos años, y que pensé haber sepultado a paletadas, con la indiferencia que otorga el tiempo y la rutina. Y sin embargo, tuve que concluir, toda aquella charla
un poco confusa, algo impostada quizá, bastante pueril
a la luz del nuevo día, me arrojó a la certidumbre de que,
mientras Cremades iba contándome acerca de aquel amor
suyo que esperaba en Venecia para una reconciliación de-
finitiva, el recuerdo de Dinorah había reclamado volver
con intensidad a mi memoria.

Quizá también porque ella y yo nunca vinimos
juntos a pasear por estos pagos como alguna vez nos pro-

metimos, pensé cruzando ya el Canale di Cannaregio, surcadas sus aguas comerciales por incesantes góndolas, barcos privados y *traghetti* enmohecidos. Nunca pudimos decirnos nada de aquello que nos dijimos en Damasco, abrazados en la cama de mi habitación en el Cham Palace, escuchando el lamento del muecín llamando a la plegaria verde y agridulce del islam que Dinorah escuchaba adormecida, la cabeza recostada en mi pecho. No, no estaba tan lejano su recuerdo como durante un buen tiempo me empeñé en pensar. Sentí de pronto una intempestiva necesidad de sentarme a fumar y a beberme una copa, mandar al diablo mis propósitos de disfrutar de los Tintorettos, vi de golpe peligrar mi benemérito proyecto de dedicarme por fin a escribir esa novela cuya ejecución iba aplazando por la desidia y las obligaciones, maldije un rato a Cremades y su incómoda e inexplicable aparición en este rinconcito del mundo al que, con bastante ingenuidad, había acudido yo para aislarme de todo.

Sentado en una terraza de las muchas que hay frente al Canale pedí un Campari y de inmediato me arrepentí: todavía estaba bajo los efectos de la resaca de la noche anterior y ni siquiera pude fumarme un pitillo porque se me revolvía el estómago de solo pensarlo. Renuncié pues a la copa intacta y me decanté por una tónica que fui bebiendo despacio, dejando que el recuerdo de Dinorah se fuera diluyendo como mi propia imagen, licuable en el agua oscura del canal, cada vez que pasaba una góndola. Cuando fui a pagar me encontré en el bolsillo del pantalón la tarjeta que Albert Cremades me había dejado la noche anterior al despedirnos, con sus señas del hotel: estaba alojado en el Danieli, nada menos. Recordé entonces su esplendidez para empeñarse en pagar las copas, su beodo propósito de llevar la reconciliación, como me dijo, por todo lo alto. Y también recordé que su última novela empezaba a vender muy por encima de lo esperado, según me confirmó en un momento en que condescendió a hablar de ello. Cremades había publicado con anterioridad por lo menos dos libros, la novela *Razón de más,* y un volumen de cuentos cuyo título no me venía a la cabeza. Pero la última novela, aquella de la que apenas quería hablar, venía recibiendo el elogio inusualmente entusiasta de varios críticos y se había deslizado con celeridad entre los libros más vendidos del mes pasado, como pude leer distraídamente en el avión que me traía a Venecia. «Llámame», me urgió al despedirnos, ya en la puerta del último bar que visitamos, los ojos enrojecidos por el alcohol y la confesión, «llámame porque me gustaría que la conocieras —insistió apretándome el brazo—. Llega mañana. Estaremos solo unos días por aquí». Y yo, también desorientado por la bebida y la propia noche, por un momento no supe a quién se refería, como si todo lo que me había contado hasta el momento no hubiera sido más que una ficción, el argumento de esa novela que los escritores nunca escribimos y por ello mismo vamos desplumando parsimoniosamente en charlas ociosas con los amigos.

Francamente no me apetecía volver a encontrarme con Cremades, pues aparte de esa noche equívoca de confesiones y cierto sentimentalismo, nunca habíamos compartido más que escasos momentos en que coincidíamos en algún cóctel o en la presentación de uno que otro libro. Verlo nuevamente resultaba para mí en aquel momento enfrentarme a esa incomodidad que supone el reencuentro de quienes no tienen en común más que una noche de copas donde se han dicho cosas que en otro momento jamás hubieran salido a la luz. Pero luego de comer sin mucho apetito en un pequeño y silencioso restaurante cerca de la iglesia de San Marciliano, me dirigí a casa y al cabo de una siesta intranquila de la que desperté con la nuca húmeda y la lengua pesada, decidí, oscuramente atacado de remordimiento, llamar a Albert Cremades y explicarle que sería imposible pasar a verlo, pues partía para Florencia ya mismo. O algo así. Sin embargo, después de timbrar un buen rato el teléfono del Danieli, la recepcionista que contestó me dijo que no, el *signore* Cremades ya no estaba alojado allí. Se había marchado a primeras horas de la mañana. ¿De Venecia?, pregunté. Al parecer sí, pidió una lancha con dirección al aeropuerto Marco Polo. Me quedé un momento perplejo. ¿Se había registrado solo? ¿No fue nadie después? La recepcionista vaciló un momento al otro lado de la línea, hasta que al fin pareció entender el sentido de mi pregunta tan burdamente formulada. No, dijo con un tono más velado, el *signore* Cremades se había registrado solo y solo se había ido del hotel.

Me sentí unos segundos desconcertado, tratando de averiguar si la chica no había acudido a la cita o quizá Cremades la recogiese en otro lugar. En fin, pensé con algo de alivio pero también de remordimiento, ahora podría dedicarme a mi novela con el sosiego necesario, sin ser asaltado por repentinos compromisos como los que había abandonado en Madrid. Me imaginé por un momento compartiendo un paseo en góndola con Cremades y su novia reconquistada, o una cena tediosa con aquellos dos enamorados apretándose la mano cuando uno de ellos hablaba o mirándose a los ojos con la complicidad impune de los amantes, y volví a sentir alivio, aunque esta vez sin un ápice de remordimientos. Ya bastante me había hecho partícipe de su vida. Y además, había despertado el recuerdo de Dinorah, esa primera imagen de ella hacía ya casi tres años, en Damasco. Me preparé un trago y sin poder evitarlo, como hacía tiempo no me ocurría, volví a preguntarme si al final ella habría conseguido esa beca de la que me habló en Nueva York, aquella beca que la hubiera traído a Madrid, a mi casa, a mi vida. Escribí un par de horas sin concentrarme demasiado, puse en el equipo de Tornieri unos adagios de Albinoni que encontré en la biblioteca y me adormecí en el salón pensando cosas muy mías. Serían las doce pasadas cuando decidí meterme en la cama, intentando olvidarme de aquello que me había contado Cremades y que, inexplicablemente, me hacía recordar algunos momentos de mi propia vida. Y era lo menos que quería en ese momento.

# Berlín

El día había sido realmente asqueroso, con un cielo pétreo, el aire cargado de electricidad y ese frío recio como un puñetazo que se asienta en febrero en Berlín, cuando una mínima brisa amenaza con cortarte como una navaja. Ni la promesa de la Puerta de Brandenburgo era aliciente para bajar hasta donde Hermann Schmid se había empeñado en llevarnos a un grupo para explicarnos no sé qué acerca de una película que Fritz Lang había rodado o había querido rodar allí en 1923, recién llegado a la ciudad. Éramos cerca de diez o doce personas, en todo caso un grupo tumultuoso de ingleses, italianos, dos chicas norteamericanas con aspecto de estudiantes, tres mexicanos que cuchicheaban todo el tiempo entre sí y algunos alemanes algo eufóricos de cerveza negra. No me enteré bien, fingí entusiasmo y fantaseé con lo estupendo que estaría en ese mismo momento en mi habitación del hotel, qué cojones. Acepté unirme al grupo porque pensaba comprar aspirinas camino a la plaza de París y quizá alguien supiera de alguna cercana: un amago de resfrío me congestionaba la nariz y me hacía lagrimear incesantemente desde que salí del aeropuerto de Schönefeld hacía un par de días. Pero mientras caminaba detrás del grupo, cada vez más rezagado y con la sola compañía de Helga Weber, me iba sintiendo peor. Era cierto que de vez en cuando pensaba en Belén y aquello me sumía en una oscuridad de pantano, y que en los últimos días apenas si habíamos hablado, posponiendo una vez más lo inevitable. En otros momentos me venía a la mente la imagen de ella y de Pernau y la boca se me llenaba de hiel mientras repetía «que les den por culo», y me enfadaba conmigo mismo al seguir pensando en ella después de encontrarme, justo el día de mi partida a Berlín, aquella nota en la que me anunciaba que se iba unos días a Ibiza, necesitaba ordenar sus ideas y Pernau y *los demás amigos del grupo* se encontrarían allí. Yo sabía muy bien lo que se traía entre manos con el gurú aquel.

Berlín rebosaba de hordas de cinéfilos de la noche a la mañana: treintañeros de aspecto vagamente norteamericano —con gorras de béisbol, pantalones color caqui y bambas blancas— pálidos *freaks* que se movían en cardumen y que gastaban camisetas con leyendas absurdas; productores de traje oscuro y bronceado incongruente en aquella época del año, y que llevaban del brazo a sonámbulas rubias de hombros desnudos y largos vestidos de raso pese al frío terrible de las noches berlinesas; fotógrafos de canas alborotadas, premunidos de cámaras monstruosas y chalecos llenos de bolsillos: el chasquido infinito de sus disparos cada vez que aparecía una estrella en el Berlinale Palast o en el Grand Haytt o donde fuera, era como un rumor pedregoso que nos acompañaría durante más de una semana dondequiera que fuéramos. Yo ya había estado en anteriores festivales y siempre era igual, como un frenesí de proyecciones, gente exultante que se saluda en veinte idiomas, siestas brevísimas, cócteles tumultuosos, pastillas para dormir, gin tonics y champán tibio, hasta que al final uno termina por perder la noción de la realidad y por la noche resulta imposible conciliar el sueño. Entonces hay que limitarse a seguir en la cama, parpadeando atónito como bajo la luz evanescente de un invisible proyector, o vestirse y salir, al fin y al cabo a cualquier hora la sala de prensa está inundada de plumillas que teclean sin descanso en sus portátiles, desde la mañana hasta la madrugada...

Helga Weber, la profesora de audiovisuales que nos había acompañado con un entusiasmo lleno de erres palatinas desde que salimos de ver *Romanzo Criminale* de Michele Placido, en el Arsenal, decidió unirse al grupo de periodistas y acompañarnos en aquella extraña excursión. Nos la había presentado momentos antes el propio Hermann Schmid como alguien relacionado con el Festival, pero no presté atención y me limité a devolver la sonrisa y estrechar la mano enérgica y franca que me tendió aquella rubia y delgada profesora alemana de cuarenta y pocos años. Caminábamos juntos en silencio, cada vez más rezagados del grupo que se alejaba de nosotros algo ruidosamente, siguiendo la voz de Schmid. Yo había advertido que la profesora, desde que nos presentaron, se mostró cordialmente interesada en conversar conmigo, preguntándome de qué país venía, a qué medio representaba y otras formalidades. Pero ahora sonreía ensimismada, quizá se había visto confusamente comprometida a caminar junto a mí dada su atención inicial y sobre todo al ver que yo me rezagaba. Y parecía que estuviera buscando un tema adecuado de conversación para ese periodista de ojos enrojecidos y barba de dos días en que me había convertido y que, por si fuera poco, apenas hablaba y sudaba ligeramente bajo el grueso jersey de cuello alto.

—Creo que estoy algo resfriado —me descubrí justificando mi incómodo silencio. Y para que no cupiera duda, me toqué la frente.

Helga Weber volvió hacia mí sus ojos de un lacerante color azul y sonrió, deteniéndose a observarme con atención.

—Ya veo —dijo en pasable castellano. Hasta entonces solo nos habíamos dirigido la palabra en inglés—. ¿No prefiere irse al hotel a descansar?

El grupo continuaba su camino, ajeno a nuestra charla. Fijé la vista en la calle desolada y luego miré hacia el otro extremo, por donde habíamos venido.

—Sí, creo que será lo mejor, pero debo encontrar una farmacia antes —dije también en castellano, sin preocuparme en preguntarle dónde lo había aprendido ella.

Y en ese mismo momento apareció, milagrosamente, el morro crema de un Mercedes. No es habitual en Berlín que los taxis circulen libremente por las calles, siempre hay que ir a una parada o llamarlos por teléfono. Por eso siempre he pensado, a tenor de lo que sucedería después, que su aparición fue algo así como una epifanía en la helada noche berlinesa. Helga Weber también lo vio y levantó ágilmente una mano, sacudiéndola como si fuera una campanilla. Antes de que pudiera atinar a decir nada, ella subió al taxi. «Vamos, lo acompaño», dijo encogiéndose de hombros desde la cabina, «ya le explicaré yo a Hermann lo ocurrido». Momentos después deshacíamos la larga avenida que nos llevaba al Intercontinental en la Budapester strasse, donde me alojaba por cuenta del periódico que me había enviado a cubrir la Berlinale de ese año.

Recosté la cabeza contra la piel del asiento y cerré los ojos, abandonándome un momento al zumbido suave de los coches en la ciudad rápidamente anochecida. La profesora Weber le había dado las señas al taxista una vez que me hubo preguntado por el hotel, ¿no me alojaba en el Grand Haytt?, frunció el ceño un momento pero luego se volvió a iluminar su rostro seco y anguloso, el Intercontinental estaba también muy bien y quedaba a un paso de todo. Yo asentí débilmente sin ganas de hablar. Pensé que un par de aspirinas y un trago de coñac me arrancarían de esa levedad donde flotaba mientras recorríamos las calles frías de Berlín y por fin llegábamos al hotel, iluminado ya totalmente y envuelto en ese ajetreo eficaz de conserjes solícitos y flemáticos botones que pastorean rebaños de maletas de todas dimensiones y colores, tan común en los hoteles grandes y suntuosos.

Noté la mano tibia de Helga Weber en el brazo, «hemos llegado» murmuró en mi oído como si le afligiera despertarme de un hipotético sueño, y antes de que pudiera sacar la cartera ella hizo un ademán enérgico y extendió unos billetes hacia el taxista, atajando mi protesta con una frase que en sus labios sonó divertida o traviesa: «corre por cuenta del Festival».

—Al menos déjeme invitarle a una copa —propuse ya en el *lobby*. Y añadí ante su momentánea vacilación—: Me vendrán bien un par de aspirinas y un coñac. Ha sido usted muy amable y me gustaría invitarla.

—*Well* —dijo la profesora Weber tras consultar su reloj y agregando en un castellano rígidamente articulado—: Creo que a mí me vendría bien una copa también.

Seguramente era cierto: los diez días que dura el Festival suelen ser una locura para todos, y más aún para los organizadores, que tienen que atender a las hordas de periodistas que llegan hasta Berlín desde los más alejados rincones del globo, pero sobre todo a la quisquillosa y exquisita fauna del mundo del cine: directores ensoberbecidos, artistillas anoréxicas e intoxicadas de drogas que van dando tumbos por los pasillos de los hoteles, actores rufianescos de exigencias extravagantes que viajan con una *troupé* aterrada de gente a su servicio... asistir a los pases de las películas, atender sin respiro a los miembros del jurado, estar pendientes, en fin, de que todos los engranajes funcionen sin tropiezo ni desmayo durante esos frenéticos días. Sí, con toda seguridad la profesora Weber se merecía esa copa, así que subimos al Library Bar antes de pedir en recepción unas aspirinas.

—Debe ser duro, ¿verdad? —le dije mientras el ascensor nos llevaba hasta el cómodo bar del hotel.

—¿El qué? ¿El Festival? No, no lo crea —dijo la profesora cerrándose un poco la chaqueta de piel que llevaba sobre su vestido algo campestre y escotado—. En realidad es como un vértigo, es todo muy... ¿*hectic?*

—Frenético —le traduje yo sonriendo cuando el ascensor abrió las puertas en el Library Bar.

—Eso mismo —dijo ella con esa sonrisa suya muy bonita, como llena de picardía, que le quitaba de golpe un puñado de años—. Pero cae bien un poco de acción entre medio de las rutinas del año académico...

Pasó delante de mí y se quedó un momento sin saber adónde dirigirse mientras yo apreciaba que no era tan flaca como había supuesto en un primer momento: el Library, a diferencia del Marlene Bar es más recogido y sobrio, con mullidos sofás de piel orientados hacia un cierto recogimiento y sosiego de lectura, alumbrado por tenues luces que doran un ambiente como de estudio o confidencia. Busqué un rincón agradable pero no agresivamente íntimo y pedí dos copas de coñac. Nos sentamos frente a frente, en dos sofás separados por una mesa pequeñita y coqueta. Cuando el camarero hubo puesto frente a nosotros las ventrudas y perfumadas copas la profesora dio un largo trago, casi sin respirar. Al instante su tez sonrosada se encendió ligeramente y sus ojos parecieron chispear más relajados.

Mientras engullía las aspirinas con dos sorbos de armagnac le hice algunas preguntas sobre su trabajo en el Festival y ella volvió a encogerse de hombros —en un gesto que le empezaba a adivinar natural, como restándole siempre importancia a sus palabras— y a explicarme un poco por encima ese trabajo eventual en el que la había embarcado su colega Hermann Schmid; en realidad, creí entenderle, lo que le gustaba era esa atmósfera liviana y como llena de champán que se respiraba durante los diez días del Festival, estar en contacto con los artistas, sí, pero sobre todo ver las películas que pudiese y acabar con los ojos enrojecidos de tanto pasarse las mañanas y las tardes —o cuando podía— en la oscuridad llena de fogonazos de luz de un cine. «Ver y ver películas» agregó con un ronroneo lleno de placidez. No pude evitar sonreír al escucharla porque de pronto me recordé pensando lo mismo cuando mi primer Festival: sí, claro que conocía esa tenue embriaguez de celuloide, de lánguidas estrellas que detenían el paso sobre una alfombra granate para ofrecer su sonrisa cosmética a los flashes, el ajetreo insomne de los hoteles y las salas de prensa, pero sobre todo la posibilidad de ver, de la mañana a la noche, películas y más películas de todas clases y calidades, de todos los países: dramas iraníes, infidelidades francesas, toscas comedias españolas, pretenciosos filmes italianos, críticas sociales mexicanas, excéntricas apuestas rococós de directores que se creen o se saben geniales... hundirme en esa noche artificial y rumorosa que es una sala de proyecciones. Pero de eso hacía ya tiempo y si aceptaba ahora cubrir algunos festivales era porque el periódico me lo pagaba bien y luego siempre podía vender entrevistas y perfiles a revistas nacionales y extranjeras. Y poco más. Me había vuelto una especie de mercenario de lo que alguna vez fue mi más gozoso disfrute. Igual ocurría con la literatura, porque lo último que había escrito y que pudiera aceptar el calificativo de literario, recordé apurando un sorbo de coñac, era una crónica de cuatro mil caracteres con espacios sobre una mala —y peor traducida— novela de un escritor inglés cuyo nombre prefería olvidar.

En algún momento la profesora Weber había acabado su copa y ahora el camarero se la volvía a llenar sin que ella pareciera prestarle demasiada atención, sosteniéndola con una mano que apoyaba, negligente, en la muñeca de la otra, inclinada hacia mí: comprendí entonces que había estado pensando en voz alta, quizá aturdido por la ligera fiebre que despacio me iba abandonando, con su rastro de incendio y temblor. También yo ofrecí mi copa para que me la volvieran a llenar. La noche había caído completamente sobre la ciudad y desde los ventanales del bar casi desierto podíamos ver el horizonte cercano donde se exaltaba un resplandor dorado, «quizá las luces del Reichstag», fantaseé sin dejar de mirar los labios intensos de la profesora Weber, luego sus ojos de un azul Prusia, también conocido como azul berlinés, porque fue precisamente en esta ciudad que se descubrió aquel pigmento...

—*Berliner blau* —dije sin pensarlo mucho, buscando con más intensidad sus ojos.

Antes de que me arrepintiera de mi temeridad, ella me mantuvo la mirada muy seria y luego sonrió sin replegar ni un ápice su posición atenta, inclinada desde su sofá, tan cerca de mi rostro —yo también me había inclinado un poco hacia ella— que podía oler el orgánico aroma del coñac en su boca. 🗡

No hace falta mucho para que dos adultos, dos desconocidos, sepan en ciertas ocasiones cómo va a acabar un primer encuentro y a veces hasta lo imaginen y sigan el trazado algo esquemático de los prolegómenos, como si fuera necesario cumplir con ciertos rituales, aunque sean solo eso, un afeite civilizado para acabar exhaustos en una cama compartida y al tiempo ajena. Pero a veces es solo yesca inesperadamente encendida, sopada en un poco de alcohol y noche y nostalgia. Y quizá así hubiera ocurrido con la profesora Weber de no ser porque en ese momento un poco cursi, un poco excitante en que nos quedamos callados, mirándonos a los ojos, muy cerca nuestros rostros, sintiendo correr en la sangre la espuma del deseo súbitamente inflamado, entró en el bar un grupo de gente riendo y charlando, haciendo que los pocos clientes volviéramos la cabeza hacia aquella especie de invasión de confeti y cava. Ambos nos replegamos instintivamente, algo confusos también y quizá por eso la profesora Weber desvió la mirada hacia aquel grupo que había tomado como por asalto el bar y ya pedía puros y vodka tonics y whiskys mientras se acomodaba muy cerca de nosotros. Entonces el rostro de la profesora se coloreó ligeramente de rojo e improvisó una sonrisa algo rígida —nada que ver con su bella sonrisa habitual— hacia el grupo e hizo el amago de levantarse: acababa de reconocer a alguien entre aquellos revoltosos.

Y ese alguien era una joven que alzaba unas cejas deliciosamente sorprendidas y unos brazos que ondularon con inevitable sensualidad, como dándole la bienvenida a la profesora Weber después de un largo viaje, como si la hubiera estado esperando largamente para darle el beso que le dio, cómo estaba, *cara*, dijo en un inglés algo romo y funcional. Luego tomó de las manos a la profesora en una acti-

tud casi confidencial o protectora, escuchó lo que ella decía
y volvió sus ojos hacia mí, como si recién me descubriera.
A dos pasos de la profesora, de pie, odiándome minuciosamente por la barba crecida, los ojos enrojecidos y un mareo
que no tenía que ver con el coñac ni con el resfrío, yo esperaba temblando a que la profesora Weber me presentara
a aquella hermosa mujer de labios frescos y sensuales que
invitaban a besarlos.

Helga Weber se dio cuenta, claro que sí, a una mujer esos detalles no se le escapan, supongo que lo sabrás:
sin mirarme en ningún momento a los ojos, sin ningún
ademán que delatara su incomodidad y su certeza acerca
de lo que estaba ocurriendo, al cabo de un minuto de hablar con aquella mujer, se volvió a mí para hacer las ine-
vitables presentaciones. Tina, me explicó Helga volviendo al inglés, era una buena amiga que representaba a una
productora italiana y estaba en el Festival por trabajo,
claro, como todos. La profesora alemana tenía las mejillas inicialmente encendidas por la confusión pero poco a
poco, mientras iba explicándome a mí quién era aquella
mujer y a ella quién era yo —«Albert Cremades, periodista español», dijo lacónicamente—, pareció lentamente
retomar el control de sus emociones, y sus ojos volvieron a adquirir esa tonalidad de acero que hacía escasos
minutos me tenían hipnotizado y que sin embargo ahora, mientras contemplaba el cabello ligeramente rojizo
de Tina, sus ojos claros, el color dorado de su piel, se me
antojaba algo molesto y radicalmente lejano, lo mismo
que Belén, sus palillos de incienso y su anoréxica morenez

como del Ganges: Belén. Realmente qué lejos me quedaba la tristeza y la confusión con la que arrastré mi maleta por el aeropuerto del Prat hacía apenas un par de días, enfurecido por momentos y por momentos agobiado al pensar en nuestra relación, mientras esperaba el vuelo que me traería a Berlín.

Nunca me había ocurrido nada similar, nunca había asistido entre horrorizado y estupefacto al brutal desplome de mi cordura, como si mi vida hasta ese momento hubiera sido solo una torrecita construida con fichas de dominó. Seguramente tenía que ver con la fiebre, con esa debilidad del resfrío, pese a las aspirinas y al coñac, pero lo cierto es que empecé a actuar un segundo por delante de mi prudencia o mi sensatez, como un galgo tras la liebre imposible. Le pedí a Tina que nos acompañara un momento, que se sentara con nosotros y ella parpadeó divertida, miró a su grupo, ajeno por completo a nuestra intempestiva presentación, miró a Helga Weber como pidiéndole anuencia o una explicación y la profesora alemana se apresuró a mostrar el otro sofá, por supuesto, que nos acompañara, dijo con una amabilidad de artillero prusiano, pero ya Tina, con su voz ligeramente nasal y divertida estaba diciendo que no.

—¿Más bien por qué no se unen ustedes a nosotros? —ofreció señalando hacia donde un par de tipos de aspecto agresivamente meridional alzaban sus copas, buscándola y haciendo que me descompusiera de celos sin que pudiera evitarlo.

Aquel alegre grupo que había entrado al Library Bar también estaba integrado por otras tres mujeres muy jóvenes, un hombre de rostro congestionado, gordo y con pajarita, y un negro de pantalones beis y zapatos caros que acariciaba gatunamente la cabeza de una de las chicas.

Toda esa parte de la noche, que ahora recuerdo ahíta de coñac y fiebre, se convirtió en una ardorosa campaña para que Tina conversara conmigo, me prestara una atención desprovista de aquella condescendencia divertida y llena de una emponzoñada coquetería que me mostraba cada vez que se volvía hacia mí. ¿Qué decía, *caro*?, y colocaba como al descuido una mano sobre mi pierna, o detenía sus ojos verdes en los míos unos segundos más allá de lo inofensivo: yo era para ella un cachorro torpe y reclamón, un animalito que exigía mimos de vez en cuando, un perrillo faldero que hacía lo imposible por lamer las manos indiferentes de su dueña. Viendo la tranquila confianza de aquellos italianos jóvenes cuya dentadura polar resaltaba en sus rostros calabreses yo apenas si podía pensar. ¿Qué me había ocurrido? Por momentos, enojosamente atento a la charla que una y otra vez Helga Weber insistía en retomar conmigo, me intentaba reconvenir divertido: aquello era producto de la fiebre y nada más, nunca había actuado así ni —ahora estoy seguro— volveré a hacerlo igual.

Por fin la profesora Weber, después de quedarse un momento ensimismada, ajena a la conversación algo estrepitosa de los demás —en la que yo me forzaba a participar con el único beneficio de recibir de vez en cuando la sonrisa de Tina—, decidió beber un resto de coñac y levantarse, volviendo hacia mí su rostro teñido de una leve contrariedad, pálida y otoñal. Había disfrutado de un buen momento, dijo en castellano, y esperaba que yo lo siguiera pasando bien.

—Es más —agregó, y la boca se le descompuso en una agria sonrisa mientras sus ojos buscaban a Tina—: no lo dudo.

Habíamos estado hablando en inglés, así que me sorprendió un poco que Helga Weber se volviera a dirigir a mí en castellano y en un primer momento pensé que lo hacía como deferencia, mas luego entendí que en realidad lo urdió así para sentirse más libre al reprochar mi actitud. Besé las displicentes mejillas que me ofreció, cogiéndola amablemente de los codos, pero sentí claramente que se tensaba como un arco. «Hasta luego», alcancé a decirle. Me sentí fugazmente ruin, pero aquel sentimiento se disipó al instante, como si todo mi ser reclamara la atención indesmayable para Tina. Los demás seguían ajenos al breve intercambio de frases entre la profesora Weber y yo, pero me pareció notar que Tina sí prestaba atención. Cuando por fin Helga se fue, caminando muy recta y sin mirar ni un segundo hacia nosotros hasta que se la tragó el ascensor, Tina se volvió hacia mí en actitud más confidencial y me preguntó:

—Se fue enojada, ¿verdad?

Lo dijo en perfectísimo castellano.

Ella sonrió ante mi desconcierto y continuó ya desde aquel instante en esa lengua que nos abrió un desfiladero de intimidad entre las voces en el *Tarzan english* en el que se comunicaban los demás, los italianos y las chicas, el gordo de pajarita, el negro rascador de nucas. Durante un buen rato hablamos de música, de libros, de las películas que habíamos visto durante el Festival, descubriendo complacidos que nos habían gustado las mismas y Tina había fruncido la nariz con algunas de las que menos me gustaron a mí también. Me sentí reverdecer repentinamente, como si hubiera dejado atrás un largo invierno, cuya inhóspita aridez se esfumaba gracias a esa chica que sonreía con amabilidad, entregada al juego de la coquetería conmigo. Estuve locuaz y ameno, como si mi ingenio tanto tiempo dormido se esponjara a la menor de sus atenciones, y me aventuré a contarle no solo sobre mi trabajo como periodista, sino que también la puse al tanto de la novela que estaba escribiendo —en ese mismísimo momento supe que la retomaría nada más regresar a Barcelona—: sí, poco a poco la felicidad y el coñac me fueron haciendo componer el *atrezzo* aparatoso de una vida agradable, más bien interesante, bastante alejada de la realidad, en verdad, como suele ocurrir en estos casos. Tina asentía atenta, preguntaba algo, hacía alguna observación y dejaba que le contara esa vida feliz, ya digo, que yo miraba cada vez más extrañado y ajeno.

Ella de vez en cuando aparcaba momentáneamente nuestra charla con la misma facilidad con la que los catalanes nos trasladamos de nuestra lengua natal al castellano, y se dirigía a los demás en su inglés áspero, donde su voz perdía el dulzor tropical con que me regalaba a mí. Entonces conversaba un rato y volvía a mi lado, tocándome con una mano tranquilizadora y gentil, ¿qué decía, *caro*?, y nuevamente era yo el único beneficiario de su atención. En algún momento alguien sugirió champán —para festejar no sé qué— y la propuesta fue aprobada con aplausos, risas y un estruendo algo achispado y contagioso. El gordo de pajarita, mientras limpiaba tranquilamente los espejuelos de sus gafas, llamó al camarero y le pidió en perfecto alemán que por favor nos trajera dos botellas de Taittinger. Al parecer la cosa iba para rato. De pronto me vi con una copa burbujeante de champán en la diestra, diciendo ¡*cheers!*, ¡*prosit!*, ¡*salute!* con los demás, buscando los ojos de Tina para brindar con ella, que volvía una y otra vez a su castellano fluido y al mismo tiempo salpicado de términos extraños y algo sudamericanos. Lógico, me confesó, había vivido desde pequeña en muchos países de América Latina: Costa Rica, Chile, Perú... su padre había sido diplomático.

—Fue una época hermosa —dijo con los ojos nublados por el recuerdo.

Tras beber un sorbo minúsculo de champán, sostuvo la copa entre ambas manos y estas las dejó apoyadas en sus hermosas rodillas. Se quedó un momento callada, ajena al bullicio de su grupo.

—¿Y ahora dónde vives? —indagué yo, aprovechando su silencio.

Hizo un gesto vago, sonrió entornando los ojos, uf, aquí y allá. Ante mi desconcierto se vio obligada a matizar: unos meses en Londres, donde compartía piso con dos amigas, y algunos meses en Milán, donde su madre y su padrastro. Pero viajaba mucho por su trabajo y *voilà*, ahora estaba aquí y mañana allá. Su empresa la mandaba por medio mundo para gestionar castings y buscar localizaciones para películas, era un trabajo que le exigía plena dedicación, estar disponible las veinticuatro horas y manejarse con cierta soltura en unos cuantos idiomas. Así, le resultaría imposible formalizar una relación, aventuré yo sin tiempo para arrepentirme y ella lanzó una risa tintineante y feliz, luego me miró con ternura, como si fuera un crío enamorado de su maestra.

—Por supuesto —dijo meneando la cabeza suavemente—. Desde luego que es imposible.

Pero de inmediato aprovechó la situación: ¿Y yo? ¿Tenía mujer e hijos? ¿Novia? ¿Alguna chica aguardando en Barcelona? Realmente no me esperaba el giro que había tomado la conversación porque lo que menos quería en ese momento era hablar de Belén. Tina debió advertir mi contrariedad ya que se llevó un dedo a los labios —estaba un poco piripi, sí— y dijo que mejor no hablábamos de compromisos ni de parejas ni de nada demasiado serio. Era la primera noche que salía a divertirse desde que llegó al Festival hacía ya tres días y durante todo ese tiempo solo había trabajado sin descanso, que imaginara yo las pocas ganas que tenía de chismosear de cosas trascendentes, agregó, pero también en su rostro había aparecido una leve contrariedad, quizá el recuerdo de algún desengaño reciente.

Los demás mantenían una ardorosa conversación en la que Helmut —así se llamaba el alemán de pajarita— apenas intervenía con leves sarcasmos, concentrado monótonamente en limpiar una y otra vez sus gafas, aparentemente ajeno al efecto desternillante que causaban sus frases en los demás. Tina los miró como buscando hacerse nuevamente con las claves de la charla, pero nadie parecía prestar más atención que a Helmut y al negro de los pantalones beis —«Didier», me había dicho Tina, trabajaban juntos— que tenía el semblante cada vez más adusto. «Oh, no, ya van a empezar nuevamente», dijo en voz baja Tina. Al parecer el imperturbable Helmut estaba contando las escenitas de celos que le montaba su amante y este miraba avergonzado y enfurecido a los demás, que reían con crueldad y escuchaban con avidez. «Qué roche», chasqueó la lengua Tina, «ahora Didier se va a calentar y empezará a insultar a Helmut, y luego esto se va a convertir en un circo, con llantos y acusaciones cruzadas. Han bebido mucho nuevamente. Si así va a ser todos los días me largo de la empresa». En efecto, de pronto Didier dijo venenosamente algo en francés que no alcancé a comprender y los demás hicieron «uhh», gesticulando y azuzando como un coro griego, volviendo la vista hacia Helmut, que detuvo la limpieza de sus gafas un momento, como si hubiera sido alcanzado por un sorpresivo escupitajo. «Ah, el amor, el amor» dije y Tina rio. ¿Y si nos íbamos de allí?, pregunté con naturalidad. Ella miró el reloj del móvil que había dejado en la mesa, recogió rápidamente sus llaves y un bolso pequeño. Se puso de pie y desde allí me dijo claro que sí. *Ciao, ciao,* se despidió ella y yo la imité, pero ni Helmut ni Didier —ya enfrascados del todo en su histérico espectáculo de amantes agraviados— nos hicieron caso. Los demás prácticamente tampoco, como si no quisieran perderse la función que al menos por esa noche los liberaría un rato del hastío.

Yo puse una mano firme en la cintura de Tina y la conduje hacia el ascensor por donde menos de una hora antes había desaparecido Helga Weber. Sentía el contacto hirviente de su piel bajo la tela ligera, el borde elástico de sus braguitas. No pude evitar una repentina, potente, erección. Una vez en el ascensor, Tina se apoyó con los brazos cruzados tras la espalda en el metal frío de aquella caja que cerró sus puertas con un rumor *high tech,* y me preguntó con provocadora inocencia que adónde íbamos. La verdad, confesé, no lo sabía. Se quedó mirándome un segundo, como evaluando su siguiente paso. Luego pulsó un botón y me dijo que qué tal si nos quedábamos en el otro bar del hotel. ¿En el Marlene?, pregunté yo mientras ascendíamos apenas dos plantas.

—No —dijo ella buscando mis labios cuando las puertas por fin se abrieron—. Me refería al de mi habitación.

Desde aquella altura, Berlín empezaba a cubrirse como a ráfagas por largas y deshilachadas nubes que hacían cada vez más difícil identificar sus edificios emblemáticos, algunos aún injuriados por el hollín estalinista, más allá del Reichstag, como si aún perseverara algo del viejo Berlín controlado por Erich Honecker, probablemente desde su refugio megalomaníaco y antinuclear a orillas del Wandlitz, que ahora espejeaba entre los muchos lagos que salpican la ciudad, cruzada por aquí y por allá por más canales que la propia Venecia. Con el rostro apoyado en el frío plástico de la ventanilla, paladeando lentamente el cava de bienvenida, yo veía empequeñecerse la añeja capital alemana pensando que aquella ciudad tenía ahora tanto sentido para mí porque por sus calles estaba aún Tina. Los últimos tres días de mi estancia los pasamos juntos, asistiendo a cócteles y estrenos, recorriendo la ciudad como turistas, jugando a que de repente descubríamos el monumental trazado berlinés o caminando infatigables por la Ku'damm, donde Tina se detenía extasiada admirando boutiques y tiendas de lujo. Bebimos jarras colosales de cerveza en los tugurios cercanos a la Alexanderplatz, fuimos al Gagarin, en Prenzlauer Berg, donde Tina se empeñó en hacerse fotos al lado de los carteles soviéticos que mostraban al cosmonauta ruso sonriente y algo naíf, comimos salchichas y chucrut hasta hartarnos y volvíamos una y otra vez al hotel para hacer el amor con el gozo flamante de quien lo acaba de descubrir. Luego observábamos desde la ventana el rápido y mortal avance de la noche, atrapados los dos en un silencio algo nostálgico, cada uno en su extremo taciturno, fumando sin decirnos nada: yo pensaba en Belén, en la manera en que tendría que abordar nuestra inminente ruptura. Pero no sé qué pensaba en esos momentos Tina: quizá también en un amor, quién podría saberlo. No me atrevía a preguntarle nada porque desde la primera noche en que dormimos juntos quedó tácitamente pactado que no hablaríamos de lo que nos esperaba a nuestro regreso. Mas yo quería conocerla mejor, indagar en su vida, reconstruir su pasado para no seguir sintiendo que transitaba un laberinto arborescente e inexpugnable que no conducía a nada más lejano que la próxima noche.

El avión se sacudió repentinamente por unas turbulencias que hicieron que se encendieran las luces con su ya inútil advertencia de *no smoking*, hubo de inmediato ese rumor de poliuretano y metal de quienes disciplinada y automáticamente enderezan el respaldo del asiento, se abrochan el cinturón y cierran la mesita plegable. Una azafata cruzó el pasillo con su sonrisa profesional, revisando que todos cumpliéramos con las preceptivas medidas de seguridad, y yo me acomodé mejor en el asiento, recordando...

Sí, esa primera noche, con los ojos brillantes de lujuria, Tina se desnudó frente a mí nada más entrar en la habitación: con lentitud, sin apagar la luz ni permitir que la tocara. Me recordó una lejana conversación en Bogotá, con Pedro Sorela, con quien coincidí en un seminario sobre periodismo y nuevas tecnologías. «La diferencia entre las mujeres hispanoamericanas y las europeas es que las segundas te miran a los ojos mientras se desnudan», me dijo el escritor colombiano. Era completamente cierto. Yo sentía nuevamente que la fiebre se apoderaba de mí mientras iba descubriendo la piel hasta entonces secreta de Tina, que parecía ir excitándose con su propio desvestir porque tenía los labios enrojecidos y los ojos entornados cuando se acercó a mí, en bragas y sujetador, para desabotonarme la camisa y, con sapiencia, despacio, sin precipitarse, como si fuera una liturgia íntima y llena de voluptuosidad, ir quitándome los pantalones antes de arrodillarse y lamerme a conciencia. La cabalgué con desesperación, le murmuré dulzuras y obscenidades, escuché su llanto y sus jadeos en mi oreja, la vi finalmente boqueando, conmovida y exhausta, recorrida por imperceptibles estremecimientos, húmeda, salitrosa, con los muslos dorados y resbaladizos, mientras me tumbaba a su vera, confuso, feliz, traspasado por un cansancio lleno de euforia.

A la mañana siguiente nos encontramos en el *lobby* del hotel con Helmut y Didier, que al parecer se habían vuelto a reconciliar, y Tina los invitó a sentarse a nuestra mesa. «¿Te molesta?», preguntó en castellano, buscándome los ojos. «No, para nada», mentí. Y cuando aquel par se sentó con nosotros sentí cómo era imperceptible e inexorablemente desplazado al extrarradio de las atenciones de Tina, ahora preocupada por no sé qué asunto de trabajo. Engullí una taza de café negro como alquitrán, sin azúcar, miré con asco y sin tapujos a Didier cuando empezó con su cascabeleo femenino y sus reproches histéricos dirigidos al imperturbable y sarcástico alemán, le di dos besos a Tina y me despedí pretextando mucho trabajo: en realidad quería pensar en todo lo ocurrido y necesitaba caminar un poco a solas. Tina me sonrió, continuó untando su tostada concienzudamente y no dijo otra cosa que hasta luego, *caro,* así que además de caminar y pensar, quería restablecer mi malherido orgullo, fumarme un pitillo, poner en orden mi cabeza. Fui hasta el Tiergarten y paseé durante una hora por sus senderos ríspidos y congelados, con la disciplina férrea y algo lunática de un húsar en busca del campo de batalla, hasta que me rendí. Ya era mediodía y en lo alto del lívido cielo berlinés había aparecido un sol engañoso que no calentaba. Decidí emprender el regreso despacio hasta la Potsdamer Platz donde seguramente me metería a alguna de las innumerables sesiones fílmicas y quizá así pudiera más tarde terminar un reportaje sobre los nuevos cineastas, algo que me habían encargado para *Fotoramas* y que yo debía tener concluido a más tardar en un par de días. Pero en el CineStar del Sony Center no fui capaz de enterarme de nada de la película que proyectaban, ofuscado con la decepcionante adaptación de *Las partículas elementales* hecha por un pretencioso Oskar Roehler: a mí la novela apenas si me había interesado, pero el entusiasmo de Tina la noche anterior hablándome de Houellebecq terminó por convencerme de que quizá valía la pena. Y ahí estaba, removiéndome inquieto en el asiento, volviendo la cabeza cada vez que alguien se introducía con sigilo en la sala, el corazón de pronto acelerado, intentando discernir en cada chica que entraba el perfil conocido y esperado, los ojos verdes, la voluptuosidad... Con decepción comprendí que Tina no había asistido a ver la película y que yo podría haber estado viendo alguna que me interesaba más, como *Candy* o *Syriana,* de las que tenía buenas referencias. Me sentí estafado, hambriento —después del café de la mañana no había probado nada— y sin pensarlo mucho me dije que debía salir a comer algo, por lo que abandoné la sala sin remordimientos. En los alrededores del Sony Center pululaban periodistas y gente de la organización. Hubiera deseado llevar también yo una de aquellas ridículas gorras de béisbol y gafas oscuras para no tener que saludar a nadie. Divisé en la puerta, fumando un cigarrillo, a Tono Lasheras, de *El País,* que conversaba con otros colegas, y me escabullí rápidamente de allí. Levanté el cuello del abrigo para protegerme del viento y así, con la mandíbula hundida en el cuello y las manos en los bolsillos, caminé un buen tre-

cho buscando un café tranquilo, un poco ajeno al bullicio del Festival, que se me antojaba ahora fastidioso y
de una frivolidad insoportable. Tomé sin muchas ganas
un sándwich y una cerveza, acompañé el *espresso* con un
par de cigarrillos, mirando por los ventanales del café el
paso apurado de la gente, el denso tráfico en la penumbra invernal que avanzaba lentamente como una tristeza llena de rencor: no quería hacer ningún esfuerzo por
comprender lo que había ocurrido con Tina pues quizá no me iba a gustar nada verme reflejado en las aguas
de su juventud y despreocupación. Había sido una noche espléndida, sí. Pero eso no tenía por qué extenderse más allá de sus límites. Regresé al hotel en un taxi
y al llegar pregunté a la chica de la recepción si había
algún mensaje para mí. No, no había nada. ¿Tampoco
llamadas? Sentí que nuevamente la fiebre empezaba a
subirme y que lo mejor sería acostarme un rato. Quizá
por la noche me sintiera mejor y pudiera salir a ver alguna otra película, tenía el programa en mi habitación.
No, no había llamadas, dijo la recepcionista y se quedó
sonriendo, tal vez esperando que le hiciera alguna otra
pregunta. Me alejé murmurando las gracias y me encaminé al ascensor. Solo quería tumbarme en la cama y
no pensar, que era lo que había estado haciendo hasta
ese momento: intentar, con todo el esfuerzo posible, no
pensar en Tina, porque entonces sí que me derrumbaría
al comprender que vale, chaval, una noche y un pol-
vo, qué más quería, que no pasaba nada, me dije bajito,
apretando las mandíbulas, ahora cada uno a lo suyo. Y
lo mío resultaba desalentador y me esperaba en Barcelona. ¿Cómo puede uno enamorarse así, tan fatal, irre-
mediable, absurdamente? Y además a nuestra edad, ¿te
das cuenta? Recordé su piel joven, de una lozanía casi

insultante, sus ojos hermosos, su sonrisa y la manera en que buscó, ronroneando, el abrigo de mi cuerpo. Y sentí una tremenda lástima de mí. Por fin se abrió la puerta del ascensor y tuve que parpadear para darme cuenta de que lo que veía era cierto: entre la gente que bajaba al *lobby* estaba ella, que se arrojó a mis brazos con entusiasmo juvenil, sin importarle llamar la atención, ¡*caro!*, ¿dónde *corno* me había metido? La abracé con fuerza, conmovido, aún confuso, buscando sus labios.

—Te estuve esperando en mi habitación después de desayunar —maulló en mi oreja con cierto enfado—. Pensé que te habías dado cuenta de que no quería que ni Helmut ni Didier supieran nada. Pueden ser unos tremendos chismosos...

El avión que me llevaba de regreso a Barcelona surcaba ahora los límpidos cielos suizos o quizá ya se adentraba en territorio francés, y yo me entretuve pensando en los últimos días pasados con Tina. Ella aún se quedaría más tiempo en Berlín, pues después de la resaca de la clausura que habíamos vivido allí, todavía le quedaba trabajo. Más tarde regresaría a Londres y después iría a Francia, para buscar unas localizaciones en las cercanías de Clermont-Ferrand. Me lo dijo la última noche que estuvimos juntos. Acabada la clausura del Festival nos escabullimos de los compromisos y terminamos en el Quarré, no sé si lo conoces, en la mismísima Unter den Linden, un estupendo restaurante cuyos ventanales se abren hacia la Pariser Platz. Me pareció una buena manera de rematar aquellos días inolvidables que pasamos juntos allí, aunque me costara una pequeña fortuna. Todo ese tiempo en que fuimos redescubriendo los prestigios de la ciudad, su noche de vértigo, los canales que la surcan de un lado a otro, el oscuro Berlín de arquitectura constructivista que aún se alza más allá de la zona turística, no tuvimos arrestos para hablar de otra cosa que del presente, de tal forma que esa última noche, mientras Tina me ofrecía su hermoso perfil recortado contra la iluminada Puerta de Brandenburgo, pude notar que no estaba del todo en la charla, incapaz de concentrarse. Yo también andaba un poco desazonado, claro que sí, pero no sabía cómo abordar el tema. Por fin ella, a mitad de una frase mía, cruzó el tenedor y la pala del pescado en el plato, y buscó mi mano.

—Sabes que me quedo unos días más en Berlín, *caro*. Luego regreso a Londres —hizo una breve pausa y continuó—: Y de allí, en menos de un mes, tengo que ir a París. Bueno, cerca de París. Por trabajo...

Me quedé mirándola en silencio. Bebí un sorbo de vino y otro de agua.

—¿Te gustaría que nos viéramos en París?

Temí que mi voz hubiera resultado demasiado débil, casi inaudible. Sin embargo, Tina sonrió maravillosamente y sentí sus dedos delgados apretando levemente los míos, con complicidad y ternura.

—Por un momento pensé que jamás te atreverías a pedírmelo, tonto.

La voz de la azafata anunció que en breves momentos iniciaríamos las maniobras de aterrizaje y que el tiempo en Barcelona rondaba los trece grados. Pensé en el ático seguramente abandonado, en mis libros, en la diminuta terraza hasta la que subía el bullicio del barrio Gótico. Pensé en todo ello con cierta indiferencia, para qué negarlo. Tendría que hablar con Belén, decirle que lo nuestro ya no corría más, y que no era necesario darle ninguna otra explicación. En menos de un mes me vería con Tina en París. Y comencé a contar mentalmente los días, las horas que faltaban para ello.

# Damasco

Desde el mirador, Damasco era un jardín de luciérnagas en aquella noche deliciosa y quieta de junio. Aquellas luces verdes de las cerca de 700 mezquitas de todas las épocas que se alzan por doquier parecían ojos: el vigilante y multiplicado ojo del islam en esta ciudad que desde hace tres mil años y de forma ininterrumpida ha sido sucesivamente aramea, asiria, griega, persa, romana, árabe, mongol, mameluca, otomana y otra vez árabe, pero que sigue siendo esa mezcla obstinada de razas y culturas, tan remota que da vértigo asomarse a su historia, un espejismo flotando en el oasis del tiempo. Allá abajo el tráfico caótico y muy sudamericano también, el enjambre de taxis histéricos, de coches abollados, de combis repletas y zigzagueantes.

—Me hace pensar en Lima —dije y de inmediato me arrepentí, recordando al escritor Mario Bellatín, una noche en El Escorial, contando que el dictador Odría había descorrido las cortinas de su hotel en Tokio exclamando conmovido, acaso maravillado de la similitud entre la moderna ciudad japonesa y su diminuto pueblo andino: «¡igualito a Tarma!».

—¿En serio? ¿A Lima?

Dinorah me miró, invitándome a continuar. A ella esa referencia le parecería seguramente extravagante.

O quizá no. Quién sabe. Sus ojos impacientes parecían reflejar el verdor que hay en el canto de los muecines, también la curiosidad por que yo iniciara mi explicación. Me encogí de hombros un poco, indiqué que me refería a que por la noche, vistas desde tan lejos, en fin, algunas ciudades se parecen un poco entre sí. Ella miró hacia la ciudad que extendía su tráfico caótico allí abajo y movió la cabeza pensativa, seguramente recordando otro tráfico igual de crispado, otras calles de esquinas vagamente mudéjares, parques extensos y descuidados, la vieja Universidad de San Marcos. De pronto se levantó un viento raudo e intenso y sentí la tibieza de su cuerpo frágil estrechándose contra el mío y contuve el repentino deseo de pasarle un brazo por los hombros. «Sí, quizá se parece. Muchas ciudades tienen un parecido que encontramos inesperadamente», dijo.

Pero no era solo eso, ni tampoco tenía que ver con los aromas damascenos o coloniales. Como otras ciudades del Medio Oriente, Damasco asume ese aire perturbado y belicoso que también he encontrado en otras capitales hispanoamericanas, eso que trae consigo la pobreza y que hermana tanto: el día anterior, nada más salir del Cham Palace, en la tumultuosa avenida Maysaloun, advertí esa primera y tenue similitud, una impresión que se desvanece muy rápidamente, claro. Vendedores callejeros de naranjas, un exaltado hervor de bocinazos, hombres en cuclillas mendigando furtivamente, colegiales alborotadores, comerciantes anunciando su mercancía con megáfonos chirriantes y oxidados. Y combis, infinidad de combis, esas furgonetas de transporte de pasajeros que en Lima califican de «asesinas» a causa de los innumerables accidentes mortales que provocan con su temeridad de rebaño incontrolado. También la parte moderna de la ciudad, por donde me había llevado Dinorah hacía menos de una hora, buscando el restaurante donde habíamos quedado con el director del Cervantes, me pareció similar a cualquier otra ciudad hispanoamericana. Sin embargo, una vez constatado esto, Damasco emerge ante nuestros ojos con toda su terrible belleza de ciudad antiquísima: acercarse al Zoco Al-Hamidiyah, por donde hace mil años cruzaban perezosas caravanas de camellos, es sumergirse atropelladamente en una página de *Las mil y una noches*. Cada recoveco de la ciudadela antigua, cada calleja inverosímilmente en pie, cada edificio exhausto por el peso de los siglos parece una advertencia o una amenaza. Una ciudad tan antigua siempre es para sus habitantes como una espada pendiendo de la crin de un caballo.

—En todo caso, Damasco invita a la *flânerie* —me confió Dinorah, muy divertida. Luego se colgó de mi brazo con una liviana familiaridad indicándome así que debíamos volver, y nos encaminamos a su pequeño Saipa, estacionado un poco más allá—. Ahora iremos al café Al Nawfara. Te encantará —prometió con un susurro.

Pero no hacía falta que me entusiasmara más. Desde que salimos de mi charla en el centro cultural, Dinorah se había mostrado con una complicidad deliciosa y gentil, y se unió de muy buena gana a la cena con que el amable Antonio Gil, director del Cervantes, nos obsequiaba después de mi conferencia al cónsul peruano, a mí y a otros invitados. Dinorah estaba radiante en aquella cena, sonriente y atenta frente a mí, de vez en cuando dirigiéndome sus miradas cómplices, sus sonrisas tranquilizadoras cuando alguien acaparaba mi atención por demasiado tiempo, preguntándome por la reacción española después de los recientes atentados de Atocha, un tema inevitable y espinoso en esa región del Medio Oriente. Por eso, cuando finalizó la cena le pregunté si le apetecía tomar algo, ya que partía de regreso a Madrid al día siguiente. Claro que sí, me sonrió. «Te llevaré a un lugar hermoso» dijo con un entusiasmo sincero y yo imaginé fugazmente algunas tonterías inconfesables. Y así fue como llegamos a aquel mirador espléndido que ahora debíamos abandonar para ir al Al Nawfara, el café de las mil y una noches.

Antes de subir al coche eché un último vistazo a los minaretes verdes de aquel paisaje nocturno. Sentía muy cerca la respiración de Dinorah, su perfume ligeramente cítrico, espié sus cabellos rojizos recogidos en un moño elegante, su perfil, como grabado en una vieja moneda asiria: era ya mi segunda noche con ella. «La *flânerie*», había pronunciado con una entonación cantarina: eso que dicen los franceses —recordé mientras serpenteábamos hacia la ciudad— y que en español puede ser callejear, brujulear, pasear sin rumbo fijo.

Sí, quizá era cierto eso que me dijo ella en aquel mirador, mi segunda noche en Siria, después de la cena ofrecida por el Cervantes: Damasco invita a pasear por sus callejuelas desde muy temprano, me habían advertido ya algunos amigos, cosa que yo aún no había hecho porque la tarde anterior, nada más pisar la ciudad, la entretuve retocando la charla del día siguiente, y por la noche recibí una llamada del director del Instituto para disculparse por no poder atenderme ese día pues tenía una jaqueca espantosa. Realmente ho-rro-ro-sa, enfatizó.

—Más bien —añadió con cierto tono melancólico que yo atribuí a su dolencia—. Le dejo, junto con mis disculpas, el teléfono de la persona que le servirá de intérprete y guía. Le pasará a recoger en un par de horas para llevarlo a cenar. Por cuenta del Instituto, naturalmente.

El director se despidió rogándome nuevamente que le excusara y asegurándome que al día siguiente pasaría por mí un coche para llevarme a la sala de conferencias, que iríamos luego a cenar a un lugar magnífico y que, por favor, hoy tratara de pasarlo bien, la persona que me asignaron estaría a mi entera disposición, era un chico de Móstoles muy majo y que vivía hacía mucho tiempo en Siria. Incluso se había convertido al islam.

Así que con el teléfono del intérprete converso que había garrapateado en una tarjeta del hotel me quedé un momento sin saber qué hacer, mirando la ciudad, las luciérnagas islámicas encendiéndose una a una, hasta trasmutarse en un enjambre vagamente amenazador. Siempre dudo cuando estoy fuera de casa, siempre parece vencerme una intempestiva pereza y me debato entre quedarme en la habitación del hotel zapeando por la arcana televisión local, o simplemente salir a dar una breve vuelta, sin ningún plan, esquivando a los taxistas, a los conserjes solícitos y eligiendo calles más bien anodinas, como si realmente hubiera llegado a esa ciudad para quedarme a vivir, y entonces resulta mejor reconciliarse pronto con lo cotidiano, no hacerse a los prestigios turísticos del lugar. Pero en ambos casos, lo que más me molesta o me confunde es asumir un programa para ese mismo día, tener que citarme con mis anfitriones que ya me esperan en el *lobby*, impacientes y gentiles, y entonces es menester esforzarse en olvidar la pesadez del viaje, las ganas de abrir la maleta y sacar el *after*

*shave* y el cepillo de dientes, los pantalones y las camisas, la novela que pondré en mi mesilla de noche y que a
veces ni siquiera llego a leer: olvidarme de esa copa que
me reservo a manera de silenciosa bienvenida y tener
que bajar apresurado, a veces con la misma ropa arrugada del vuelo, para entregarme a un programa de horario
exacto e inflexible, de anfitriones tan abrumadoramen-
te solícitos que a menudo me espantan con su gentileza
sin resquicio. De manera que sin director del centro
cultural ni perro que me ladrara, me metí el teléfono y
el nombre del intérprete al bolsillo y bajé al bar del hotel para tomarme un dry martini y esperar a que viniera
por mí.

Flotaba en el *lobby* un rumor de voces mullidas,
amortiguadas por la cascada que caía en el centro del
vestíbulo, entre mesitas de cerezo y sillones esponjosos
donde los huéspedes leían parsimoniosamente *Le Figa-
ro, The Times, New Herald* o la prensa local, bebiendo
sus infusiones o sus copas casi sin hablar: siempre hay
ese ambiente claramente transeúnte y fugaz en los hoteles, gente que espera, que acaba de llegar, que se está
yendo, que mira el reloj o se abandona en un rincón a
ojear una revista sin mayor interés. Mejor se está acodado en la barra del bar, hay ahí una sensación menos
intensa de que el tiempo se esfuma inútilmente: uno se
entrega al cauteloso ceremonial de conversar con el barman, solicitarle una copa y pedirle que la prepare de tal
o cual manera: mejor corteza de limón que aceituna en
el dry martini, Perrier para acompañar el Campari, más
bien seco el Manhattan y, qué sé yo, son como pequeñas claves para iniciar una conversación que se manten-
drá siempre en unos límites urbanos, razonables, propios de quien está de paso.

El barman del Cham Palace era un hombre de manos elegantes y bigotes canos, muy cuidados, cuyo inglés, aunque vacilante, sonaba con dignidad. Le pedí unos cacahuetes y un dry martini muy, muy seco. No me había dado cuenta de que cerca de donde me encontraba, una joven de vestido negro ceñido se acomodaba frente a un piano y que otra chica, una rubia de dientes blanquísimos, recogía un micrófono de una mesita contigua al piano. El barman se apresuró a explicarme que interpretaban melodías americanas suaves, jazz, pop melódico, cosas así. La cantante demostró tener una voz vibrante y cristalina y la pianista acometía con mucho entusiasmo viejos temas de jazz: entre ambas eran una bastante pasable imitación de Diana Krall. De esqueletos sobrios y europeos, de hecho pensé que lo eran hasta que al cabo de cuatro o cinco canciones hicieron una pausa que fue recibida por algunos tibios aplausos y se sentaron a una mesita alejada de la barra, hasta donde me llegaban sus voces árabes, llenas de jotas y palabras ásperas. Les sirvió té un camarero rubio y de bigotito que les dijo algo y las hizo reír. Me sorprendió que muchos sirios fueran rubios, de cabellos rizados y bigotes recortados con esmero, como el presidente Bashar al Assad, que se parece sorprendentemente al príncipe Felipe de Borbón. Tanto como Rudolph Rassendyll al rey de Ruritania en *El prisionero de Zenda*... Pues bien, los sirios —al menos los de Damasco— se parecen muchísimo a su presidente: bigotitos castaños, cabezas germánicas, cabello corto y rizado. Y muchas mujeres más bien son tirando a rubias, muy blancas, poco mediterráneas. Como la chica que se me acercó mientras yo pedía un segundo dry martini y pronunciando mi nombre correctamente me extendió una mano frágil y de dedos largos.

—Mucho gusto —dijo y su rostro se iluminó con una sonrisa, como si realmente estuviera diciendo mucho gusto—. Soy Dinorah Manssur, su intérprete y guía.


Mientras yo recordaba la noche anterior, cuando Dinorah se me presentó en el hotel, el Saipa color burdeos descendía veloz por la estrecha carretera que nos había llevado a aquel mirador desde donde Damasco se ofrecía inquieta e inabarcable, colmada de mezquitas. Dinorah conducía con esa soltura un poco agresiva y vigilante que es tan típica entre los conductores peruanos, seguramente habría aprendido a hacerlo en Lima. Se lo dije así y soltó una risita divertida, llegábamos ya a un semáforo para entrar en una rotonda que nos conduciría nuevamente hacia la ciudad vieja. Que no creyera eso, dijo entre halagada y divertida, en Lima nunca había aprendido a manejar porque su padre puso el grito en el cielo cuando ella insinuó que tal vez debería sacarse el carnet. «El brevete, el brevete», se corrigió a sí misma, levantando un dedito pedagógico al recordar la palabra peruana. Era cierto que seguramente con tantos años fuera del Perú y el trabajo de traductora al que se había dedicado a tiempo completo desde su regreso a Damasco su castellano se había ido neutralizando un poco y sus giros no resultaban nada limeños, me dijo. Por eso me costó identificar su acento cuando se presentó en el *lobby* del Cham Palace para decirme que el intérprete y guía que el Cervantes había puesto a mi disposición —el mostoleño majo y converso— se encontraba indispuesto y ella había accedido a reemplazarlo. Por un momento me sentí un estorbo para tanta gente y en tan poco tiempo. Llevaba menos de cuatro horas en Damasco y ya parecía un incordio: dos indispuestos y una chica que perdía seguramente su día libre. Balbuceé unas disculpas, la invité a sentarse a mi lado, a que por favor me aceptara una copa o un café. Pero ella seguía sonriendo con amabilidad y creí en ese momento descubrir en su sonrisa cierto travieso regocijo por mi desconcierto pues yo esperaba a un tío —quizá uno con tocado árabe y barba de emir— y no a una chica. ¡Y mucho menos aún peruana!, como supe después. «Bueno, peruana, peruana... no del todo. En realidad aunque haya crecido y estudiado en Lima soy de aquí, de Damasco», matizaría Dinorah más tarde.

Esa noche, antes de salir del hotel, aceptó acompañarme a beber algo —se dirigió al barman con dos frases rápidas y el hombre le puso al momento un botellín de ginger ale y un vaso con hielo— ya que cuando ella llegó yo acababa de pedir mi segundo dry martini.

Llevaba un traje sastre que solo podría calificar de muy decoroso y una blusa de seda gris perla. La falda que se le subió un poco al sentarse ella en el taburete de la barra me mostró unas rodillas hermosas, redondas y apetecibles como frutas en su plenitud. Pero Dinorah, pese a la sonrisa gentil que iluminaba su rostro cada vez que alzaba sus ojos verdes hacia mí para explicarme algo o contestar alguna pregunta, permanecía como atrincherada en un cortés ensimismamiento que atribuí a la forma rápida de marcar las distancias que con seguridad su trabajo requería. Mientras tomaba a sorbitos su ginger ale y yo la miraba con disimulo, imaginé lo que tendría que enfrentar con cierta frecuencia: acompañar varias horas al día a forasteros de paso —como yo mismo—, llevándolos a comprar al gran bazar fruslerías para sus esposas e hijos, a caminar por la ciudad vieja, a beber un típico té de manzanilla y escaramujo y a cenar quizá el invariable *menazzalleh;* estar con ellos todo el día, digo, seguramente daba pie a situaciones confusas de equivocada intimidad. No era difícil imaginar que en más de uno de esos hombres para quienes Dinorah oficiaba de intérprete debía brotar, como de un pozo, el agua inesperada de las ilusiones eróticas más irrazonables. No, no era difícil imaginar a aburridos hombres de negocios, sobreexcitados gestores culturales o poetas libertinos, ansiosos por echar una cana al aire, contemplando a su preciosa guía en la lejanísima y misteriosa Damasco. Además, Dinorah tenía unos pómulos vagamente eslavos, una nariz fina y breve, los ojos grandes, de un verde burbujeante y algo exótico, y aunque vestía con una cuidadísima reserva en la que era fácil adivinar muchas horas invertidas en la elección de su atuendo —y hasta en el cauteloso aroma a mandarina de su perfume— era imposible no admirar sus labios frescos o las bellas piernas que cruzaba y descruzaba lentamente. Era imposible, al cabo de un tiempo, no imaginar sus mejillas arreboladas por la pasión. Casi con tristeza me pregunté qué papel me tocaría interpretar para ella. ¿Imaginaría Dinorah que al cabo de un momento empezaría un lento y baboso asedio, que a las pocas horas insistiría en ofrecerle un trago, que buscaría la manera de rozar sus manos como al descuido o peor aún, hacerle un comentario más rijoso que halagüeño, estimulado por el par de tragos que acababa de beber?

«No, no me pareciste de ese tipo», me dijo la noche siguiente a nuestro primer encuentro, soltando nuevamente su risita juguetona cuando después de contemplar la ciudad desde aquel mirador el Saipa enfiló por una ancha avenida sin mucha circulación (la vida nocturna de

Damasco es puntual y discreta, desfallece con una prontitud excesiva) que nos llevaría hacia un café muy bonito,
según me había dicho Dinorah, «un café de intelectuales
y escritores» añadió con un tono algo burlón cuya afabilidad acentuó dándome una palmadita en el envés de la
mano. De manera, pensé yo algo más tranquilo, que no
me consideraba *de ese tipo,* y que seguramente ella también había estado haciendo sus cálculos la noche anterior
cuando se presentó en el Cham Palace, evaluando quién
sería yo, cómo me portaría, si sería un pesado, uno *de
ese tipo,* pues inevitablemente, entonces, habría gente de
ese tipo. No me atrevía, claro, a preguntarle nada y me
limité a contemplar las avenidas oscuras, algo desolado-
ras, que el coche cruzaba velozmente, como una flecha
lanzada contra el futuro, contra ese tiempo que vendría y
ya tejía sus trampas sin que yo, en ese momento, siquiera
me hiciera una idea de lo que me esperaba.

La noche anterior a mi charla y a nuestro nocturno paseo hacia el mirador, aún en el hotel, nada más terminar mi dry martini y ella su ginger ale, me preguntó
con su perfecto castellano que qué quería hacer, si quería
ir a dar una vuelta por la ciudad —aunque miró un re-
lojito que hizo aparecer fugazmente en su muñeca, como
dando por sentado que no se me ocurriría la impertinencia de pedírselo a esas horas— o si prefería cenar allí mismo en el hotel e hizo un gesto con la mano, como de
invitación y magnificencia. Debió interpretar muy bien
mi decepción porque sonrió con más énfasis, quizá recordando que el director del Cervantes no pudo atenderme,

que el guía majo, mostoleño y converso se encontró súbitamente indispuesto y por lo tanto a ella le correspondía hacerlo o así se lo habrían encomendado, y me dijo que si me apetecía podíamos ir a un restaurante en la parte vieja de la ciudad. «Seguramente le gustará», me tentó más con sus ojos que con sus palabras.

Salimos a la tibia noche damascena en busca de su auto y luego de transitar unas calles siempre mal iluminadas y de semáforos parpadeantes llegamos a un barrio algo tristón o quizá solo desierto a esas horas, recorrido por pocos transeúntes que apenas si nos miraban, más preocupados por esquivar las grietas de las veredas y algunos charcos de agua o meados, que por nuestra presencia. Pero al dar la vuelta a una callejuela —yo ya estaba pensando en dónde demonios nos habíamos metido, sin atender del todo la charla de mi linda guía— alcanzamos una calle más amplia, mejor iluminada, rumorosa de gente, y luego Dinorah me indicó una pequeña puerta que se abrió, como en un cuento de *Las mil y una noches,* a un patio arbolado, oloroso a hierbabuena y durazno, salpicado de mesitas coquetas, de manteles a cuadros y farolillos pespuntando su perímetro: una inesperada estampa italiana y meridional donde algunas parejas bruñidas por la luz de las velas y grupos joviales de amigos compartían el aromático *tabbouleh* y otros guisos más contundentes, que me devolvieron el buen humor y me recordaron que desde que saliera de Madrid no había probado bocado alguno.

—Pensé que este restaurante le gustaría. Al menos así me lo sugirió el director —dijo Dinorah una vez que nos hubiéramos sentado y que ella encargara al camarero unos platos de humus, ensalada de perejil y una botella de oscuro vino libanés.

—¿No te importa si nos tuteamos? —le sugerí y ella asintió, claro, por supuesto.

Inesperadamente sacó de su bolso un paquete de cigarrillos, me invitó uno y encendió el suyo fumando con cierta urgencia, expulsando el humo hacia un lado, ofreciéndome su perfil. No sé por qué me la había imaginado no fumadora.

—¿De dónde eres, Dinorah? —le pregunté finalmente.

Desde que nos vimos en el bar del Cham Palace su dicción me había parecido inverosímilmente sudamericana, pese al empeño de otorgarle un cierto registro más neutro a su voz, como si su profesión la impeliera a ocultar su acento, como si no hacerlo fuese una poco correcta forma de intimidad. El camarero se acercó con la botella de vino y sirvió nuestras copas.

Dinorah probó un sorbito de vino y luego, como ganando impulso, tomó otro sorbo, esta vez más largo. Yo también probé aquel vino de matices corpulentos, casi primarios, paladeándolo con interés.

—¿No te has dado cuenta aún? Soy de Lima. Bueno, no exactamente, pero crecí y me eduqué allí. Estudié en la Universidad de San Marcos.

Me quedé mirándola, incrédulo. Me había empeñado en que era un acento sudamericano, sí, pero no pensé que la lenta telaraña se hubiera creado con tanta precisión, que fuera de Lima o que, como acababa de decir, se hubiera criado allí. Dinorah, ante mi momentáneo silencio, levantó su copa —descubrí con cierto alivio que no era abstemia, no hubiera soportado a una acompañante bebiendo infusiones— y me dijo «salucito». Tuve que reírme, claro, al escuchar ese dulce y cursi diminutivo que me regresaba de Damasco a mi Lima ya lejanísima en el tiempo. Mis casi veinte años fuera del Perú me han hecho algo sensible a los horrorosos diminutivos nacionales, a la empalagosa manera que tienen mis compatriotas de salpicar sus conversaciones con palabritas y exclamacioncitas, y a atenderte como si te fueras a morir mañana. Pero en Dinorah aquel brindis amariconado sonaba más bien a broma amable y pueril. Así que yo también le dije salucito, y ambos nos reímos, contentos por esa repentina complicidad que se había tendido entre nosotros: al fin y al cabo éramos dos peruanos en Damasco, aunque yo viajara con pasaporte español para hablar de la influencia de Vargas Llosa en la nueva narrativa hispanoamericana y en mis novelas en particular, y ella fuera intérprete siria. El vino resultó, según leí en la etiqueta, una curiosa mezcla de Cadaloc y Pinot Noir, de una untuosidad fragante y rotunda, realmente muy bueno. Dinorah me habló con esmero y conocimiento de los vinos de la región y de inmediato percibí que sabía de lo que hablaba.

—Pensé que los árabes, y sobre todo las mujeres, no eran muy aficionados al alcohol —dije despreocupadamente y me pareció que en la oscuridad de la tibia noche sus ojos destellaron contrariados.

—Bueno —dijo limpiándose la comisura de los labios—, entre los árabes hay de todo, desde los creyentes practicantes hasta los no creyentes. Además, yo soy de origen cristiana maronita, no soy musulmana.

Yo había oído vagamente hablar de los maronitas, católicos con rituales propios que tienen plena relación con Roma, pero sabía muy poco de todo aquello, así que Dinorah me instruyó con mucho entusiasmo mientras paladeábamos sorbos de aquel vino robusto y ahumado. Yo escuchaba hablar de San Marón, del Concilio de Calcedonia, del Patriarca de Antioquía y de los poquitos que eran ellos en Lima («¿quiénes eran ellos?», «Ella y sus padres, pues», «¡ah!») pero de lo rápido que se integraron en la Iglesia católica... la escuchaba tratando de no distraerme, divertido y a la vez asustado con la posibilidad de que la pedagógica Dinorah —había un empecinado afán aleccionador en su voz que me resultaba muy curioso— de pronto me preguntara algo, que me sorprendiera atendiendo más que a sus palabras al color que iba ascendiendo a sus mejillas, al segundo de escote que descubrió un botón suelto de su blusa gris perla, al verde burbujeante de sus ojos, secretamente animados por una corriente galvánica que iba mostrando, más que sus gestos y sus palabras, la suspicacia, la contrariedad, la aquiescencia, el placer o el desconcierto. En un momento, aquel verde vivísimo culebreó vacilante al pedir yo otra botella de aquel Cuvée Sainte Thérèse del que habíamos dado cuenta mientras cenábamos: esta vez pagaba yo, le dije, dispuesto a no abusar de la gentil invitación del Cervantes. «No, no eso pero... bueno, está bien» dijo ella envarando un poco la espalda antes de volver a relajarse. El camarero nos trajo la botella envuelta en una servilleta inmaculada, mostrándola como un padre orgulloso mostraría a su primogénito. La descorchó con eficacia, me ofreció el corcho (con la anterior no lo había hecho), volvió al cabo de un momento en que dejó respirar el caldo, nos sirvió dos copas.

Dinorah levantó la suya y sonrió, las mejillas aún tintadas de rubor, igual que sus labios. Empujó un poco su plato y cruzó los cubiertos. Aquella interrupción algo operística del camarero había quebrado el ascendente ritmo de su charla distendida.

Aquella primera cena nuestra venía recordando yo en el Saipa color burdeos, como si hubiera ocurrido hacía mucho tiempo atrás y no la noche anterior, cuando por fin llegamos al casco antiguo —no tardamos nada desde el mirador, Dinorah conducía como una auténtica limeña—. Buscamos un lugar donde estacionar el auto. Lo hicimos en una calle algo estrecha, que parecía un túnel, un negro agujero desde donde se levantaba un olor a hierba quemada, a víscera de animal y otros detritus que desbordaban algunos contenedores de basura, arracimados en un extremo de la calle silenciosa. No parecía muy tranquilizadora aquella imagen y Dinorah pareció leer mi temor: «esto no es como Lima, aquí hay pobreza pero no delincuencia», me dijo con cierto orgullo patrio. Y volvió a tomarme del brazo —no sabría decir cuándo había empezado a hacerlo— para conducirme dando unas vueltas por aquí y por allá, caminando debajo de balcones seguramente del tiempo de Saladino y que parecía podían desplomarse sobre nosotros si hablábamos demasiado alto. Así, al cabo de unos minutos alcanzamos una calle estrecha, de emparrados raquíticos, muy cerca ya del zoco Al Arqadiya y prácticamente bajo el alminar de Yahia, de la Gran Mezquita. El corazón mismo de Damasco.

Dinorah me lo había prometido como un lugar realmente especial. Es más, creo yo que durante la cena con el director del Cervantes y antes de que le propusiera dar una última vuelta por la ciudad previa a mi partida, ella ya lo tenía claro. La noche anterior, mientras bebíamos la segunda botella de aquel magnífico vino libanés, no paró de hablarme de ese café, Al Nafwara donde, si teníamos suerte, podíamos escuchar a Rashid el Qalaq,

Abu Shadi, quien se presentaba así mismo como el último *Hakauati* de Damasco.

Al ver mi cara de perplejidad me lo explicó, encendiendo un cigarrillo, otra vez animada después de la interrupción de aquel camarero: el *Hakauati* es un contador de cuentos. ¿Como en *Las mil y una noches*? Más o menos, rio. Bebimos más vino y nos adormecimos con el murmullo de las charlas y la música muy tenue que instilaba un altavoz del restaurante, música occidental, contemporánea, algo de jazz de vez en cuando. ¿No extrañaba Lima?, le pregunté de pronto. Dinorah se cruzó de brazos un momento, pensativa. No, ahora ya no, pero al principio, cuando su madre y ella resolvieron regresar a Damasco, lo había pasado bastante mal. Aunque hubiera nacido allí, sus padres llegaron a Lima cuando ella tenía apenas cuatro años y el recuerdo brumoso de un patio. De un patio y de unos árboles, también de una ventana que daba a un mercado, pero nada más. Se hizo limeña de inmediato, claro está, sin darse cuenta: más fue lo que tardó en entender que también era siria o, mejor dicho, una buena mezcla de Medio Oriente. Y volvió a reír despacio, quizá algo embriagada con el vino. Su madre era del Líbano —aunque de origen turco, vaya lío, de hecho aún tenía algunos familiares en Estambul— y su padre sirio. Se conocieron en las liturgias de la pequeña comunidad maronita de Damasco, se casaron muy pronto, muy jóvenes e ilusionados. Pero aquellos años eran irrespirables políticamente y su papá decidió emigrar a América. El régimen de Hafez Al Assad, el padre de *la Jirafa* —como llaman los sirios al presidente Bashar Al Assad—, manejaba el país con la brutalidad y el despotismo de un califa medieval. Pero al parecer no fue una decisión acertada porque el lejano y exótico Perú estaba gobernado por una recua de militares de los que el padre de Dinorah pronto se desencantó. Sabía perfectamente de lo que me hablaba, por ese entonces yo empezaba a escribir una novela sobre esa dictadura. La cuestión era que sus padres habían llegado al Perú con la niña pequeña en un espantoso viaje en barco que casi las mata a ella y a su madre. Iban hacia el norte, a Piura, para encontrarse con un primo hermano del señor Manssur que vivía allí desde los remotos años cuarenta, pero al llegar a Lima les estafaron —o les robaron todo, Dinorah no se acordaba bien o no quería contarme aquella parte de la saga familiar—. Gracias a los pocos compatriotas que conocieron allí, decidieron quedarse. ¿A qué se dedicaba su padre? Pues a lo que los sirios que fueron llegando al Perú, al negocio textil. Al principio su padre había empezado a vender telas casa por casa, gracias a un paisano providencial que lo contrató para que llevara una maleta ajeada y grande con el muestrario de telas que ofrecían. Llegaba a casa extenuado de recorrer Lima de una punta a otra porque prefería ahorrarse los cobres que le daban para el autobús. Fueron tiempos difíciles para ellos, pero la pequeña Dinorah apenas los recordaba. Quizá solo de mayor se dio cuenta de lo mucho que había luchado su padre para sacar adelante y mantener a su familia. Al cabo de unos años él se independizó y con un modesto capital pudo acometer por su cuenta el negocio, vendiendo su género en provincias. Fue una época más holgada, recordó Dinorah, pero luego las cosas se torcieron con la llegada del APRA al poder y la repentina muerte del señor Manssur. Aquello cambió radicalmente la vida de Dinorah y de su madre, pues aunque ella acababa de entrar a la Universidad de San Marcos pronto se vería obligada a dejarla. Y también había descubierto la horrible injusticia que imperaba en el país, la brutal indiferencia de los gobernantes para con el Ande. Sí, recuerdo claramente que dijo «Ande», una forma muy sanmarquina de designar los Andes, lo andino, pero también lo vernáculo y lo profundo de aquella región. Luego de decir esto, quedó un momento callada, haciendo caballitos sobre la mesa del restaurante, como olvidada de mí, seguramente recordando sus primeras y amargas lecciones sociales en aquella universidad altamente politizada. Al fin y al cabo, a Dinorah le había tocado vivir la irracional hecatombe del terrorismo de Sendero y el mal gobierno de Alan García cuando apenas era una jovencita, casi una niña...

Esa noche no hablamos mucho más porque advertí que los ojos de Dinorah se velaron, fatigados quizá de tantos recuerdos repentinos. Al cabo de un momento regresamos por calles desiertas al hotel y ahí ella volvió a sonreír con un poco de tristeza para decirme que mañana, después de mi conferencia, el señor Gil me llevaría a cenar con el cónsul peruano y algunos otros invitados. Esperaba que lo pasara bien. ¿Iría ella?, pregunté algo precipitadamente aferrando la manija de la puerta y Dinorah quedó pensativa, no se lo había planteado. Su coche roncaba con pequeños estertores. Quizá sí, creía. No nos dijimos más, nos despedimos con un beso cordial y limeño, la vi desaparecer en su pequeño carrito color burdeos y yo me encaminé al bar, a ver si era posible tomarme una última copa, vagamente desazonado.

Pero al día siguiente de la cena con Dinorah, finalizada mi charla sobre Vargas Llosa, el sagaz Antonio Gil se acercó a ella, que había estado sentada en una de las últimas filas del auditorio, y antes de que se pudiera ir

la alcanzó —más bien la interceptó— mientras yo conversaba con dos profesores españoles y miraba de reojo,
algo nervioso, cómo Dinorah parecía dispuesta a marcharse sin que yo pudiera evitarlo. El proverbial director
del Cervantes también pareció advertirlo y después de
hacer un requiebre elegante a las tres señoras que charlaban con él alcanzó a mi guía e intérprete: ¡Manssur!,
que ni se le ocurriera irse, advirtió con su acento anda-
luz Antonio Gil: en un momento íbamos todos a cenar.
Y yo vi —o creí ver— una alegría sincera en el rostro
de Dinorah cuando se volvió a mí. Ese contento le du-
raría toda la cena, como un motorcito que daba vida a
su sonrisa, mientras charlábamos con el cónsul peruano
y otros amigos invitados por Gil, o me explicaba algún
plato, o me hablaba sin cesar de su ciudad. Y le alcanzó además, ya cuando todos demorábamos la despedida
intercambiando tarjetas y correos electrónicos, para que
cuando yo le sugiriera tomar una última copa no solo
aceptara sino me dijera claro que sí, con su bolso de piel
al hombro, que pensaba llevarme a un lugar fantástico y
de allí al café del que me había hablado ayer, ¿me acordaba?, que era donde finalmente estábamos ahora sentados
—luego de bajar raudos del mirador donde previamente
fuimos— pidiendo un narguile y unos vasitos de té de
escaramujo. El local estaba lleno, por lo que tuvimos que
acomodarnos en un rincón junto al ventanal que daba
a la calle, entre cojines de raso y tapetitos de mil colores, esperando al *Hakauati,* lentamente envueltos en ese
delicadísimo escenario lleno de murmullos en árabe, de
charlas gesticulantes y animosas. Así estuvimos también
nosotros, pasando de un tema a otro como de rama en
rama, incapaces de detenernos en nada, conscientes (yo
al menos) de que apurábamos mis últimas horas en Da-

masco, como mecidos por la música ondulante de Sabah Fakhri y Safwan Bahlawan, viejas melodías nacionales recuperadas por estos dos artistas que al parecer gozaban de mucho aprecio entre los concurrentes, según me explicó ella. ¿Y Chacalón? ¿No van a interpretar nada de Chacalón? No pude evitar hacerle una broma tonta a Dinorah porque por momentos me costaba imaginármela crecida y educada en Lima, y si era así resultaba lógico que conociera a Chacalón, el maestro indiscutible de la música *chicha,* ese alarmante híbrido musical peruano que condensaba la esencia de lo que los sociólogos llamaban con algo de empaque *las clases emergentes.* Dinorah me dio una palmadita traviesa en la mano, reconviniéndome con falsa severidad y yo sin pensarlo dos veces atrapé sus dedos, alarmado al segundo por mi audacia. Pero Dinorah no escamoteó el contacto y más bien enredó sus dedos confiadamente en los míos, sin mirarme y vuelta hacia el pequeño y destartalado escenario. Apareció de pronto el *Hakauati,* vamos, el mismísimo Rashid el Qalaq, Abu Shadi, quien fue recibido con aplausos encendidos y, luego de que ofreciera una larga reverencia circense, se hizo un silencio nervioso, expectante. Cuando aquel hombre empezó a hablar, mi absoluta y radical ignorancia de esa lengua enigmática fue recompensada con el aliento y el susurro de Dinorah que intentaba traducir lo mejor que podía y además no interrumpir la narración del viejo Abu Shadi. Así, ella se inclinaba mucho hacia mí y en algún momento, a los diez o quince minutos de estar así —realmente no creo que jamás alcance a recordar ninguna palabra de las muchas que me tradujo esa noche— pude sentir sus labios haciéndome cosquillas casi en el lóbulo de la oreja. Ambos habíamos decidido pasar del té al whisky a los dos sorbos de la infusión, de tal forma que pude percibir que ella misma alentaba ese juego de intimidad al acercar temerariamente sus labios a mi oreja, haciéndome estremecer y estrujar más sus dedos, pues yo seguía con su mano atrapada en la mía. En algún momento su traducción se hizo vacilante, un poco inconexa y, ya por último, inexistente. Yo me quedé quieto, con los ojos cerrados mientras sentía cómo se aplicaba en apoyar sus labios dulces contra mi piel, que alcanzaban mi mejilla y que discretamente, amparados por la penumbra tibia del café, buscaban los míos.

Sí: siempre recordaré la intensidad de aquel beso de Dinorah como una experiencia extraña y un poco confusa, porque repentina y descabelladamente concebí que había viajado durante todos estos años por ciudades, amores y soledades para encontrarme con sus labios y con su lengua, con su aliento un poco a hierbabuena y otro poco al whisky que acababa de beber. Toda esa noche, desde que salimos del restaurante adonde nos llevó Antonio Gil, yo había intentado pensar lo menos posible en mi viaje de regreso a Madrid, sabiendo que partía al día siguiente. Por eso mismo también había procurado no acercarme mucho a Dinorah, pese a que ella, en aquel mirador anochecido, acercara su piel a la mía, se colgara de mi brazo con una deliciosa familiaridad, y luego me llevara al café Al Nawfara donde dejó que cogiera su mano, y me tradujera una versión absolutamente sensorial y erótica de aquel contador de cuentos incomprensible y del que guardo no obstante gratísimo recuerdo.

Nos besamos largamente, casi hasta la extenuación, aprovechando la providencial esquina a la que nos vimos confinados nada más llegar, dada la gran cantidad de gente que había acudido al café para escuchar al *Hakauati*, que seguía contando cuentos de la época de los mamelucos con su voz pedregosa y efectista, sin que nosotros le hiciéramos ya mucho caso. Noté cómo Dinorah acercaba sus hermosas rodillas a las mías con una audacia que yo atribuí a su paso por el mundo occidental, aunque ella mucho rato después, al confesárselo mientras seguíamos besándonos en mi habitación del Cham Palace, opinara lo contrario. «No, querido, nada de eso», me dijo incorporándose a medias en la cama, apoyada en un codo y regalándome con la visión de sus pechos redondos, blanquísimos bajo la leche lunar que entraba por la ventana: «Las sirias somos muy intensas». Conversamos con cierta desesperación e hicimos el amor hasta que nos dolieron las articulaciones y en la ventana de la habitación apuntaba ya una claridad algo insípida. Y aun así, a mí me resultaba imposible dormir, desvelado, exhausto, con ganas de fumar y de volver a hacerle el amor a Dinorah que ya había sido ganada por el sueño, contando las pocas horas que tenía para salir al aeropuerto, un tema que ella evitó tapándome la boca nada más pisar la moqueta de la habitación.

«No, no hablemos de eso, por favor», me exigió, cuando la abracé con fuerza y empecé a besar su cuello, notando cómo su cuerpo parecía florecer lleno de lujuria y ansiedad. Tampoco quiso hablarlo después, mientras mordisqueaba una manzana con saludable apetito mostrándome sus dientes voraces y la lengua golosa que sorbía el jugo del fruto al resbalar por la comisura de los labios. «Eres insaciable, *habibi*», me dijo cuando volví a la carga, cogiéndola de la cintura para sentarla a horcajadas sobre mí, haciéndola gemir: «Me marcho mañana», se me escapó de pronto y por sus pupilas navegó una nube densa, no quería hablar de eso, musitó tumbándose a mi lado, cubriéndose los ojos con una mano, no tenía sentido que lo mencionáramos, para qué estropear esa noche, insistió con un pragmatismo algo cínico y se dio la vuelta. Yo podía ver su espalda color durazno, contar las vértebras de su columna o mejor aún inventariarlas con un dedo, como los picos de una hermosa cordillera que conducía a sus caderas rotundas y que resguardaba su sexo tibio y deliciosamente floral..., pero no lo hice y me quedé también en silencio pensando que toda mi vida había huido de situaciones similares, de despedidas y de amores equívocos, desdeñados casi siempre por imposibles y engorrosos, o quizá por saberlos prontamente envilecidos a causa de la apatía, esa agua turbia que va erosionando sin piedad lo mejor de una relación. Y que nunca, jamás, me había dado la oportunidad de cometer una locura.

Por eso, cuando Dinorah despertó un poco confusa con la mañana muy avanzada, la recibí afeitado y duchado, ¿por qué no bajábamos a desayunar y de ahí partíamos a visitar Damasco? Se incorporó en la cama apenas cubriendo su desnudez, con los párpados levemente hinchados, sin comprender muy bien lo que decía. «¿No tienes que hacer la maleta?», preguntó con su voz ronca de sueño y extravío. Me senté a su lado y puse algo de orden en sus cabellos. «No. He decidido quedarme unos días. Espero que te venga bien porque ya cambié mi vuelo y he alargado la reserva en el hotel».

Entonces Dinorah se volvió hacia mí, me abrazó con fuerza, ocultando su rostro en mi cuello, que al cabo sentí imperceptiblemente humedecido. Nos quedamos un rato largo así, sin decirnos nada, absolutamente ajenos a todo, únicos habitantes de un mundo que yo, con irracional empeño, había empezado a creer mío...

# Barcelona

Nunca me había ocurrido nada así ni —ahora estoy completamente seguro— jamás me volverá a ocurrir, ¿sabes? La flamígera y repentina entrada de Tina en mi vida fue como una súbita explosión, cuya luz cegadora terminó por hacerme indiferente a lo poco que quedaba de mi matrimonio: los detritus de un naufragio flotando en la absoluta indiferencia del océano. Es cierto que las cosas con Belén hacía tiempo que apenas si marchaban y nos limitábamos a compartir el ático del barrio Gótico con una amabilidad burocrática cuya cordialidad parecía siempre levemente contaminada de cierto resentimiento que yo evitaba por todos los medios, posponiendo el hipotético momento en que nos sentaríamos para conversar e intentar arreglar nuestra relación.

Pero aquellos últimos días antes de que me marchara a Berlín para cubrir el festival de cine, tanto a Belén como a mí se nos hacía irrespirable compartir el aire del pequeño piso por más tiempo, emponzoñado últimamente por esos leves indicios que me pusieron sobre la pista de lo que realmente ocurría y que yo no había querido ver. No era que me importara ya demasiado, pero desde que Belén regresó de la clínica del doctor Puigcercós supe —casi secretamente— que habíamos ido demasiado lejos para una reconciliación. Cuando volvió de su rehabilitación, Belén estaba en los huesos y pese a ello se había obstinado en vestir con la misma negligencia naíf de nuestros veraneos en Ibiza, como si en algún momento hubiera perdido intencionalmente el ferry que nos llevaba de vuelta a casa y a cierta cordura: faldas largas de algodón, camisolas de aire vagamente hindú y collares largos y sonoros. De vez en cuando ahumaba el salón con palillos de incienso: aquel aroma feraz y penetrante que yo ya alcanzaba a oler con disgusto y resignación desde que se abría la puerta del ascensor y me asaltaban las voces de sus amigos, Miquel Pernau y los demás: hippies encanecidos y naturistas rapados y de una austeridad corporal algo repulsiva, devotos cerriles del sándalo y el *bhagavad gita* que, como mi mujer, parecían rumiantes impasibles de su propia estulticia. ¿Cuándo se había convertido Belén en aquello? Es cierto que durante algunos veranos en Ibiza, en el chalet de Carles Maganya y su mujer de ese entonces, la escultora Pau Domínguez, ciegos de porros y cubatas, bailando desnudos y copulando con los ojos entornados —como si aquello no fuera una vulgar, simple orgía de jóvenes pasados de rosca sino una exaltada comunión cósmica o kármica o como se pudiese llamar— habíamos pensado en algún momento que sí, que se podía vivir así, como unos neo hippies de los noventa, que la civilización y sus sortilegios de frivolidad y consumismo quedaban lejanísimos de aquella cala que poco tiempo después los infatigables turistas alemanes e ingleses —y sobre todo el *boom* inmobiliario— harían desaparecer. A nadie pareció tampoco importarle mucho que ocurriera así y un verano ya no fuimos más a Ibiza: Carles y Pau habían adquirido una masía en el Garraf, muy cerca de Vilanova i la Geltrú, donde cambiamos los ecológicos porros por pastillas de pequeñez venenosa, de igual modo que hicimos con los cubatas, que fueron rápidamente desplazados por chupitos fríos de vodka y cosmopolitans glamourosos. Pero yo sentía que aquellas fiestas que luego continuaban en el piso de algunos amigos —Jaume Pla y Nuria Olzinelles, los hermanos Pujol, Nines y Bosco Noguera— o en el Dry Martini u otro bar de moda, empezaban a infectarse de irritación, que la cabeza parecía quebrárseme de dolor a todas horas y que me costaba un esfuerzo sobrehumano escribir un artículo en el que antes empleaba quince o veinte minutos. Vivíamos en una realidad ungida de euforia y depresiones constantes, masticando puñados de aspirinas y bebiendo largos vasos de cerveza para aplacar la sed virulenta que nos abrasaba de la mañana a la noche.

Hubo un tiempo que no estaría seguro de precisar que nuestra existencia transcurrió básicamente en las fiestas que organizaban los amigos: en más de una ocasión fuimos sorprendidos por la claridad empalagosa —como de un blanco horchata— que anunciaba las primeras horas del amanecer por las ventanas, bebiendo un cubata dulzón donde flotaban fragmentos de hielo, con la lengua hinchada y áspera de tanto tabaco y tantos canutos, conversando sin parar, en medio de gente semidormida, estragada, ojerosa, capaz aún de proponer alguna escapada en ese mismo momento, de continuar la juerga en lugares inverosímiles de los que yo o Belén jamás habíamos oído hablar, en *after hours* cuya siniestra trepidación metálica y olor de polígono industrial parecían anunciar un cataclismo del que nadie se salvaría. Y sin embargo, cuando emergíamos de aquellas catacumbas retumbantes y llenas de colgados, Barcelona seguía siendo inimaginablemente la misma que todas las mañanas, pacífica, rumorosa, apresurada y vital: emergíamos nosotros de aquellos subsuelos pestilentes a nicotina, eufóricos y demacrados como seres de otro mundo y teníamos que entrecerrar los ojos a causa de la violencia con que nos recibía la luz de la mañana o del mediodía. Entonces Belén y yo regresábamos al ático dormitando en un taxi, víctimas de una taquicardia insoportable, estremecidos por los bocinazos o por la simple, inocente visión de las Ramblas llenas de turistas japoneses.

Como ocurre cuando uno es joven, nosotros también éramos inmortales en aquella Barcelona de diseño, de cotilleos y maledicencias, de cócteles y restaurantes de moda. Al principio fue más bien la inercia de seguir con el grupo de amigos: escritores, periodistas, gente embarcada en proyectos culturales de dudosa eficacia, diseñadores y ociosos de papel *couché*... después fue la euforia de la cocaína, el sosiego becerril del hash y los porros, el frenesí de las anfetas, el chute químico del *popper* y los *tripis,* el alcohol, el sexo, el corazón trepidando siempre como el redoble de un tambor insensato, el permanente nimbo donde habitábamos sin descanso, flotando a la deriva, cada vez más y más noche adentro.

A veces recordaba los primeros meses de nuestra relación, cuando Belén dejó el piso que compartía con unas amigas para venirse a vivir conmigo. No hubo mayores preguntas ni comentarios y si al principio, cuando nos conocimos en el Máster de Edición que yo dictaba, hubo cierta complacencia canalla en la manera en que la abordé y ella me aceptó, luego derivamos a una relación más bien convencional en la que Belén se sentía a gusto y yo navegaba tranquilo en mi rutina diaria. Así, resultó pues absolutamente natural que decidiéramos primero compartir aquel ático y tiempo después —cuando la dueña nos lo ofreció a muy buen precio— comprarlo sin muchas vacilaciones. Pero poco a poco fuimos dejando aquella pequeño-burguesa y pacífica cotidianidad para ceder nuevamente a la tentación de las noches ruidosas, temerarias, llenas de porros y cubatas con los amigos, fiestas y reuniones colmadas de frases pretendidamente mordaces e ingeniosas y discusiones supuestamente cultas que sin embargo solo escondían frivolidad, mala leche y hastío. No nos dimos cuenta de que empezábamos a salir de casa sin conciencia alguna de cuándo regresaríamos, porque la noche daba inicio en el piso de Carles, o directamente en el Dry Martini y de allí continuábamos sin preocuparnos de cuándo volveríamos y así, cuando por fin regresábamos, caíamos en la cama todavía desvariando en una niebla de nicotina y pastillas. Belén dormía a mi lado con grandes sobresaltos que iban dejando ojeras violáceas en su rostro cada vez más fatigado. Como digo, este fue un proceso casi inadvertido que fue tomando poco a poco nuestra rutina hasta contaminarla por completo. Pese a todo, ella continuaba siendo una joven de rizos saludables y negros, ojos color caramelo y el rostro de una *madonna* renacentista, un perfil al mismo tiempo delicado y lúbrico, algo que yo veía cada vez más a través de los ojos de otros, pero sobre todo de los de Carles Maganya. Sí, yo había follado con Pau —que era una rubia alta y caballuna, de trabajosos orgasmos— como Carles con Belén, pero aquello había sido en otra época, en la dorada Ibiza de los atardeceres insoportables a causa de tantos porros. Aquello había sido esa especie de burda y tosca comunión que nos dejaba durante horas tumbados en la cama o en el sofá, recluidos en un silencio que todos nos empeñábamos en decorar de misticismo, pero que solo era hartazgo y cansancio físico. Nos bañábamos desnudos amparados por lo recóndito de la cala, tostándonos durante horas bajo el sol dionisíaco del Mediterráneo, comíamos algo de pescado y luego volvíamos bajo techo, a beber y a fumar porros, hablando de proyectos comunes que en el fondo todos sabíamos que jamás tendríamos la fuerza suficiente como para poner en marcha porque también en el fondo nadie hacía nada de lo que realmente sentirse satisfecho o al menos ligeramente contento. Por lo pronto, Carles Maganya no tenía oficio conocido y si se le sacaba el tema o le preguntaban directamente, este arrugaba el rostro como si alguien se hubiera tirado un pedo, ofendido de veras por la impertinencia de que lo supusieran en el humillante trance de ganarse la vida. Pau, su mujer, modelaba con ardor unas esculturas horrendas que recordaban muy remotamente las hermosas y pulidas piezas de Brancusi, pero que no tenían el mínimo valor estético o siquiera comercial. Por eso, cada vez que podía, nos endilgaba una filípica acerca de la vileza de nuestros tiempos, en los que no había lugar para la verdadera creación. Y los demás, Nines y Bosco, los Pujol, Jaume Pla, se ganaban la vida en trabajos para mí más bien misteriosos o quizá simplemente esporádicos. Sé que Nines y Bosco asesoraban al Ajuntament en proyectos relacionados con el catalán y su difusión: festivales, encuentros, mesas redondas, cosas así, que les dejaba pasta suficiente como para pagarse con prodigalidad aquellas juergas. Uno de los Pujol se encargaba de editar publicaciones culturales para varios pequeños ayuntamientos, y Jaume era jefe de alguna área en la televisión catalana. Belén curraba por esos días en lo que podía, casi siempre sirviendo copas o a veces de azafata de congresos. Creo que yo era el único que trabajaba a piñón fijo en la editorial y colaborando con periódicos y revistas, y también debí ser el único que en algún momento hizo el cálculo de lo que empezaba a costar todo aquel dispendio de salidas nocturnas y juergas sin fin: pero por aquel entonces me iba razonablemente bien y no pensaba en nada más allá que en ese presente festivo y embrutecedor en donde sin embargo podía adivinar al trasluz que la literatura —mi literatura— parecía cada vez más improbable. Te harás cargo de la situación: había publicado un libro de cuentos y una novela que obtuvo mínimas reseñas en la prensa local, una venta tan modesta que apenas si podía tomarse en cuenta, y estaba lleno de furia literaria por conseguir terminar mi siguiente libro y cobrar de una buena vez el reconocimiento que se me había escatimado hasta ese día. Para los amigos, hablar de mi literatura era un ejercicio de buenas maneras que cumplían a duras penas, pasando por el incómodo trance de tener que dar una opinión que no comprometiera realmente su juicio. Estaba seguro de que muchos de ellos ni siquiera habían leído un cuento mío, por no hablar de la novela, de la que todos alababan el que se hubiera escrito y publicado en catalán, como si aquello fuera, por sí mismo, un encomiable valor estético. Era Belén la que se encargaba de hablar de ellos, de darme ánimos, y lo hacía con tal empeño que diríase que había descubierto una vocación en esto. Era guapa, inteligente, estaba buena: claro que muchos la escuchaban cuando defendía mis libros.

Carles, estaba seguro, se había encaprichado con Belén, y cada vez que nos reuníamos en su masía —o más frecuentemente donde sus primos, los Pujol— buscaba con la infatigable tozudez de un perdiguero sentarse como al descuido al lado de ella, rellenarle la copa de vino, palmearle el muslo negligentemente, y cuando el tono de las voces subía haciendo imposible escucharnos sin gritar, acercar sus labios al oído y decirle algo que casi siempre la hacía reír. Supongo que era cuestión de tiempo. Una noche en casa de los Pujol de pronto fui emboscado por una taquicardia repentina y brutal después de aspirar un par de rápidas rayas en el baño de la planta baja. Estaba solo y sentí que el corazón iba a desmenuzárseme en cualquier momento. Me eché agua al rostro, me senté en el váter un rato escuchando el ruido de las voces y la música, hasta que al fin salí de allí decidido a irme a casa. Con los cabellos húmedos a causa de un sudor repentino y frío, y en la boca un espantoso sabor metálico, me acerqué a la cocina donde Belén conversaba con Carles y otra gente y le dije que si venía conmigo. Antes de contestarme me levantó un poco la barbilla con cierta delicadeza terapéutica y mirándome a los ojos me preguntó si me encontraba bien. No es nada, le contesté pensando que su aflicción era sincera, que volvía a ser conmigo como cuando la conocí, que la vería coger su bolso, dar unos besos rápidos y corteses de despedida y marcharse conmigo. Pero de pronto bebió un largo trago de su copa, bajó la mirada y murmuró que si no era nada ella prefería quedarse un rato más. Si no me importaba, claro. No dije ni una palabra. Me embarqué molesto en un taxi, escuchando las voces de Carles y de Pau que me acompañaron solícitos hasta la puerta, que no me preocupara, que ellos la llevaban de regreso. Maganya tenía cogida a su mujer por la cintura y ella apoyaba la rubia cabeza en el hombro de su marido, ambos mirándome preocupados mientras yo desaparecía en la noche barcelonesa.

Esa mañana Belén no amaneció a mi lado, y me pasé el día tascando la rabia en silencio y sin concentrarme en lo que hacía hasta que me tumbé en el sofá del salón a beber vodka y a hacer *zapping*. Desperté de madrugada, desorientado, con la ropa puesta y los enfurecidos parpadeos catódicos de la tele. Al día siguiente Belén aún no daba señales de vida. Ni tampoco había contestado a mis llamadas, cada vez más frenéticas. Tenía que terminar una farragosa entrevista a un insoportable escritorcillo que había aparecido en el horizonte mediático de la literatura y me fue imposible concentrarme: cada dos minutos llamaba al móvil de Belén, y luego al de Carles y otra vez al de Belén, y después al de Pau y nuevamente al de Carles, obstinado como una rata en ese circuito ciego y feroz, pero cuando comprendí que nadie me iba a contestar decidí probar con otros números. Uno de los Pujol me tranquilizó diciéndome que Carles y las chicas —así había dicho el muy cretino, «Carles y las chicas»— se habían marchado ayer por la mañana a la masía, que no me preocupara, pero yo sentía, mientras me asomaba una y otra vez al balcón inútil del ático que habíamos comprado hacía solo un año, que mi pecho se llenaba de una sensación terrosa y que mi corazón pistoneaba como una biela oxidada. Anochecía cuando después de hacer otra llamada sin respuesta rajé de un puñetazo la puerta de la habitación y lamí la sangre de mi mano con voluptuosidad, antes de beberme un larguísimo trago de vodka. Intenté serenarme sentado en el salón, respirando con dificultad y sintiendo cómo me latía la mano, vertiginosamente hinchada. A eso de las dos de la mañana me serví otro vodka que bebí de golpe, sintiendo las llamaradas del alcohol hirviendo en mis venas. Había jurado con un ímpetu frío y lacerante que la echaría de casa nada más verla, que lo único que me mantenía despierto y provisto de una lucidez implacable era la hoguera que atizaba con rencor y sobre todo con los detalles de lo que le diría, de la turbiedad placentera que experimentaría al echarla sin permitirle decir ni una palabra de disculpa a esa zorra isleña. Era cierto que nuestra relación había empezado muy lentamente a ser una perenne sucesión de enfados y exasperaciones triviales, de agravios pequeños pero fastidiosos que formaban como una hilera de hormigas cuya diligencia socavaba día a día nuestro amor o lo que quedara de él, oxigenada de escasos momentos de paz, por lo que en más de una ocasión preferíamos alejarnos el uno del otro y salir a dar una vuelta por el barrio Gótico que tanto nos había gustado al principio y que ahora se nos hacía pesado, sucio, paleto y lleno de un gentío atosigante que desdecía la belleza de sus callejuelas de piedra. Y las fiestas llenas de meticulosas rayas de coca, bandejas de pastillas, litros de vodka y whisky que a Belén seguían divirtiéndole y a mí en cambio se me hacían cada vez más y más odiosas... Sí, era cierto que en alguna ocasión, mientras miraba su perfil delicado cuando ella leía en el sofá o regaba los geranios y las siemprevivas del balcón, me sorprendí pensando en cómo decirle que no, que lo nuestro no tenía ya ningún sentido. Y sin embargo, esa noche en que después de mucho tiempo me sentía calcinado por la combustión atroz de una rabia insoportable hacia ella y hacia mi vida, comprendí que también estaba siendo alanceado por los celos más intensos. Quería recuperarla y que volviéramos a ser los dos tontos y felices enamorados que se conocieron cuando ella acababa de llegar de Tenerife y era una dulce y divertida alumna canaria en el Máster de Edición donde yo dictaba unas asignaturas. Y yo escribía y acababa de publicar un libro de cuentos que la crítica saludó con un silencio unánime, cosa que Belén, al escuchármelo, celebró a carcajadas porque, como me dijo en una ocasión, casi a la semana de conocernos, ella estaba convencida de que yo triunfaría. Paseábamos por las Ramblas, atestadas de gente porque se acercaba la Navidad, y yo sentí de pronto que mi pecho se expandía como si necesitara aire, que quería respirar y reír y abrazarla, contagiado por aquel pueril y bendito entusiasmo que aquella canaria guapa y joven me entregaba con un ligero beso en los labios. De inmediato pensé en la novela que tenía abandonada ya hacía un buen tiempo y que ahora acometería con ganas antes de entregársela a la misma editorial donde trabajaba y que seguro me la publicaría sin problemas. Sin título hasta ese momento, este me saltó repentinamente al ver los ojos de Belén que, con su entusiasmo, me había dado motivos para seguir escribiendo: *Razón de más*. ¡Más me hubiera valido no intentar nada con esa novela! ¿Sabes por qué? Porque entonces no hubiera tenido que descubrir con qué tipo de miserables trabajaba en la editorial, y porque me hubiera ahorrado muchas amarguras que, estoy seguro, también se filtraron como de contrabando en mi relación con Belén, desde esos tempranos días en que escribía empecinado. Y con su apoyo.

Pero eso había ocurrido hacía eones, como en otra vida, ¿sabes?, y ahora yo estaba ahí, en el salón de nuestro piso compartido, esperando no sabía qué, con la mano monstruosamente hinchada ya, atiborrado de calmantes, embriagado de rencor. De pronto mi móvil empezó a vibrar como un insecto moribundo sobre el cojincillo del sofá. Era Pau. Belén estaba en la clínica Lluria, que me viniera volando, por favor.

Carles conversaba en el pasillo con Pau. Estaban sentados en un banco largo y cuchicheaban sin descanso.

Al verme llegar, Maganya se apresuró a salir a mi encuentro, quiso darme un abrazo y yo lo aparté de un empujón que lo hizo trastabillar y que se le cayeran las gafas que llevaba enganchadas del cuello del niqui. Despedía un fuerte olor a tabaco y —como muchos yonquis— también a algún inidentificable producto farmacéutico. ¿Dónde estaba?, pregunté en un susurro amenazante y dirigiéndome a Pau que se había quedado como encogida en el banco. Allí, dijo señalando con la barbilla hacia la habitación cercana. Empezaba a murmurar algo acerca de lo que había dicho el médico, pero no escuché más y entré en la habitación: inconsciente, con los ojos violáceos y hundidos en sus cuencas, y una vía en el brazo exangüe, Belén parecía mucho más joven de lo que en realidad era. Los rizos negros le daban a su rostro afilado un toque extraño, de muerta bella y gótica. Tardé en darme cuenta de que un médico de cejas y cabello cano le tomaba la tensión. ¿Yo era el marido?, preguntó con leve indiferencia. Sí, yo era el marido. El doctor carraspeó un poco y pasó a explicarme lo ocurrido. Y lo ocurrido era exactamente lo que yo temí desde que saliera de casa de los Pujol: una mezcla excesiva y peligrosa —dijo el médico— de pastillas, cocaína y alcohol. Si no fuera porque conocía de toda la vida a Carles Maganya y a su familia, el doctor Corcelles hubiera dicho que aquello era un brutal intento de asesinato. O de suicidio. Tuvieron que hacerle un lavado de estómago de urgencia, Belén había llegado a la clínica casi sin signos vitales, con convulsiones y vomitonas humeantes y fétidas que la despertaban del colapso en el que una y otra vez se sumergía. Se le había parado de pronto el corazón y tuvieron que reanimarla ya casi sin esperanzas. Un caso entre mil: seguía viva de milagro. Yo estaba quieto, encogido de horror, sintiendo que había huido a lo más hondo de mí para no escuchar todo aquello. Tuve que apoyarme contra la pared, asintiendo a lo que me contaba el doctor Corcelles, incapaz de evitar que las lágrimas me escurrieran por las mejillas de una manera ridículamente copiosa. El médico me dejó la tarjeta de un colega suyo que tenía una clínica de desintoxicación, el doctor Puigcercós, debía llevar a Belén allí cuanto antes. Por ahora, milagrosa e incomprensiblemente, estaba fuera de peligro, pero debía quedarse en observación unos días más. Antes de salir de la habitación hizo un gesto hacia mi mano.

«Hágase revisar eso, que tiene muy mal aspecto.»

Lo que ocurrió durante ese par de días en que Belén no estuvo a mi lado lo fui sabiendo poco a poco, recomponiendo con esfuerzo una historia que por otro lado no quería conocer del todo. Una semana después del episodio de la clínica, Pau se citó conmigo en una cafetería de las Ramblas para intentar explicarme lo ocurrido en la masía y que ella calificaba de un exceso por parte de mi mujer. Ella y Carles intentaron disuadirla de que no consumiera más cocaína, que dejara ya el alcohol. Habían llegado muy tarde y ellos se sirvieron unas copas, es cierto, pero Belén insistió en que se hicieran unas rayas, que continuaran la juerga. Pau hizo aquí una pausa y se quedó mirando hacia la calle, la barbilla temblándole como por una impaciencia terrible por decirme todo lo que le quemaba muy dentro de sí. Sí, se hicieron unas rayas, pero Belén estaba desatada. Durmieron un poco y a la mañana siguiente Carles, fresco, juvenil, sano como un *boy scout* en la versión inverosímil de Pau, les invitó a dar una vuelta por los alrededores, a desayunar en el pueblo vecino, todo con tal de sosegar el ímpetu suicida que les había revelado esa noche mi mujer. Pero Belén despertó enfurruñada e intratable, no quiso ir con ellos. Y cuando regresaron a mediodía ella parecía encontrarse mejor, comieron conversando tranquilamente pero al cabo de una siesta interminable se levantó con ganas de juerga y continuó bebiendo vodka y fumando porros de una manera alarmante. Era como si en realidad se quisiera suicidar, aventuró Pau con visible preocupación. Ellos no sabían qué hacer, agregó componiendo un rostro tan perplejo como inocente. No se les había ocurrido, por supuesto, acordarse de que yo existía y tenía teléfono. Pero callé como una puta y seguí escuchando: ya por la noche decidieron que se quedara, era lo mejor, claro. Cenaron un poco y le dijeron que por favor se fuera a acostar un rato. ¿Contigo o con ambos?, le ladré sin poder contenerme más frente a tantos embustes y Pau se mordió los labios, bebió un sorbo de su coca cola y me dijo que tenía derecho a pensar lo que quisiera, pero me juraba *por la memoria de su madre* que no había sido como me lo estaba imaginando. «Charnega de mierda», pensé con asco. Luego levantó sus ojos líquidos y apremiantes. La comisura de sus labios se quebró en un gesto patético y tuve que mirar hacia otro lado. Nos quedamos un momento en silencio, observando el ágil discurrir de los turistas, la lentitud plácida y algo provinciana con que se mueven los barceloneses por su rambla, sí: en el fondo solo tenían miedo de que los denunciara, de que montara un escándalo o sabe Dios. Pero Carles no tuvo redaños para dar la cara y envió a Pau, que ahora estrujaba sus grandes gafas de sol e intentaba cogerme una mano, no había sido como lo estaba pensando, balbuceó. El pobre Carles estaba destrozado. Y lo imaginé. Vaya si me lo imaginé. Destrozado, el muy cabronazo, hijo de puta. Entonces, me llevé una servilleta a los labios porque estuve a punto de escupir, hice un bollito con ella y la dejé en la mesa antes de levantarme y pagar. Pau seguía sentada, el rostro caballuno, tosco y chupado. Consumida de miedo quizá. Me acerqué como para darle un beso y le deletreé muy despacio al oído que no quería saber más de ellos nunca, ¿entendía? Nunca: que por mí se podían meter sus rayas por el culo, pero si se acercaban a mi mujer yo sería quien les iba a reventar los putos *collons*. Y me fui.

También Belén fue dejando caer una frase aquí y allá, una vez que salió de la clínica Lluria y aceptó ir a lo de Puigcercós. Estaba realmente asustada con lo que había ocurrido, así que no puso objeción cuando le dije que debía internarse y durante esas primeras semanas en que parecía vegetar en un limbo de tristeza, cadavérica y laxa, mi mujer fue reconstruyendo —los martes que yo la visitaba— aquellos dos días en los que siempre había lagunas o quizá solo interesadas elipsis. Entonces se limitaba a bajar la cabeza y a farfullar molesta ante mis preguntas. Tenía las uñas horriblemente comidas y un permanente temblor en los labios, como si siempre estuviera con frío. Bajaba la cabeza igual que una niña chica y se encogía de hombros, fumaba con apremio, no sé, no sé qué pasó, me decía, cerrándose en banda ante mi insistencia. Entonces no me quedada más remedio que claudicar y al cabo de una media hora me marchaba confuso, lleno de angustia y rencor.

Pero cuando por fin, luego de casi dos meses en la clínica de desintoxicación, regresó a casa, lo hizo con el cabello cortado casi al cero, con unos vestidos vaporosos y de cierta austeridad desalentadora, etérea como un hada dolicocéfala, parloteando sin cesar sobre la reciente *iluminación* que había experimentado en la clínica, al conocer a Miquel Pernau, una especie de gurú budista —un gurú con acento del Valle de Arán, fíjate tú— que el doctor Puigcercós inexplicablemente había invitado en algunas ocasiones para que hablara con ellos. «Nosotros», decía una y otra vez Belén, implicada en aquel plural que en sus labios revelaba un rudimentario tribalismo y que al principio atribuí a la inconsciente necesidad de sentirse aún flotando en el protector líquido amniótico de la terapia grupal. Pero pronto fui descubriendo que en realidad ese «nosotros» era un grupo dentro del grupo, una parodia de secta ínfima que comprendía a Belén y a cuatro o cinco enajenados que de vez en cuando me encontraba en casa, a la espera de Miquel Pernau.

Este era un cincuentón canoso, vestido siempre con camisas blancas de lino y chanclas de corcho, con la piel tostada y reseca como de escalador de los Himalayas, y cuya mirada condescendiente dirigía sin desmayo a los ojos de su interlocutor, probablemente urgido de que todos se dieran cuenta de su profundidad de santón. Sabe Dios por qué el doctor Puigcercós lo invitaba a que diera algunas charlas con los pacientes o internos o como se llamen los toxicómanos en vía de recuperación. Y Miquel Pernau había constituido para aquel pequeño grupo de babosos del orientalismo desnatado algo así como una epifanía o el encuentro del *satori,* una revelación del Absoluto que dotaba de sentido a sus esmirriadas vidas. Belén, tan proclive siempre a donar su entusiasmo sin cortapisas —recordé de pronto la ceguera entusiasta con que se entregó a creer en mí como escritor y tuve pena—, decidió que debían reunirse con el maestro en casa, para beber de sus palabras y recibir migajas de su sabiduría. Yo acepté que vinieran al ático porque no encontré cómo negarme sin ser mezquino o ruin con ella y sus necesidades, pensando además que aquello se le pasaría pronto, pero a medida que transcurrían los días y los meses, me fui dando cuenta de que Pernau no era el santón que decía ser y que me recibía (¡en mi propia casa!) con una aquiescencia de dómine que me revolvía las tripas. Como me revolvía ver los ojos de mi mujer cada vez que Pernau hablaba frente a la caterva de marginales y rehabilitados que constituía aquella parodia de secta. Pero más aún me oscurecía ante las miradas que Miquel Pernau le dirigía a Belén, la mano de pellejos cobrizos con que levantaba a veces su barbilla, como si fuera verdaderamente un santón, y buscaba los ojos temblorosos y ávidos de mi mujer. Entonces yo, que contemplaba todo cuando pasaba del despacho a la cocina o a la habitación, quería acercarme al mamarracho aquel y darle dos hostias, sacar a latigazos a los idólatras que balbuceaban su agradecimiento cada vez que Pernau mostraba su sabiduría de pacotilla, llena de apócopes y frases sentenciosas y huecas.

De pronto caí en cuenta de que iba a resultar imposible retomar nuestra relación, que Belén ya estaba ondulando en otro universo, atufada de sahumerio y yin y yang y su puta y psicodélica madre. Perdonarás mi lenguaje. Mientras tanto yo escribía furiosamente, sin parar, encerrado en el estudio, tratando de hacer méritos con la editorial —ya sabes lo cabrones que pueden ser al mínimo fallo, y yo había fallado mucho últimamente— y además redactando informes, reseñas, entrevistas, articulitos de cine y de literatura, porque el gasto de la clínica había liquidado sin misericordia y en un par de meses todos mi ahorros y la hipoteca del ático empezaba a ser un agobio. Apenas si tenía tiempo para abrir el archivo de mi nueva novela en el ordenador y quedarme un momento mirando embobado los párrafos, los bosquejos de capítulos, mis notas sobre la trama y en fin, todo aquello en lo que no encontraba fuerza ni ánimo para continuar pese a que esa novela sería el paso definitivo hacia mi reconocimiento. Desde el salón me llegaba el tufo a incienso con que Belén meditaba, ajena por completo a las complicaciones pedestres que a mí me espantaban el sueño nada más apoyar la cabeza en la almohada, y aunque en un primer momento pensé que era parte de su rehabilitación —ya no bebía y aunque no le hacía ascos a los Camel de siempre, odiaba visceralmente la coca— no tardé en darme cuenta de que era una conversión en toda regla. Una tarde en que yo apuraba un pepito de ternera en la cocina, entró Belén, tintineante, evanescente, con los ojos redondos por esa especie de estupefacción perenne en la que habitaba, y frunció la naricilla. «¿Te estás comiendo un cadáver?», me reprendió con asco. Cómo la habré mirado para que se le aguaran los ojos, hiciera un puchero y saliera de la cocina, casi de puntillas, flotando, tintineando. Entonces comprendí que esta tontorrona de mirada entre feliz y ovina, de cabellos cortados ahora al rape, esta novia de *Thatagata Gautama* o quien coño fuera, y que vivía nimbada de sándalo bajo mi techo, no era, no podía ser Belén. Belén, *mi* Belén, nunca alcanzó a recuperarse cuando se le paró el corazón aquella madrugada. Había muerto en una camilla de la clínica.

# Estambul

El chorro intenso de la ducha abierta disparó inmediatamente mi imaginación, o más bien mi recuerdo reciente y muy visual de la carnalidad elástica de Dinorah, que seguramente empezaba a enjabonar su piel con delicadeza, quizá también saboreando los restos de ese maravilloso naufragio al que nos entregamos nada más terminar de hacer el amor, cuando todo el cuerpo queda ahíto y al mismo tiempo sensible, adolorido y hambriento aún, nunca del todo saciado en ese primer momento. Yo seguía en la cama, dudando si levantarme y correr a la ducha o quedarme esperándola en aquella habitación cuya ventana se abría, desde un sexto piso, hacia el tráfico de un Estambul ya en penumbras...

El hotel Nippon, en pleno distrito de Takzim, a diez minutos de la plaza del mismo nombre, es uno de esos hoteles que sin llegar a ser excesivamente caros, ofrecen un cierto refinamiento de diseño, comodidades tecnológicas y un buen emplazamiento. Es parte de ese Estambul moderno y rotundamente occidental que a los europeos les cuesta creer que exista, tan obstinadamente ajenos a este país enorme y convulso, solitario y enfurruñado con todos, como un viejo león, rodeado de árabes y europeos: una isla turcófona, laica y al mismo tiempo musulmana, empecinada en reclamar para sí una europeicidad que le corresponde gracias a este trocito de su territorio enclavado a orillas del Bósforo como si fuera la cabeza bien pensante de un cuerpo que se extiende por las llanuras de Anatolia y aún más allá: el cuerpo sensual de una mujer que realiza una infinita danza del vientre para solaz de sus espectadores.

Nada más llegar al Atatürk, cogí un taxi con las señas que me había dado Dinorah. En un primer momento ella propuso que nos alojáramos en el Pera Palace porque aquel viejo y suntuoso hotel contaba entre sus intereses el haber tenido como huésped a Agatha Christie, nada menos. Pero su repentino entusiasmo pareció agriarse de pronto y se retractó con un gesto severo diciendo que ese hotel sería carísimo y además excesivamente ostentoso. No, no se imaginaba compartiendo el mismo espacio con tantos ricachones podridos, me aleccionó. Yo me encogí de hombros, no debíamos olvidar además que el Cervantes me invitaba y por lo tanto ellos eran los que elegirían el hotel, invitación que no se dio finalmente... en todo caso, le dije dándole una palmadita en la mejilla, con toda seguridad no tendríamos que vérnoslas con ricachones podridos.

Ahora, mientras escuchaba el rumor acuático de la ducha que ella tomaba en ese momento, yo leía distraído una revista de viajes en la cama, agradecido por esa voluptuosidad de sábanas revueltas que habíamos dejado después de hacer el amor, nada más llegar a la habitación. Pero también, como muy tenuemente, iba pensando en esta cita algo extraña por la que había esperado más de dos meses, desde que salí de Damasco.

Apenas supo que me quedaba unos días más en Siria y que lo hacía por estar con ella, Dinorah decidió presentarme a su madre, una mujer menuda y de ojos tristes y bellos que al saber de mi procedencia se lanzó a hablarme de Lima, ciudad por la que sentía ahora una inconsolable nostalgia. Quizá incómoda por aquella exuberancia de melancolía y recuerdos a los que se había entregado la mamá, Dinorah decidió que cumplida la instancia familiar, ese breve tiempo sería nuestro de manera exclusiva. No quise preguntarle nada sobre los arreglos que habría pactado con su madre para que esos días —con sus respectivas noches— me las dedicara por completo, ni tampoco le pregunté qué le había dicho acerca de mí.

Dinorah me mostró Damasco de arriba abajo: visitamos la tumba de Saladino, la mezquita de los Omeyas, cuyos suelos frescos y sus rincones de sombra invitan a tumbarse sin más propósito que obtener un goce sedante y profundamente reflexivo, del que me había hablado con entusiasmo Dinorah quien, aunque no era musulmana, comprendía y disfrutaba, así como de otros aspectos de esa religión: una tarde, mientras tomábamos un helado de pistacho en una coqueta terraza del barrio cristiano, cerca ya de la puerta Bab Touma, Dinorah me dijo con algo de encono que en Occidente se tenía una idea por completo equivocada del islam, que se la veía como una religión retrógrada y asfixiada de atavismos. Sobre todo desde los atentados esos contra Nueva York y ahora con los de Madrid, tan dolorosamente recientes, pero de ninguna manera era así. A mí me divertía un poco ese celo más bien patrio que ella mostraba con Damasco y digamos que por extensión también con la cultura árabe y el islam —pese a ser cristiana maronita—, pero pareció enfadarse cuando a mala hora se me ocurrió hacerle una observación acerca de que ella había crecido en Lima, que es un lugar inexcusablemente tercermundista pero occidental. Solo se lo dije aquella vez y en sus ojos verdes brilló el acero lacerante de la furia.

—Occidental, sí: ¡cómo no! Como si no existiera en *tu país* una cultura ancestral y andina...

Me desconcertó su manera tan agresiva de contestar a un simple comentario y la fría distancia con que se alejó del Perú en el que había crecido y del que hasta ese momento hablaba con dulce evocación: «Tu país...». Habíamos comido jugosas naranjas en el zoco, comprado una kufiya con la que yo envolví histriónicamente mi cabeza durante un paseo, contemplado los atardeceres malvas y violetas que parecen estremecer de belleza el cielo de Damasco y en fin, disfrutado lo suficiente de la ciudad y de nuestra mutua compañía como para que un malentendido trivial como ese ensombreciera el poco tiempo que nos quedaba, de manera que no le di importancia.

Cuando finalmente llegó el día de mi partida (había alargado mi estancia casi cuatro días, Carlos Andrade debía estar tirándose de los pelos por mi deserción en el Centro de Novelistas donde por entonces daba clases), Dinorah me llevó al aeropuerto e hicimos todo aquel largo trayecto hablando sin parar, tocándonos, constatando que seguíamos juntos, felices por aquellos días intensos en Damasco. No dijimos una palabra sobre lo que ocurriría más adelante pero la noche anterior, cuando yo le comenté que tenía invitación para ir en un par de meses al Cervantes de Estambul, a Dinorah se le iluminaron los ojos. Ella debía acudir a esa ciudad porque su madre había heredado hacía tiempo un departamentito en un viejo barrio de la ciudad y era menester intentar venderlo, allí no les quedaba nadie desde hacía años, más que una vieja tía abuela, y se temía que aquel piso estuviera en un

estado ruinoso. La verdad, me pareció extraño que nunca
me hubiera hablado —en todos estos días en que estuvimos juntos las veinticuatro horas— de aquel departamento en Estambul y por un momento especulé, entre
halagado y curioso, con la posibilidad de que solo se tra-
tase de una excusa para poder vernos. De una manera
algo ingenua y jocosa se lo di a entender y los ojos de Dinorah volvieron a destellar con repentino enfado, cómo
se me ocurría eso, dijo. Y agregó: «Hay muchas cosas de
mi vida que no conoces». Yo puse una mano conciliadora
sobre la suya —estábamos cenando en un buen restaurante de Damasco, era prácticamente nuestra despedida—, le pedí disculpas, y me quedé un poco azorado por
aquel arrebato, sin saber bien qué hacer. Dinorah siguió
cortando pedacitos de cordero en silencio, interesada en
las mesas contiguas, en los camareros que iban y venían
con bandejas de plaqué, evitando mirarme, pero al cabo
de un momento debió darse cuenta de que aquello rozaba lo excesivo, sus facciones se aliviaron con una sonrisa
y todo pasó sin mayores complicaciones. Sí, nos dijimos
cuando salimos de aquel restaurante y caminamos despacio hacia su auto, quizá era una estupenda oportunidad para que nos citáramos allí, en Estambul. A mí me
pareció fantástico y esa última noche, antes de partir al
aeropuerto en la madrugada —mi vuelo de Damasco a
Madrid salía a las seis de la mañana— hicimos planes
para visitar juntos aquella ciudad, la vieja Bizancio, la
desatada Constantinopla, la incomprendida Estambul
que Dinorah afirmaba conocer muy bien y de la que yo
fingí apenas saber apenas nada —había estado allí tres
veces antes— para no quebrar su entusiasmo de cicerone. «Lo pasaremos muy bien, verás», me dijo abrazándose
con fuerza a mí, la voz colmada de entusiasmo y también

de emoción cuando anunciaron ya mi vuelo y hube de marcharme hacia la puerta de embarque.

Habíamos pasado pues dos largos meses hablándonos por teléfono y enviándonos correos electrónicos, esperando con impaciencia volver a vernos, regando con esmero ese frágil cultivo que era nuestra relación recién empezada. La tarde anterior a mi partida a Estambul la llamé por teléfono. Se le escuchaba la voz feliz y yo también fui acuciado por urgentes ganas de volver a verla, de aspirar su perfume cítrico y como de recién duchada, de tocarla y contemplar su mejor sonrisa.

Dinorah había llegado a Estambul un par de días antes que yo, en principio para finiquitar el asunto del departamento heredado por su madre y también para que así nada nos distrajera de ese escaso tiempo en que estaríamos juntos. Yo evité decirle que apenas llegar de Damasco recibí un e-mail informándome que la charla en el Cervantes se había pospuesto hasta el próximo año porque desde los atentados terroristas en Madrid se estaban cancelando muchas actividades en países islámicos. No le había dicho nada de esto aún porque quizá le podría parecer excesivo que yo hubiese viajado exclusivamente para encontrarme con ella en Estambul, de forma que compré mi billete sin pensarlo dos veces y me planté en el hotel, donde ya me esperaba. Nada más subir a la habitación se abalanzó hacia mí, las mejillas encendidas, igual que sus labios, que buscaron mi boca con ardor. Llevaba una blusa de seda blanca que dejaba adivinar sus areolas rosadas, sus pequeños pezones enhiestos. «Te he estado esperando con muchas ganas», admitió con la voz pastosa por el deseo. Me sorprendió agradablemente su rápida desinhibición y nos desnudamos con la torpe prisa de los amantes recién estrenados, tumbándonos en la cama y entre risas y mordiscos Dinorah tuvo tiempo de decirme que habíamos dejado la puerta abierta, que corriera a cerrarla, cosa que hice sin saber muy bien cómo, desorientado, en boxers, antes de volver hacia ella que me recibió ya del todo desnuda, húmeda, con los ojos entornados por el deseo y un dedo largo y frágil acariciando su sexo.

Momentos después, adormecidos por el silencio de la habitación adonde apenas llegaban amortiguados el zumbido del ascensor y el ir y venir de las camareras de piso, entumecidos por el cansancio y el reciente trajín, nos contamos un poco cómo nos había ido en ese par de meses en el que no estuvimos juntos. Era una tontería, un juego inofensivo de reiteraciones y detalles de sobrecama, pues todo este tiempo y nada más poner yo pie en Madrid, no dejamos de enviarnos correos electrónicos y de hacernos llamadas intempestivas, lúbricas, pasionales: largas llamadas que servían para inventariar el cotidiano quehacer del otro, pero también para mantener vivo el deseo. Dinorah se reveló entusiasta de conocer los mínimos detalles de mi rutina, y quería que le hablara de las calles que yo recorría habitualmente hasta la Biblioteca Nacional, pues ella conocía Madrid, según me dijo, bastante bien. ¿Cuándo había estado? Hacía tiempo. ¿Y con quién, si se podía saber? Ah, eso era confidencial... y se echaba a reír con coquetería, halagada por mi escaramuza de celos. Yo me entregaba a ese juego catastral y cursi de señalarle mi derrotero diario desde los Austrias hasta la plaza de Colón, como si también estuviera cartografiando el detalle íntimo de mis sentimientos, como si a fuerza de recorrer mentalmente las calles de Madrid con ella al otro lado de la línea telefónica, la estuviera poco a poco incluyendo en mi rutina...

Todo eso estaba recordando cuando en el umbral de la puerta del baño apareció su silueta carnal y dulce: Dinorah acababa de salir de la ducha envuelta en una gruesa toalla de felpa blanca, nimbada espectralmente por el vaho que emanaba del cuarto de aseo donde había pasado casi media hora. Los cabellos rojizos caían sobre su rostro y sus ojos volvían a parecer encendidos y alertas. Se acercó hasta la cama, donde yo continuaba hojeando, perezoso, aquella revista de viajes. Pude sentir su olor a humedad y, en el fondo de su piel, la persistencia cítrica de su perfume habitual. Volví a morder sus labios suaves y dulces cuando se acercó para decirme en un susurro que me duchara y cambiara, que quería mostrarme algo de Estambul antes de que anocheciera del todo. Alcancé a rozar con la yema de mis dedos su elegante clavícula, salpimentada de pequeñas pecas de ámbar, y sentir que ella también recibía esa suave descarga de electricidad al entrar en contacto con mi piel, porque percibí con claridad que se estremecía ligeramente, que su reconvención de que me vistiera, de que saliéramos del hotel para dar una vuelta empezaba a quebrarse como una débil capa de hielo que se iba fundiendo mientras yo buscaba deshacer el embozo de la toalla y atraerla al mismo tiempo hacia mí. Le murmuré desvaríos buscando su cuello y sus labios, sentí finalmente cómo su cuerpo se aligeraba de la pesadez húmeda y ya fría de la toalla, y que de nuevo tenía sus pechos hermosos como dos medias lunas entre mis manos, que ella cerraba los ojos y se colocaba a horcajadas, el ceño fruncido en un gesto de empeñosa concentración, los labios entreabiertos mientras buscaba ser penetrada otra vez.

—Había sido realmente espantoso e irreal, como una de esas pesadillas de las que nunca parecemos poder escapar. Yo me encontraba cruzando la calle Mayor, casi en Sol, frente a la pastelería La Mallorquina.

»A esa hora de la mañana un tumulto de oficinistas repeinados, de gesto impenetrable y maletines en la mano, chicas bien maquilladas y con los audífonos del mp3 en los oídos, colegiales remolones y trabajadores enfurruñados se aglomeran en los cruces de las calles y cada dos o tres minutos riadas de gente emergen a la superficie por las bocas de las estaciones del metro en Colón, Tribunal, Serrano, Sol... y allí estaba yo, esperando a que cambiara el semáforo, en medio de ese silencioso ejército laboral que en pocos minutos estaría frente a una pantalla, tras un mostrador de atención al cliente, en un cubículo solitario o tras la barra de un bar.

»Faltaban escasos minutos para las ocho de la mañana. Lo recuerdo perfectamente porque acababa de mirar el reloj por segunda vez. Quería llegar temprano a la biblioteca y me había dormido. De pronto, un teléfono móvil timbró a mi izquierda y la chica de cabellos recogidos en una cola de caballo tardó en hacer el ademán de buscarlo, atenta al semáforo, dejando que fuera su diestra la que rebuscara con familiaridad en el bolso. A mi derecha timbró con un segundo de diferencia otro teléfono y esta vez fue un hombre joven, de traje azul, el que se llevó la mano al bolsillo interior de la chaqueta, en un gesto brusco e instintivo, como si quisiera aplastar un insecto. De inmediato timbró con estridencia el teléfono de la señora que estaba a su lado, y casi al instante repiquetearon diez, veinte, cuarenta teléfonos más: todos los móviles hasta donde alcanzaba nuestra vista y oído se pusieron a timbrar y a vibrar, como el mío, que saqué de inmediato. En ese momento inverosímil e irreal todos nos miramos a los ojos con incredulidad y miedo mientras atendíamos nuestras respectivas llamadas. La mía me devolvió la voz vibrante de Isa, una amiga con la que me veía esporádicamente, "¿ya te has enterado? ¿Dónde estás?", dijo a modo de saludo, y su tono serio, exento de dramatismo, resbaló por mi espalda como el filo de una cuchilla. "¿De qué, qué ha ocurrido?". Miré a mi alrededor y la chica de los cabellos recogidos en una cola tenía el rostro descompuesto y ceniciento, como si fuese a ponerse a gritar en cualquier instante, el joven de traje azul estaba muy pálido y escuchaba lo que le decían por teléfono asintiendo con la cabeza mecánicamente. Una señora exclamó en un tono destemplado, incrédulo, como si le faltara el aliento "mi hijo" y se lanzó a codazos a detener un taxi. Pero ya más personas se abalanzaban levantando las manos, exasperándose porque otros les ganaban los taxis que iban apagando sus letreritos verdes de disponibilidad uno a uno. "Jorge, Jorge, ¿me escuchas? Ha habido un atentado en Atocha", escuché la voz de mi amiga a punto de quebrarse, "no se sabe ni cuántos muertos hay pero es horrible. ¡Horrible!". A lo lejos se alzó la estridencia circular y avasallante de una sirena, y luego otra más, como un lamento.

»Todo Sol y alrededores sufrió como un espasmo: de pronto un tropel angustiado de gente corría en busca de un taxi, cruzaba a la carrera la calle y sin dejar de hablar por el móvil, esquivaba peligrosamente a los autobuses, a los coches de la policía que aparecieron veloces como un mal presagio no se sabe de dónde, igual que las ambulancias cuyo ulular añadía zozobra y confusión.

Al principio, durante aquellos irreales primeros minutos, hubo un estupor incómodo de sabernos todos compartiendo aquella horrible noticia pero sin el alivio gregario de decírnoslo mutuamente, cada uno viviendo su preocupación o su drama en solitario, en medio de todos los demás que también pensábamos en los nuestros, en los miles de amigos, hermanos, maridos, mujeres, cuñados, hijos que a esa hora colapsaban la estación de Atocha donde habían explotado dos o tres bombas, nadie sabía nada a ciencia cierta, al menos no los que estábamos en la calle y luego de ese inicial desconcierto en que tardamos en comprender los alcances de todo aquello caminábamos en silencio o llorando hacia la estación o hacia casa, hacia algún bar en todo caso donde los televisores mostraban repetidas, idénticas, minuciosas imágenes de la horrible matanza: sonámbulos e irreconocibles, con la ropa hecha jirones, ensangrentados, mutilados, los supervivientes de aquella carnicería deambulaban entre gritos o en silencio, y las cámaras mostraban los vagones desventrados como latas de sardinas y nosotros mirábamos aquello sin poder creerlo, incapaces de aceptar que *eso* estaba ocurriendo a menos de un cuarto de hora de caminata de donde contemplábamos tamaña desolación... me temblaban tanto las manos que me pedí un café y luego un chupito de whisky».

Bebí un sorbo de whisky y luego otro más. Dinorah me contemplaba en silencio, los ojos serenos, una de sus manos sobre mi diestra. Parecía no atreverse ni a respirar en la penumbra de aquel bar cercano al hotel a donde habíamos acudido después de pasear por la ciudad. ¿Por qué estaba contándole todo esto?, me pregunté por un instante pues mi relato minucioso de lo que hubo pasado hacía menos de medio año atrás en Madrid me había dislocado del presente. Por un momento Estambul me quedaba lejanísima y sobre todo ajena. Quizá hostil. Era imposible no volver a ese Madrid devastado mientras hablaba y bebía aquel whisky. Era imposible no volver a las calles abofeteadas de Madrid, a su anochecer lluvioso de ciudad herida, que llora con furia y desolación a sus muertos. Apenas seis meses atrás, pensé o quizá lo dije en voz alta porque Dinorah asintió, empecinada en no soltar palabra, ofreciéndome así la posibilidad de aquel desahogo, pues nunca lo había hablado hasta el momento con nadie. Y en Damasco todavía no teníamos suficiente intimidad como para tocar un tema tan espinoso y cercano.

Dinorah y yo habíamos comido cerca del Palacio Topkapi, en un restaurancito acogedor y no muy lleno a esa hora un poco infrecuente. Pedimos *Pilav üstü,* que es el *döner* puesto sobre un lecho de arroz y verdura, y una deliciosa lenteja roja que yo no había probado nunca antes. Luego fuimos dando una vuelta despacio, abrazados, conversando de todo un poco. Como de pronto se levantó un viento estepario y frío que alborotaba su cabellera cobriza y la sentí tiritar a mi lado, cogimos un taxi para regresar al hotel, quizá también porque queríamos volver a estar juntos, a besarnos y a hacer el amor en aquella redoma de tibieza e intimidad que nos ofrecía el refugio de la habitación. Pero en algún momento volvió a saltar el tema del islam, como la mina aciaga en el terreno vulnerable de nuestros breves, pero intensos desencuentros. Dinorah volvió a la carga con aquello del equívoco de Occidente respecto a los árabes, a los musulmanes, y nuevamente advertí esa especie de rabia que brillaba amenazante en sus ojos habitualmente pacíficos. Pero esta vez, no sé por qué, realmente me fastidió. Hicimos parte del trayecto en el taxi callados, casi evitando tocarnos, mirando cada uno por su ventanilla. Al bajar la tomé de un brazo, le dije «ven, Dinorah, vamos a conversar de esto» y quizá la seriedad con que se lo pedí, ya en la puerta del hotel, hizo que no objetara nada. Muy cerca del Nippon hay un bar de jazz algo destartalado, pero acogedor, que tiene la virtud de apenas ser frecuentado por una clientela escasa y poco bulliciosa entre la que me cuento desde la primera vez que visité Estambul. Es casi un bar de barrio, pues por aquella zona, más bien residencial y callada, no es frecuente encontrar bares de ese estilo. O de cualquier otro en realidad, más que abstemias cafeterías de aspecto uniformemente europeo o *döner kebabs*. Y entonces, una vez que nos hubimos instalado en un rincón, empecé a contarle lo que muchos sentían, confusamente o no, seguramente equivocados pero sin duda alguna temerosos por el islam. Lo hice buscando que no se encerrara en esa defensa como llena de zarpazos malheridos con los que velaba sus juicios hasta convertirlos en una causa pasional. Pero yo mismo me sorprendí, al segundo whisky, de aquel lento y turbio descenso hacia la fosa abisal de mi propia experiencia. Y Dinorah debió entenderlo así porque llevaba casi una hora contándole aquella suciedad en voz baja, fumando sin tregua, acompañado por un saxo triste y su silencio de alarmados ojos verdes, sentada en un sofá de terciopelo rojo y lleno de lamparones, tomándome una mano como instándome a continuar, a hablar de todo aquello...

—Las líneas telefónicas se colapsaron, claro. Y la ciudad era surcada de un extremo a otro por una caravana impaciente y en muchos casos ya inútil de ambulancias y coches patrulleros. Poco a poco, a medida que avanzaba el día con el ímpetu ciego de lo cotidiano, con horror y estupefacción fuimos enterándonos de las bombas y su perversa precisión de relojero enajenado, del número de muertos que iba goteando como un agua emponzoñada en el estanque sin fondo que ya era a esas alturas Madrid, del nombre de aquel señor que aullaba —sí, literalmente, Dinorah— con el cuerpo inerte y desmadejado de una chica entre sus brazos, de la avalancha que acudía de pueblos y ciudades para saber algo de los suyos, de alguno de aquellos miles que a esa hora temprana y rutinaria habían cogido cualquiera de los trenes destripados por las bombas y cuyos móviles —nuevamente los móviles— sonaban insistentes entre las pertenencias de los cadáveres aún sin identificar.

»Hubo, ya sabes, manifestaciones, comunicados del gobierno, la estulticia inveterada de muchos políticos que se revelaron a la izquierda y a la derecha de aquel horror igual de miopes, preocupados por las elecciones del domingo siguiente. En fin, la ciudad bramaba su dolor sin alivio, todavía fresco y por lo tanto secuestrado aún por la estupefacción, pero a medida que avanzaba la noche muchos comenzaron a abandonar la idea de encontrar a su hijo o su marido entre los vivos y la ciudad se inundó de velas, de mensajes, de rostros fotocopiados por cientos y que iban levantando un mosaico lúgubre en las paredes de la estación de Atocha. Y así nos sorprendió a todos el día siguiente, llovido sin tregua, gris, con edificios de oficinas en cuyas ventanas colgaban crespones y nombres, fotografías del amigo o del compañero de trabajo muerto en alguno de aquellos trenes, sonrientes sus rostros, ajenos al infortunio que les había alcanzado, rostros sin embargo colmados de esa lejanía remota que tienen los muertos que aún no saben que lo son. Tantos y tantos.»

No quise seguir más. No supe tampoco cómo desbrozar el camino para conducir la charla a otro tema, a una conversación más distendida, sin esos nubarrones que amenazaban con enfangar nuestros días en la hermosa Estambul cuyo cielo de cobalto es como un milagro cotidiano. Ya había oscurecido cuando salimos del bar abrazados y en silencio, y nos dirigimos sin decir palabra al hotel. En la puerta, súbitamente, Dinorah se volvió hasta quedar frente a mí, los ojos muy, muy cerca de los míos, igual que sus labios en los que persistía un tenue aroma a whisky. Me contempló un momento, no sé si buscando decirme algo o esperando a que yo le dijera algo, pero sus ojos brillaron con intensidad en la noche. Entonces me abrazó con fuerza, rascó mi nuca con sus dedos largos y finos, estrechó su cuerpo contra el mío y me pidió al oído que subiéramos, que le hiciera el amor. Y subimos, abrazados, aún ensimismados y sin decir palabra. Pero ya era otro silencio.

Aquellos días en Estambul me gustaba sobre todo verla despertar, desperezarse con lentitud, como un gato mimoso, arqueando la columna y al momento arrebujándose más entre las almohadas y las sábanas, como si siguiera órdenes tan rotundas como contradictorias. Yo suelo tener un sueño muy liviano y me desvelo en seguida, de allí que apenas despertara Dinorah me volviera a mirarla, a hacerle ligeras cosquillas, a pasarle una mano por los hombros delicados, por el surco tibio de la espalda, admirando luego su rombo de Michaelis, que según me instruyera Fernando Royuela (que tiene un bello libro de cuentos que se titula precisamente así, *El rombo de Michaelis*), son el triángulo que en el cuerpo femenino forman los dos hoyuelos que encontramos justo al acabar la espalda y el surco interglúteo, y que en el caso de Dinorah era sencillamente precioso. Así se lo dije y ella, con la cabeza enterrada bajo la sábana produjo un ruido incrédulo, como si no hubiera escuchado bien. Le expliqué lo del rombo de Michaelis. Como estaba echada boca abajo vi que se sacudía brevemente, como impelida por un muelle, sofocando una risita contra la almohada. «Qué cosas más tontas aprendes», me dijo dándose la vuelta y aún estremecida por la risa. «¿El rombo de quién?», «De Michaelis», «Pues más bien parece el nombre de una paradoja matemática», dijo y me besó. Queríamos aprovechar la mañana para hacer una excursión en barco por el Bósforo y luego quizá acercarnos hasta el zoco. Nos duchamos deprisa y sin desayunar cogimos un taxi que nos llevó hasta uno de los pequeños puertos donde un tropel de turcos apresurados hacían cola para coger una ficha en la taquilla. Era día laborable y a ambos nos apetecía mezclarnos con la gente y alejarnos, en lo posible, de los tumultos turísticos que inundaban Estambul. Dinorah parecía feliz ensayando su turco, que a mí me sonaba estupendo a juzgar por la rapidez y la naturalidad con que lo aceptaban sus interlocutores, y que a ella le parecía muy rudimentario. Recogió las fichas, me cogió de la mano como se le coge a un niño del que tememos que se nos pierda y me dejé dócilmente guiar por entre la gente. Subimos al barco, vetusto, desportillado, oloroso a fuel, lleno de pasajeros que leían el *Hurriyet* y sorbían vasitos de té, yogur con agua o zumo de naranja que un puñado de vendedores empezó a ofrecer entre el pasaje nada más zarpamos. Nosotros compramos unas rosquillas con sésamo y unos vasos de té muy caliente y nos fuimos a la popa, más vacía, desde donde contemplamos el erizado perfil de la ciudad, el palacio de Çiragan, ahora convertido en hotel de lujo, el Dolmabahçe y el Beylerbey, en la orilla asiática, espléndidos y suntuosos como califas enjoyados, atisbando con suspicacia el tránsito pesaroso del barco en esa fría y soleada mañana de septiembre.

Dinorah se había puesto un pañuelo lila en la cabeza y le revoloteaban unos cabellos rojizos que escapaban del tocado. Nos hicimos una foto tonta de enamorados sonrientes contra el azul del mar y luego me quedé mirando su perfil hermoso, súbitamente conmovido de tenerla a mi vera, de escuchar su respiración y olfatear su aroma cítrico y un poco infantil. No quise decirle nada, simplemente mirarla mientras ella contemplaba el paisaje: parecía extraviada en un feliz sosiego, tan íntimo y ajeno que daba lástima interrumpirlo. Así estuvimos unos minutos, callados, escuchando el apagado cloqueo de las aguas espumosas que iba dejando atrás el barco. De pronto, Dinorah se volvió hacia mí con los ojos aún iluminados por ese paisaje que acababan de registrar sus pupilas, como si quisiera ofrecérmelo intacto y tan suyo, de sus ojos a los míos, como cuando nos besamos y somos conscientes de que persistimos en entrar en el otro, en hacerlo nuestro. Y supe recién en ese instante que la quería, que esos días vividos en Damasco y ahora en Estambul, esas llamadas y esos correos electrónicos enviados mientras fuimos la ausencia del otro, su necesidad y su añoranza, habían dado paso a esta suerte de contenta y callada paz de sabernos juntos, la tenue reserva del deseo desplazada al fondo mismo de nosotros. Como dos viejos camaradas. La rodeé con un brazo y sentí que temblaba un poco. «¿Tienes frío?», le pregunté. «No», dijo ella y se arrebujó un poco más, con la cabeza apoyada en mi pecho, sin dejar de mirar la bella y esquiva Estambul.

Quizá, pensé en ese momento, esas pequeñas diferencias entre nosotros eran las asperezas y rozaduras que habría que limar, pues ambos estábamos escocidos por una época y un momento en el que nos había tocado mirar el mundo desde orillas enfrentadas, y en el fondo esa pasión de Dinorah por entender el mundo musulmán con el entusiasmo del converso —y ella no lo era, sin embargo— tenía que ver más con aquella posición ardorosa y noble de quien siempre se pone en favor de los humillados, de los vencidos, de quienes son atropellados. ¿No me había contado hacía poco que en la Universidad de San Marcos donde estudió siempre fue una alumna participativa, rebelde, incapaz de mirar hacia otro lado en un país de tantas injusticias como es el Perú? Dinorah no me lo había dicho así, pero en nuestras charlas sobre el pasado —ese pasado que en algún momento habíamos recorrido juntos, por las mismas calles, sin conocernos— había surgido de sus frases un autorretrato compuesto a grandes y profundos brochazos: las marchas contra el gobierno, el viaje a Matucana para ayudar a construir una escuelita, las parrilladas y polladas que organizaban para reunir fondos destinados a campañas de nutrición, a apoyar la construcción de una biblioteca en un barrio de esa periferia desolada y árida que bordea Lima... y también la desconfianza, si no el abierto desprecio por la clase alta limeña: fatua, racista, frívola hasta la náusea, y que ella tanto detestaba. Dinorah vivía una terrible contradicción entre su amor y su odio para con la ciudad en la que había crecido. Como muchos peruanos, incluyéndome. Pero en ella esa contradicción, ese fervor con que recordaba sobre todo las afrentas no a su persona, sino a los miles de pobres y desheredados que parecía querer cobijar bajo su ala, era un hormigueo que le afilaba el rostro y le descomponía los gestos. Yo no sabía si admirar o temer esa úlcera abierta que era para ella el constante recuerdo de Lima, como parecía también serlo la incomprendida e injusta mirada que lanzaba Occidente al mundo árabe. Al principio, cuando solo fue mi guía en Damasco, Dinorah resultaba casi hermética en comparación con la Dinorah que se abrazaba a mí con ansias al hacer el amor, o al hablarme de su país, o de Lima, o del planeta inmundo y perverso en el que nos había tocado vivir. Yo intentaba por todos los medios rebajar aquel potente licor que era su cólera y que rápidamente la embriagaba, pero muchas veces mis intentos resultaban estériles. Y quizá, pensaba mientras el barco nos iba llevando lentamente hacia el fin de nuestro trayecto, estaba siendo demasiado superficial con ella, con sus posiciones, que al fin y al cabo, seguro también eran las mías. ¿Cómo olvidar el sangrante Perú, cortado a cuchillo entre los ricos y los pobres, entre los cholos y los blancos? ¿Cómo no entender que con el amplio y extremadamente complejo mundo árabe cometía Occidente el mismo cerril y estúpido error de los bombardeos indiscriminados, de las matanzas, de los ultrajes y sevicias que se habían cometido por culpa de unos cuantos iluminados? A Dinorah, a mi hermosa y furibunda Dinorah, le había tocado en un extremo y otro del mundo vivir en la peor parte. Imaginé su infancia —había advertido que ella solía escaquearse del tema— de niña extranjera, de saberse muy pronto lejana y ajena al mundo en el que le tocó vivir y pelear, de sus años juveniles caídos justo en el centro mismo de esa telaraña espantosa que fue su época —y la mía también, de paso— de los años de Alan García y el terrorismo de Abimael Guzmán. Hice un esfuerzo por verla: colgada del pasamanos en el microbús, apretujada, sobajeada, yendo a la universidad, a esos pueblos jóvenes hirvientes de viejos famélicos y niños mugrientos, indignada por un país que era y no era suyo, como posteriormente le ocurriría al llegar a Siria, joven, sin dinero, huérfana de padre, brutalmente arrancada del Perú para arribar a una sociedad tan distinta como la siria, de donde provenía, pero ya desclasada, llena de miedo quizá, vuelta a una comunidad oscura, pequeña, atropellada por la dictadura de Bashed al Assar, el hijo del déspota del cual tuvo que huir el señor Manssur —según me dijo ella— en los años setenta. Como si la única herencia que le dejara su padre hubiese sido la misma, idéntica dictadura. Y luego, con una Siria que iba abriéndose cautamente al mundo exterior, de pronto blanco de las iras occidentales, atacada como una fiera por todos lados: estigmatizado el mundo en el que Dinorah empezaba a integrarse y a hacer suyo como quien asume una lejana y farragosa herencia familiar... De ahí —pensaba yo en aquel momento, con Dinorah refugiada del viento marino en mis brazos— que ella resultara para mí algo brusca, siempre a la defensiva. Yo era un occidental (a ojos de Dinorah le resultaba más español que peruano, como me dijo una vez) que no comprendía el atávico mecanismo de defensa de los pobres, de los desafortunados de la tierra. No lo había comprendido en el Perú, por el que había pasado tibiamente según el severo y quizá no del todo erróneo diagnóstico de Dinorah. Y tampoco lo comprendía ahora, cuando Occidente quería acabar con el mundo árabe al completo, sin distinguir entre fundamentalistas y gente común, corriente, cuya aspiración era simplemente vivir en paz.

Le di un beso en la cabeza y la estreché un poco más, sintiendo que dentro de mí se despertaba un deseo intenso, unas ganas de besarla y protegerla y entenderla. Quizá, pensé, nuestro amor era así: nosotros abrazados en un barquito frágil y cívico que remontaba fatigoso, justo en ese momento, el vértice del Cuerno de Oro, ese legendario punto en que Asia se encuentra en una orilla y Europa en la otra. Tan cercanos y al mismo tiempo tan ajenos.

# Madrid

Me gusta trabajar en la biblioteca: su sala inmensa de lectura, de techos altísimos y hermosamente decorados, sus pupitres —o *carpetas,* como decimos en el Perú— de madera añosa, su conexión inalámbrica y la disposición de un catálogo más que abundante de libros de consulta me resultan siempre suficiente atractivo para dedicarle a la literatura las horas de la mañana e incluso, cuando se puede, de la propia tarde. Además, es raro distraerse o encontrarse con mucha gente. Normalmente solo hay pálidos estudiantes extranjeros o apresuradas chicas españolas que buscan con diligencia académica avanzar en sus tesis, y se mueven en silencio, con una eficacia callada de docentes, de la sala de petición de libros al pupitre y de allí a consultar diccionarios o a la cafetería, tres plantas más abajo. Tú llevas el ordenador, pides un pupitre y a escribir. Y lo que más necesitaba yo, en esos momentos, era reintegrarme a la tranquilidad de la biblioteca, a su silencio solemne de lecturas intensas, interrumpidas apenas por leves carraspeos o el arrastrar algo brusco de una silla o un estornudo y que, cuando uno está sumergido en las páginas de un libro o absorto frente al ordenador, produce una reverberación honda, como el confuso emerger de un ensueño. Sí, necesitaba volver nuevamente a mi rutina, sabiendo que el tiempo de Venecia había llegado a su fin, que esos dos meses fueron plácidos, aunque algo nostálgicos. Pero también fueron un par de meses provechosos y fecundos y —a qué negarlo— habían despertado en mí el olvidado placer de escribir a diario.

A las diez había quedado para cenar con Isa en un restaurante de Malasaña que ella había descubierto hacía poco, según me dijo la noche anterior. Luego podíamos ir a tomar cava por ahí, agregó algo vacilante. Pensé en Isa y de inmediato me vino el recuerdo de sus bromas inteligentes, de sus manos de dedos largos, que constantemente ponía sobre la mesa, como si esperase a un hipotético joyero para que le eligiera las gemas adecuadas: recordé la manera siempre provocativa y juguetona de insinuárseme cuando íbamos por ahí, alborotando sus cabellos y rozándome como al descuido, frotando luego sin rubor sus piernas contra las mías... Isa se ganaba la vida como traductora, aunque no descartaba la posibilidad de dedicarse por fin a terminar una novela misteriosa de la que hablaba de tiempo en tiempo, sobre todo cuando se excedía con el vino, y que siempre llevaba atascada. La había conocido hacía ya unos años, en un cóctel de Alfaguara, y nos volvimos a ver muchos meses después de aquel primer cordial e indiferente encuentro en una de esas fiestas insurrectas y frenéticas que ofrece de cuando en cuando el escritor Nacho del Valle en su piso del barrio de Salamanca. Conversamos toda la noche de libros, de política —ella era una rabiosa desencantada de la izquierda española y yo una especie de liberal descafeinado—, de Telemann y Puccini, de recetas de cocina y en fin: charlamos y reímos como dos críos y bebimos un poco más de la cuenta. Nos fuimos en el mismo taxi, la besé levemente en la puerta de su casa y ella vaciló, pero al final me invitó a una última copa y me quedé a dormir en su pisito de Chueca. Desde entonces habíamos salido esporádicamente, sin echar juramentos ni comprometernos a nada más allá que esas noches en que ella o yo, o ambos, estábamos un poco melancólicos o simplemente queríamos compañía y entonces nos llamábamos, dábamos vueltas en torno a la cita que de antemano sabíamos como el motivo de la llamada, quedábamos finalmente para tomar algo y de pronto nos asaltaba la urgencia por meternos en la cama, en la suya, en la mía, a veces en un hotel si teníamos prisa, donde ella maullaba como un gato y se entregaba al sexo con entusiasmo y mucho virtuosismo. A veces estábamos dos o tres meses saliendo juntos y de pronto dejábamos de vernos, quizá ansiosos por romper el hechizo de la camaradería que desplazaba al amor o al sexo, y entonces pasaban otros dos o tres meses sin que el uno supiera nada del otro. Tenía unas manos delicadas y los muslos dorados, una sonrisa que le quedaba rematadamente bien a sus ojos ligeramente chinos y la invariable costumbre de leer en la cama, después de hacer el amor. A cualquier hora.

Por eso, porque no la había visto en varios meses —ni siquiera nos habíamos enviado correos electrónicos durante mi estancia veneciana— y porque aquella mañana tenía todo el tiempo del mundo para escribir, pensé que mi vida volvía a encarrilarse por la placidez de lo cotidiano. Me sentía además vanamente halagado desde que encontré algunos mensajes intempestivos de Isa en mi contestador automático y, finalmente, aquella proposición para ir a cenar. Pero esa mañana en la biblioteca no iba a ser como me la imaginaba. Tras regresar de una consulta al catálogo y disponerme a escribir, detrás de una pila de libros que ya se disponía a devolver, me topé con un sorprendido Carlos Franz. «¿Tú no estabas en Venecia?», se extrañó después de darnos unos abrazos.

Sí, claro que había estado: los dos meses en Venecia pasaron como un soplo, el invierno llegó de puntillas escarchando tejados y cornisas, mientras que las góndolas y los *vaporettos* surcaban los canales con fatiga, como lentos y estoicos animales antediluvianos, alborotando las aguas negras de las que ascendía un vapor o una niebla que le daba a la ciudad su aspecto fantasmal. Venecia flotaba como un espejismo iluminado desde la Giudecca, a donde fui la última noche de mi estancia allí, a beber un dry martini en el Hilton Molino Stucky, que es desde donde mejor se observa la ciudad. Ese par de meses fueron bastante provechosos para mí, pese al inicial descalabro que había significado mi encuentro con Cremades, cuando me contó aquella larga y algo excesiva historia sobre su repentino amor encontrado en Berlín y la trágica disolución de su pareja anterior en Barcelona. ¿Albert Cremades?, me interrumpió Carlos, extrañado. Sí, ¿lo conocía? Sí, sí, me dijo y luego me hizo un gesto para que continuara, no tenía importancia.

En fin, que lo de Cremades había resucitado en mí otros recuerdos: volví a Madrid con la desasosegante sensación de que, pese al tiempo transcurrido, tenía que retomar mi contacto con Dinorah, que dejarla que se fuera de mi lado había sido un error o más bien una cobardía. Pese a nuestros últimos desencuentros, primero en Estambul y luego en Nueva York, yo me obstinaba en pensar que se trataba solo de eso, de pequeñas fricciones, de los ajustes necesarios para poner en marcha a una pareja. El escollo principal para que lo nuestro no estuviera signado por aquella trashumancia que vivimos en nuestras tres únicas citas era fijar alguna residencia juntos o al menos en la misma ciudad. Pensar en ello, sin embargo, me causaba en aquel entonces una repentina angustia, un resquemor que me asaltaba de pronto frente a la inminencia de establecerme con alguien a quien, al fin y al cabo, recién conocía. Y creo que Dinorah experimentó algo parecido las dos últimas veces que nos vimos. Asunto que por otro lado —egoísta y absurdamente— me entristecía y me obligaba a sospechar que ella realmente quisiera una relación conmigo que no estuviera marcada por horarios de aviones ni reservas de hoteles en ciudades de aquí y de allá. Al menos eso creo que fue lo que precipitó nuestra ruptura en Nueva York... Pero desde la última vez que nos vimos habían transcurrido casi dos años y aunque todo este tiempo fue paulatinamente extinguiendo la intensidad de su memoria, el reciente encuentro con Cremades en Venecia, por alguna razón que realmente se me escapaba, había soplado maliciosamente sobre aquello que yo creía solo cenizas, descubriendo aún las brasas tibias del recuerdo.

No me atreví a decirle nada de esto último a Carlos, naturalmente, porque él no conocía a Dinorah y yo me resistía a soltar ni una palabra acerca de algo que guardaba con celo o quizá simplemente con tristeza, como la perdida y última oportunidad de no sabía qué. En todo caso, Franz y yo estábamos allí, frente a unos cafés, y el nombre de Cremades había vuelto a salir a flote, como de las cenagosas aguas de un canal veneciano.

Y es que las casualidades de pronto establecen una inesperada cadena, como la secuencia secreta del ADN de nuestra existencia, marcando un itinerario por nosotros desconocido pero no por ello menos implacable. En esa fría mañana de mediados de diciembre, en una Biblioteca Nacional por esas fechas más bien poco frecuentada a causa de la inminencia de las fiestas, encontrarme con Franz era bastante imprevisible. Carlos escribe en su casa, cuando el tiempo en el consulado se lo permite, y si nos vemos es más bien por la noche, pero muy de vez en cuando. Por eso mismo, cuando me propuso un café luego de devolver los libros, yo no supe ni quise negarme.

Así que allí estábamos, sorbiendo de a poquitos los cafés humeantes, hablando en voz baja en una cafetería casi desierta. Encendió un puro que disfrutó con esa minuciosa calma que les dedica a sus Partagás. Luego de que le contara mi experiencia veneciana hablamos un rato de Tornieri —más bien habló él, que es amigo suyo desde hace tiempo— y de lo bien que lo hubo pasado en Madrid, durante esos dos meses. Carlos estuvo con Tornieri sobre todo la primera semana, en que lo llevó a La Bola, una de las debilidades de Franz, a saborear un cocido, y también al Petit Bistrot, otra inclinación gastronómica del chileno, y luego de copas por la noche madrileña. Luego lo dejó a su aire, para que Tornieri pudiera trabajar tranquilo en mi piso de Los Austrias, mientras yo hacía lo propio en el suyo, en Venecia.

Bebí un sorbo de mi cortado, miré con nostalgia por las cristaleras del pabellón de El Espejo, el edificio de la biblioteca al otro extremo de la calle, imponente, de una grandilocuencia algo afrancesada, con el maravilloso frontón triangular decorado por Agustín Querol que tanto me gusta mirar cuando llego por las mañanas.

—No sabía que ya estabas aquí en Madrid, hombre —insistió en el hecho Franz, apuntándome con su puro—. Hoy tengo una pequeña reunión en casa. Estarán Juancho, Julio Trujillo, Rosita —se refería a Rosa Montero—, *la* Nélida Piñón y algunos otros amigos. Vamos a tomarnos unos tragos. ¿Te apuntas?

—He quedado con una amiga.

—Tráetela. No seai huevón.

Antes de que le pudiera responder, mientras se levantaba de la mesa porque ya tenía que irse, se quedó mirándome fijo, un poco mefistofélicamente, como le gusta mirar a él. El puro aún humeaba en su diestra. Ya en la puerta se acomodó la boina y la gabardina —era una estampa en blanco y negro mi amigo, una rotunda imagen de entreguerras— y carraspeó un poco antes de agregar:

—Además has mencionado esa historia que te ofreció Cremades. Seguramente te interesará escuchar otra versión de todo lo que te han contado.

Y todavía me pareció verlo reírse bajito, caminando ya hacia la plaza Colón, envuelto en el humo azul de su Partagás y meneando la cabeza suavemente. ✳

Isa se adormecía un poco con su gin tonic en la mano, aunque de vez en cuando me lanzaba miraditas cómplices y seguía charlando con Juancho Armas Marcelo, gesticulante y divertido, como si quisiera hipnotizarla a ella y a otra chica de largas piernas cuyo nombre no recuerdo, y que bebía también un gin tonic, como el novelista canario. Pero yo seguía apoyado en la barandilla de la terraza, realmente perplejo, sin poder dejar de escuchar a Carlos, que fumaba ceremonioso y paladeaba un buche de whisky de cuando en cuando. En el jardín vibraba el serrucho persistente de los grillos y aunque era una noche inusualmente agradable para aquella época del año, pronto convinimos en refugiarnos en su biblioteca, adonde nos llegaba amansado el bullicio de la fiesta, de la gente que iba llegando con botellas de vino, ron o whisky y que se integraba en los corros de amigos, en los volubles círculos de conversaciones, entre platos, vasos y ceniceros.

—Mira —me dijo Carlos mostrándome una fotografía, como si fuera una prueba pericial.

En la foto aparecía Franz abrazando a Alonso Cueto, alto, barbudo como el propio Carlos, y a otro hombre de gafas, más bien rubicundo y de aspecto vagamente juvenil que no tardé ni un instante en identificar.

—No, si no es que no te crea lo que me cuentas —dije yo vacilante, aún con la foto en la mano.

—Pero te resulta increíble, ¿verdad? —me ayudó Franz.

Después rellenó pausadamente nuestros vasos y yo bebí un largo trago sintiendo la dulce quemazón del whisky bajando por mi garganta. A Carlos también le había sorprendido lo que le conté por la mañana allá en el pabellón de El Espejo, frente a la Biblioteca Nacional. Por eso dejó que terminara de narrarle la historia de Cremades y luego, nada más recibirme en su casa, me sugirió, deslizando una frase aquí y otra allá, algo de lo que él sabía acerca del catalán. Y al parecer sabía mucho porque si no una amistad intensa, con Cremades tuvo una distendida relación, gracias sobre todo a la agente de Carlos, que en ese momento negociaba una novela del chileno con la editorial donde trabajaba Cremades. De hecho, Franz lo había acompañado en alguna oportunidad al Dry Martini, donde Albert Cremades se movía con la desenvoltura algo jactanciosa de los habituales.

Pero no había sido Belén la que dejó a Albert sino al revés. Al menos en la versión de Carlos aunque, eso sí,

advirtió mi amigo, era una versión sin contrastar al cien
por cien porque desde hacía tiempo nadie sabía ubicarlo:
Cremades se había volatilizado de la faz de la tierra luego
de que el éxito inesperado de su última novela lo hubiera
vuelto esquivo y casi diríase que displicente con la prensa. De hecho, por lo que le contaba, yo debía ser el último de los conocidos de Franz en haber visto a Cremades.
El editor y la agente guardaban un hermetismo más bien
bobalicón y de mercadotecnia respecto a la inubicuidad
de Cremades, mientras su novela al poco tiempo de haberse colocado en las librerías, escalaba vertiginosamente
posiciones en las listas de ventas no solo en España sino
también en Francia, Alemania e Italia. Ya un periodista había titulado en un suplemento cultural su artículo
«¿Pero... y dónde está el autor?», u otra brillantez de ese
calibre, y lo único que había hecho todo eso fue azuzar
el interés de la prensa por saber el paradero de Albert
Cremades... y obviamente la cerrazón de este para dejarse entrevistar. Yo viví aquel fenómeno —del que conocí
apenas las primeras escaramuzas por la prensa— completamente ignorante, paseando entre *palazzos* y canales, escribiendo disciplinadamente, un rato por las mañanas y
otro por la tarde, sin asomarme a la prensa nacional salvo
esporádicas ocasiones en que caía en mis manos *El País*
en su exigua versión internacional. Probablemente, especulé, cuando nos vimos esa noche en el bar del Rialto,
Cremades ya empezaba a paladear el aguardiente intenso
del éxito y había urdido su plan de escapar empezando
en Venecia. Y de allí su reticencia en hablarme de la dichosa novela. De ser así, tal como me lo estaba contando
Carlos Franz en la biblioteca de su casa, la novela de Cremades iba camino a convertirse en otro de esos fenóme-
nos mundiales de éxito que de vez en cuando surcaban

el firmamento literario como brillantes estrellas fugaces. Sazonado todo ello, por supuesto, por la inaccesibilidad del escritor, por la estela de enigma que empezaba a dejar su enrocada negativa a dejarse ver por nadie, como al parecer estaba ocurriendo.

—Pero volviendo a nuestro tema... —me reconvino al fin, didáctico y puntilloso Carlos Franz—. Lo que me sorprendió, mi querido Jorge, es toda esa historia disparatada que te contó Albert en Venecia.

Carlos hizo un gesto con la mano, alzándola por sobre su cabeza y removiéndola allí como para dar a entender un inverosímil grado de enajenación. Y es que, según él tenía entendido y hasta donde había conocido no solo al propio Albert sino a amigos y compañeros suyos del ambiente literario catalán, la realidad no tenía nada que ver con aquella turbulenta historia de amor que me mantuvo hipnotizado en Venecia. Las cosas habían sido más prosaicas, concluyó Franz replegándose en su butacón de piel e invitándome a que me sentara en un sofacito enfrente de él. Me miró todavía un momento, como dudando de mi capacidad interlocutoria, pero al fin se decidió a hablar.

El Albert Cremades que fue emergiendo poco a poco en la narración detallista de Franz era bastante distinto al Cremades que me interceptó en Venecia, con el que compartí unas botellas de prosecco mientras iba desmenuzando para mí aquella dramática ruptura con Belén, su mujer, y el entusiasmo por esa chica que conoció inesperadamente en Berlín y a quien aguardaba, enamorado, pugnaz e impaciente, en la bella ciudad italiana para intentar una reconciliación. Qué había ocurrido desde Berlín hasta Venecia era algo que enigmáticamente Cremades, con la impecable finta de un prestidigitador, hubo escamoteado de mi vista. Pero aun así, aun con esa laguna negra de su relato, no se parecía en nada al Cremades del que me hablaba Franz y que había abandonado sin miramientos a su mujer nada más regresar del Berlinale Fest, encaprichado como un mostrenco de una chica italiana a la que luego persiguió por media Europa. Carlos no estaba seguro de que Cremades hubiera conocido a la chica antes o después del episodio de la clínica, pero sí de que salió con ella, porque él los vio, me dijo apoyando un dedo propedéutico en el borde del ojo.

—¿Pero no fue Belén quien estuvo en la clínica de desintoxicación del doctor Puigcercós? —pregunté, confuso.

Carlos Franz parpadeó incrédulo, mirándome fijamente, como negándose a creer tanta ingenuidad.

—¡Qué doctor Puigcercós ni qué niño muerto, hombre! —exclamó al fin—. Belén, la chica canaria con la que se casó Cremades, no solo se hizo cargo de aquel tratamiento que lo tuvo, *a él,* en una clínica carísima durante dos meses, sino que prácticamente lo mantuvo cuando empezaba a escribir, lleno de una furia apocalíptica, su nueva novela, igual que había hecho al parecer, con la anterior, *Razón de más.* Y cuando salió de la clínica volvió apacible al redil de lo doméstico. Hasta que fue a la Berlinale. Y allí se enamoró o se encoñó de una chica italiana y se fue tras ella.

—¿De quién hablan?

La cabeza de Armas Marcelo asomó en la biblioteca. Llevaba un vaso rebosante de hielo y de gin tonic, y venía a pedirle a Carlos un puro, dijo, se había dejado los suyos en casa, coño.

—De Albert Cremades —Franz buscó en la mesa el humidificador y extrajo un puro que ofreció a Juancho—. A Jorge le contó una historia rocambolesca en Venecia.

Juancho cogió con delicadeza el puro y lo inspeccionó lentamente, pasándolo ante su nariz, aspirando con plenitud de conocedor.

—Una buena pieza, Cremades —dijo al fin Armas Marcelo palpándose los bolsillos en busca de fósforos—. Ahora anda desaparecido y con una novela que está vendiendo como churros. ¡Vete p'al carajo!

A mí me divierten mucho los exabruptos tropicales de Juancho y sus embestidas tremebundas, su frondosa canariedad, por decirlo así, y también el que oficie como del *who is who* del mundillo literario español. Por eso, al saber que hablábamos de Cremades, Juancho encendió el puro, se sentó frente a mí y me pidió que le contara lo que me había dicho ese viva la virgen en Venecia. Luego Carlos y él se enfrascaron en una quisquillosa esgrima sobre si Albert era o no del Ampurdán, si la mujer era canaria («Sí, sí, de Santa Cruz de Tenerife, coño»), si a la chica italiana («¿pero era italiana?», «Eso no estaba claro...») la había seguido o no por varias ciudades europeas rogándole su amor y si, ya por último, la novela que tanto estaba vendiendo era realmente buena o no. Aquí ambos confesaron no haberla leído («La pido mañana mismo a la editorial, coño») y yo levanté la mano adhiriéndome a aquella inexcusable flaqueza, pues tampoco la había leído. Después de casi media hora en que Franz y Armas Marcelo fueron componiendo con retales el perfil del escritor catalán, yo me quedé con la imagen contradictoria de un individuo de rencores profundos que regaba con la bilis inesperada del ataque artero a quienes tenía como enemigos, y que al mismo tiempo era dispendioso y hasta magnífico con sus querencias. Eso sí, agregó Franz: no era en absoluto rencoroso con aquellos a quienes ofendía... Lector agudo y de saberes enciclopédicos, sobre todo de literatura y de cine, bajo esa primera impresión opaca de miope sosegado, un tanto reticente y anodina, Albert Cremades camuflaba a alguien proclive al exceso, a la fabulación y la intriga. Prueba de lo primero era el ritmo brutal de vodkas y rayas al que se entregó durante mucho tiempo hasta que algún amigo providencial lo rescató, recomendándolo para un puesto en la editorial, donde trabajaba desde hacía casi diez años, y donde le consentían exuberancias y desatinos porque sus juicios e informes sobre las novelas que llegaban al despacho eran casi siempre premonitoria y asombrosamente certeros. Y eso le dejaba a la editorial muchos beneficios. Pero también porque Cremades, hasta ese momento, hasta el momento en que se vino abajo, se había ido labrando en aquel despacho de la calle Balmes una imagen de currante conspicuo, hombre de la casa, mano derecha de los jefes y cicerone de los autores que aterrizaban en Barcelona cada vez con más frecuencia.

Ahora bien, según Armas Marcelo, ocurrió hacía ya unos años cierto incidente que sacó las cosas de su orden inveterado y tranquilo, sumiendo a Cremades en la peor de sus pesadillas: el catalán vivió mucho tiempo alimentando con paciencia y esmero el rencor que le supuso ser rechazado por su propia editorial cuando presentó el manuscrito de su novela *Razón de más,* y solo pudo sobrevivir a aquella humillación sin paliativos porque se había enamorado de una linda chica canaria que lo ayudó a superar aquello. «Pero entonces... ¿Cremades no había escrito esa novela después de conocerla y casi, casi, a sus instancias?» «No, por supuesto que no: ya la había terminado y se la rechazaron al poco de conocer a la chica.» En fin, se trataba de una mujer joven, predispuesta a la ilusión, una chiquita de buena familia que había recalado en Barcelona para estudiar no se sabía bien qué, y que conoció a Albert en un máster de edición donde él impartía unas materias. Ella se prendó de su profesor con el empecinamiento ciego de quienes viven para enamorarse. Cremades, que sabía ser oportuno, confiado de sí mismo y de su encanto, no tardó en fijarse en aquella alumna, canaria y guapa, que lo miraba con arrobo mientras él revelaba, didáctico, los entresijos de la edición. Empezaron a salir juntos. Al principio, nada más que un flirteo inocente. Pero cuando ocurrió aquella debacle, cuando le infligieron aquella negativa para publicar su novela, aquel golpe propinado por su propia editorial, Cremades se derrumbó. Para ella en cambio, asistir al héroe caído, enjugar sus lágrimas, era lo más parecido a gozar de un cielo azul y abierto: empezaron a vivir juntos al poco tiempo y fue la canaria quien lo convenció de que no abandonara la editorial, que siguiera allí como si nada hubiera ocurrido, una magnanimidad elegante y deportiva de la que sacaría los réditos más adelante. También gracias a la diligencia sin tregua de Belén, un amigo, Carles Maganya —o un antiguo amante, decían algunos—, que era profesor de la Pompeu Fabra y dirigía una pequeña editorial, se animó a publicar aquella novela rechazada. Así pues, *Razón de más* apareció en un modesto sello de Girona y, al igual que una ya inencontrable novelita en catalán y un libro de cuentos cuyos nombres ni Carlos Franz ni el propio Juancho recordaban —ambos muy anteriores—, esta no tuvo trascendencia alguna y fue obsequiada con la dádiva de unos sueltos en la prensa local. Eso fue la puntilla: Cremades volvió al vodka libérrimamente, como a los porros y a las rayas, con un grupito de amigos del pijerío catalán más cultivado y vano y, según decían las malas lenguas, estuvo a punto de perder su trabajo porque los excesos homéricos a los que se entregaba ya pasaban de castaño oscuro. Sus constantes idas y venidas en plan hippie con los amigotes a una cala ibicenca primero, y después a una masía cerca de Vilanova i la Geltrú terminaron por quebrantar la salud, la moral y la economía de Albert Cremades, cuya mujer —Belén y él se habían casado hacía poco— se encargó de ingresarlo en una clínica de desintoxicación. «¿Del doctor Puigcercós?» «¡Y dale con el tal doctor Puigcercós, hombre!» Lo cierto era que Cremades estuvo dos meses allí, y si no es por la tozudez inquebrantable de su mujer, muy probablemente allí seguiría o quién sabe. Albert Cremades volvió a casa pacificado, extinguido el fuego concupiscente de sus apetencias, reducido a ceniza y escombros de sí mismo, decidido a remontar aquel ominoso pasaje de su vida. Fue expulsado finalmente de la editorial que solo cedió a los ruegos de Belén meses después y aquella lo reincorporó en su seno. Mientras tanto, la canaria, gracias a sus inagotables contactos aquí y allá, había gestionado para Cremades que un periódico le enviara a cubrir el Festival de Berlín de aquel mismo año. Y la pobre, sin saberlo, cavó con metódicas paletadas su propia tumba, porque allí en Berlín Cremades conoció a aquella chica por la que finalmente la abandonaría.

¿Qué me había contado entonces Albert Cremades en Venecia? O más bien: ¿por qué me había contado aquella historia? Quizá solo era, como apuntaba Juancho mientras saboreaba aquel puro inacabable en la biblioteca de Carlos Franz, que Cremades había trasladado a la realidad una parte alícuota de su derrota para convertirla en triunfo: la chica bella, culta, sexy, que se enamora del cuarentón, al igual que la profesora esa alemana que más que caer víctima de su seducción se entrega con verdadera disciplina germánica a conquistar al catalán, vamos, un éxito de tío. Pero yo no me quedé del todo convencido por aquella explicación, pues si el rencor de Cremades tenía que ver con la literatura, con haberme mentido sobre plausibles éxitos se hubiera resuelto. Pero no, no hubo en su historia casi ninguna mención a sus novelas, si exceptuamos los comentarios más bien ácidos y burlescos a los que hizo referencia cuando me habló de Belén, de Helga Weber o de la propia Tina: frente a todas ellas Cremades se presentaba sin excusas como un escritor sin ningún éxito, un fracasado contumaz. (Pero esto, mientras me lo contaba en Venecia, en el bar del Rialto, tampoco era ya del todo cierto, pues su novela empezaba a venderse, en palabras de Juancho, como churros...) Su alarde de conquistador, en todo caso, había sido un magistral ejercicio de laconismo y sobriedad, pues en ningún momento me pareció, mientras glosaba sus peripecias en Berlín y sus desdichas en el barrio Gótico, que se estuviera ufanando de aquello. Más bien, aquella narración caudalosa en la terraza de un hotel veneciano tenía la infame pátina de la expiación, de la culpa y la inesperada dicha de encontrarse con el regalo del amor casi tardío e inmerecido. No era pues jactancioso ni fatuo lo que me contaba sino íntimo, casi vergonzoso.

—No sé si me explico...

Isa me escuchaba con un libro en la mano, amablemente dispuesta a soportar mis continuas interrupciones, mi reflexionar vacilante esa misma madrugada en su piso, luego de retirarnos de casa de Carlos Franz, ya muy tarde.

La puse al tanto de la situación por etapas: primero en el taxi que avanzaba por las calles bostezadas y melancólicas de un Madrid anochecido. Con su mejilla apoyada en mi hombro, yo iba contándole la reciente plática con Franz y Armas Marcelo, la historia equívoca de Cremades, su repentina huida de la *mise-en-scène,* que diríamos. Después continué en su pisito de Chueca, bebiendo una última copa y mirando la plaza Vázquez de Mella, por donde circulaban los recalcitrantes noctámbulos que siempre se resisten a abandonar los bares hasta que los echan y buscan, taciturnos, algún otro lugar donde acodarse hasta que se les acabe el tiempo. ¿Como el propio Cremades, quizá? Bebimos un último gin tonic en silencio, algo desganados y somnolientos. Luego continué contándole aquella historia en su cama, después de hacer un amor más bien desganado y poco atento, porque yo tenía la cabeza en otra parte e Isa se dio cuenta pero tuvo la delicadeza de no reprochármelo. Se limitó a darse la vuelta para coger un libro de su mesilla de noche y leer unas páginas antes de que yo, fumando en silencio, me animara a interrumpirla. Entonces colocó un dedo entre las páginas de aquel grueso volumen y se dispuso a escucharme.

Al parecer, durante ese largo y más bien peligroso tiempo —mientras se cocía lentamente en el rencor de no haber publicado en la propia editorial donde trabajaba y de haber sido editado sin éxito alguno en un pequeño sello provincial—, Albert Cremades se entregó con devoción a una rutina de turbulencias que lo sacaba de la cama a mediodía, con los ojos enrojecidos y el cabello revuelto, y lo lanzaba a la calle a por un aperitivo que se prolongaba bastante y que a menudo servía para remontar la tarde y empezar la noche. Cuando Carlos

Franz lo conoció, en el rostro de aquel adjunto del editor se advertía siempre el trazo un poco canalla del abuso, el abotargamiento que trae consigo la noche y la demasía. Cremades empezaba a dejar de ser diligente y exacto para con su trabajo, parecía fatigarse pronto y siempre encontraba cualquier excusa para acudir con celeridad a algún cóctel, a alguna presentación de un libro o a entrevistarse con posibles autores de la casa, de tal suerte que era más bien frecuente encontrarse con él, ojeroso y libérrimo, en el tumulto de algún bar de moda o más tarde aún, encerrado en los lavabos indulgentes de esos mismos bares donde se ponía hasta las cejas de cocaína, o al mediodía, saboreando el vermú y unas olivas, aparentemente apresurado: era ese tipo de hombre al que casi siempre encontramos moviéndose entre una cita y otra, escudriñando la hora en el reloj que hace aparecer ostensiblemente en la muñeca, atareado, impaciente por cumplir sin desmayo un itinerario de encuentros y obligaciones que dejarían a cualquier otro exhausto. Pero en realidad, como fue dándose cuenta poco a poco Franz, aquello no era para nada así o en cualquier caso, los apuros de Cremades siempre eran una cortina de humo, los afanes típicos del procrastinante, aliñados de whisky y pacharán, de dos paquetes de Ducados que le dejaban los dedos amarillentos y una tos llena de gargajos, la mirada de convaleciente idiotizado a causa del Rohypnol y los *tripis* que consumía en Ibiza, adonde decían que viajaba con frecuencia y donde al parecer adquirió una morenez contradictoria que levantaba suspicacias. En la editorial cada vez era más difícil no ver lo que estaba ocurriendo y aun así, para ese Cremades lanzado a tumba abierta contra su propio destino, la noche continuaba sin pausa entre vodka tonics largas y beodas conversaciones sobre literatura y cine —su otra gran pasión— en la penumbra decadente de los bares de moda. Entonces fue que tocó fondo, colapsó, casi se muere, estuvo en un tris de palmarla. Y regresó de la rehabilitación completamente converso, incapaz de meterse una raya más porque había sido testigo en esos dos meses atroces en la clínica de lo que le esperaba de seguir por allí. Pero sobre todo porque tuvo un encuentro rotundo y místico con un santón —un tal Miquel Pernau— que sin embargo luego lo dejaría en la estacada, estafándole unos cuantos miles de euros por un préstamo o un anticipo que nunca cumplió. Pero esa era otra historia, había dicho desdeñosamente Franz. Lo único claro era que después de eso a Cremades lo seguían viendo esporádicamente en los bares, era cierto, pero sorbiendo interminables e inofensivas tónicas que le dejaban una expresión lela de monaguillo, la cara constreñida de los redimidos, coño, acotó Armas Marcelo. Desde ese momento bebía escaldado, con cautela, cuidando no frecuentar en demasía aquellos ambientes, acompañado casi siempre de Belén que le consiguió —quién sabe cómo— unas clases en otro curso de edición de la Pompeu Fabra donde ahora ella trabajaba. Probablemente allí, en aquel curso, fue donde Albert conoció a la italiana, algo menor que él, castaña, desinhibida y neumática, en el recuerdo de Franz. Sí, de seguro que allí, en esas clases, como tiempo atrás ocurriera con Belén, se encontró a la minita por la que, nada más volver de Berlín, abandonó sin miramientos a su mujer.

Armas Marcelo, que escuchaba el relato de Carlos en silencio, como yo, vino a iluminar aquella zona oscura de la vida de Cremades diciendo que aquella chica no era italiana, no señor, ¡ya se acordaba cómo había sido todo! Y se quedó un momento con una mano en la frente y la otra extendida, reclamando nuestra paciencia, los ojos cerrados como un médium, coño, no le venía ahora a la cabeza quién le había dicho todo aquello... bueno, el caso es que aquella chica no era italiana. Era una chica extranjera, tunecina o libanesa, que estaba hacía un par de años en Madrid y que trabajaba para una productora cinematográfica nacional, pero haciendo más bien recados y trabajos ínfimos de intendencia, seguramente con la ilusión de ascender en aquel negocio de puñaladas, recelos y servidumbres. Cremades por su parte y gracias a su mujer, había conseguido que *La Vanguardia* o *El Periódico de Catalunya* —no se acordaba ya Armas Marcelo— le enviara a cubrir el Festival de cine de Berlín. No, no fueron las clases en aquel máster de la Pompeu Fabra lo que le consiguió Belén, sino lo del periódico, coño. Porque Cremades se encontró con la chica allí en Berlín —¡ya se acordaba!—, en medio de aquel jolgorio algo circense del festival. Y se enamoró. Fue sonado. La chica, más joven, afilada la astucia por el hambre laboral de tantos años llevando bocatas de *chopped* y coca colas a la *troupé* de la productora, vio quizá una oportunidad de encontrar algo mejor a través de ese catalán cuarentón que cubría el festival para un periódico importante. Sabe Dios lo que le dijo de sí mismo Cremades. Sabe Dios qué creyó o quiso creer aquella chica, cuál fue el inicio de la confusión y el desasosiego, del deslumbramiento y el cálculo.

—Las trepas... no las conoceré yo —acotó Isa dejando ya desentendida del todo su lectura, volviendo a mí sus ojos achinados, ganada por la historia.

—Sabe Dios —dijo Armas Marcelo lanzando una bocanada de humo.

Sea como fuera, Cremades perdió los papeles por aquella mujer. Desde que gracias a su canaria em-

pecinada siguiera escribiendo, hasta el Festival de cine
de Berlín, habrían pasado un par de años largos por lo
menos, un tiempo infinito en el que Cremades se entregó con audacia suicida —siempre según quienes lo conocieron— a todos los placeres, a todos los abusos y finalmente a su derrumbe y posterior resurrección. Y allí,
durante el Festival de Berlín, se enamoró perdida e irremediablemente de esa chica extranjera que trabajaba en
una productora de cine, tal como él me había contado en
Venecia, pero con una pequeña variante: ese amor no era
correspondido. Fue más bien una pesadilla, la caja de los
truenos que destapó la inconsciente Tina al creer que algún beneficio podría obtener de aquel hombre enamorado, y solo consiguió que este —en el relato vertiginoso y
al mismo tiempo pormenorizado que fueron recogiendo
Armas Marcelo y Franz aquí y allá— la buscara día y noche una vez que regresaron a España. Al parecer, Cremades disfrutó esos días berlineses en la confianza de que
se trataba de un romance bien encauzado. Dicen quienes
vivieron aquellas fiebres catalanas que Cremades contaba
a todo el mundo que nada más llegar a Barcelona enfren-
taría a su mujer y le pediría el divorcio. Los comentarios
llegaron inevitablemente a oídos de aquella chica, ¿Tina?,
¿Fina? Franz tampoco se acordaba. Y entonces ella pro-
curó poner cierta distancia y enfriar el ímpetu de Cremades, seguramente ya enterada de que este no le serviría a
sus propósitos, que nada podría conseguirle en el mundo
del cine y las productoras mejor de lo que tenía en ese
momento. O quizá simplemente ya cansada de que aquel
romance de cama de hotel y jolgorio se prolongara más
allá de lo razonable. Sea como sea, Cremades recibió la
primera negativa de continuar con la relación —lo que él
se empeñaba en llamar relación, el muy pelotudo, matizó

Carlos— con sosegada incredulidad. Se negó en redondo a aceptar lo que aquella chica le decía tranquilamente mientras desayunaban en el hotel, ya viviendo la resaca del Festival. Ella le dio un beso en las mejillas, le dijo que no podía ser, se exasperó seguramente cuando Cremades quiso saber el motivo y cuando le dijo porque sí, porque se acabó, Albert montó en cólera. Hizo un escándalo en la cafetería del hotel, rompió platos y tazas cuando ya todos terminaban sus cafés y sus zumos para partir al aeropuerto o salir a dar una última vuelta por la ciudad. «Todos» eran los periodistas y productores, los agentes y actores españoles que habían cultivado ese espíritu gregario que se suele dar en tales encuentros. Entre varios lo calmaron, lo invitaron a tomarse un vaso de agua, a que se fuera a dar una vuelta. Hablaron con él, lo consolaron, le dieron palmaditas afligidas en la espalda y lo mandaron finalmente a la mierda cuando Cremades se quedó llorando, persistente, incapaz de asumir que aquello había acabado. «¿Llorando?» Me costaba imaginarlo en aquel trance, dicha sea la verdad. Allí, en la biblioteca de Franz, yo escuché callado esa lenta y vergonzosa reconstrucción de Cremades, la grieta oculta en el mármol lujoso de su propia narración, tan distinta meses atrás en Venecia. Si era como decían Carlos Franz y Juancho Armas Marcelo, si era como a ellos a su vez les habían contado la historia, aquel no podía ser Cremades. Lo peor, por supuesto, es que no acabó todo allí: Cremades pidió perdón —ya la chica nada quería saber, solo que se alejara aquel loco de su vida—, imploró, envió regalos, llamó por teléfono a horas alarmantes, bombardeó de correos electrónicos a la pobre, la visitó en Madrid. Es un decir «la visitó», claro. Viajó detrás de ella cuando supo que acudía a París con la productora, luego lo vieron en Florencia, espiando en un rodaje, y la chica tuvo un ataque de histeria, fue menester llamar a los *carabinieri*, poner una denuncia en la comisaría, pero ni rastro del súbdito español Albert Cremades. A partir de allí, sobre la pista de lo ocurrido se cierne una niebla maligna de confusiones y equívocos que empieza con Cremades abandonando definitivamente a Belén y persistiendo en la persecución de la desdichada muchacha por toda Europa. Más o menos. En el ínterin, la reciente novela que él había estado terminando desde que saliera de la clínica de desintoxicación aparece en un sello mediano pero empieza lentamente a vender y a vender y a vender, a recibir críticas elogiosas y reseñas entusiastas. Hasta el sol de hoy. Es, dicen, una novela como pocas. Conmovedora, astuta, maravillosa. Y de Cremades no se sabe nada. Yo lo vi entonces en Venecia («hace nada, coño, un par de meses, ¿verdad?») y probablemente haya sido uno de los últimos en saber de él. Porque nadie realmente sabe nada de nada acerca de su paradero.

—¿Hasta ahora? —me preguntó Isa con la voz ya pastosa de sueño.

—Hasta ahora —le dije yo cerrando los ojos para intentar dormir. Pero me fue imposible.

# Nueva York

El JFK se ha convertido desde hace años en un aeropuerto incómodo, antiguo, iluminado permanentemente por la luz quirúrgica y parpadeante de sus fluorescentes averiados, lleno de confusiones. Basta con asomarse a la ventanilla de un avión cuando este empieza el lento giro para entrar en pista y aterrarse con la fila interminable de aviones que parten, sin cesar, pesadamente, hacia los cielos del mundo: es pues un aeropuerto con un volumen demencial de vuelos. Pero es lo que hay. Eso pensaba yo mientras esperaba en la cinta mi maleta Samsonite verde botella, abollada, raspada, vieja pero leal y resistente. Batallada por los siete mares. O más bien por los siete cielos. Había sido un viaje molesto que empezó con un retraso de dos horas en Barajas y continuó con turbulencias continuas que hicieron temblar y crujir la panza plateada del Boeing de American Airlines durante el último trecho de aquel vuelo. Nueva York apareció en nuestro campo de visión cubierta de nieve, humeante y sucia, velados sus rascacielos por una niebla densa que apenas dejaba pasar leves destellos solares. Pero a mí siempre me ha parecido una ciudad bellísima y compleja, inabarcable e insomne, tan parecida a la imagen que de ella tenemos que siempre nos resulta familiar, desde que ponemos los pies en tierra, como si todas las generaciones a partir de la segunda mitad del siglo xx hubiéramos nacido con un radar interno que nos permite orientarnos fácilmente en sus calles, reconocibles e iconográficas, hirvientes de neones y taxis amarillos conducidos por flemáticos paquistaníes de turbante, recorridas sus anchas avenidas por limusinas blancas que se atoran entre Lexington y Park Avenue y más abajo aún, y de donde emergen criaturas inverosímiles, diseñadas expresamente para moverse por el Upper Est Side: rubias de pómulos altos, protegidas de visón y con un caniche en los brazos; ejecutivos de traje oscuro y zapatos Florsheim, de pronto sorprendidos por *homeless* de ojos alucinados que estiran sus manos mugrosas hacia ellos, quienes obstinadamente hacen como que no los ven.

Por eso, cuando por fin apareció mi fiel Samsonite magullada en la cinta trasportadora, me olvidé de golpe de todo el cansancio y de todo el *jet lag,* de la hora intempestiva a la que finalmente había arribado. Alex Lima estaría esperándome, como siempre que llego a Nueva York, para llevarme a donde hiciera falta (habitualmente a su casa de Ronkonkoma, en Suffolk County, a casi una hora de Manhattan), previa escala, sea la hora que sea, en el bar del Península, entre la Cincuenta y cinco y Park Avenue, donde creo que preparan uno de los más espléndidos martinis de la ciudad. Alex y Nieves son dos de los mejores amigos que tengo allí, siempre dispuestos a atenderme cada vez que voy. Él es un poeta y profesor de literatura, editor de una brillante y casi clandestina publicación literaria de nombre inverosímil que circula en Nueva York y pasa con avidez de mano en mano: Chancho & Zampoña. Ella, una madrileña pizpireta, inteligente y cálida, es también profesora universitaria. En ese entonces seguía dictando clases en Stony Brook y extrañando España con leve empecinamiento, pero siempre hechizada por los prestigios de Nueva York. Habitualmente salimos juntos a cenar o pasear, y quedamos con el buen Robert Ruz, un *englishman* perdido en Nueva York, traductor en la ONU y especialista en la obra de Jaime Bayly, Iván Thays y la de un servidor. No me pregunten cómo ni mucho menos por qué. El caso es que Robert y Hayley, Alex y Nieves, siempre me ponen al tanto de los chismes neoyorquinos, y bebemos martinis y me cuentan cómo les va, cómo les trata la vida.

Sin embargo, en aquel invierno de 2005, a los pocos meses de haber pasado unos días felices en Estambul con Dinorah, era yo quien les tenía una noticia a todos ellos. Y es que en esta ocasión, aprovechando que Claudio Remeseira, profesor de la Universidad de Columbia, me había invitado para hablar de la literatura canaria reciente, me encontraría con Dinorah, que así por fin visitaría una ciudad que desde siempre había querido conocer. Alfredo Ackermann, un antiguo compañero de mis tiempos universitarios radicado allí, me dejaba su piso en Manhattan, muy cerca de la Central Station, porque él, ganado por una nostalgia inexplicable que lo sacaría de Nueva York después de veinte años sin viajar ni a Providence, estaría en Lima para pasar las fiestas «con sus viejitos». Y cuando lo supe, cuando supe que podría quedarme allí una semana —«O quince días o un mes, hermano»— y no los tres o cuatro que habitualmente me convocan esporádicas charlas o encuentros literarios, no lo dudé y llamé a Damasco para invitar a Dinorah a venir conmigo. Al principio se negó a que le pagara el billete de avión y discutimos arduamente sobre el asunto, pues yo no quería comprometerla, no quería que se sintiera obligada a pagarse un ticket tan caro. Solo la convencí cuando le dije que usaría mis puntos de Iberia y que así no pagaría por el pasaje más que los veinte y pocos euros de tasas. «Eso sí, esos veinte cobres los pagas tú», le dije y la sentí reírse, ilusionada. «Bueno, voy», me dijo. De eso ya hacía casi un mes, tiempo en el que mantuvimos infinitas charlas telefónicas y una cotidiana correspondencia de mails (ni a ella ni a mí nos gustaba mucho el chat, aunque alguna vez lo usamos) en la que nos contábamos desde puerilidades diarias hasta reflexiones más largas sobre nuestra todavía germinante relación. Nadie había tocado el tema explícitamente, porque por sobre nuestras cabezas sobrevolaba la sombra del temor, de la espinosa dificultad de la lejanía, de nuestras vidas a cinco horas de vuelo. Quizá por ello, durante los últimos días que nos vimos en Estambul yo sentí que una pequeña grieta aparecía en el muro que habíamos levantado contra la incertidumbre. Observé que Dinorah hacía esfuerzos por parecer atenta y jovial, que al menor descuido se le afilaba el perfil y se apagaban las burbujas verdes de sus ojos, se quedaba mirando, callada, a ese punto remoto de nuestro futuro en común. Por eso tal vez —colegí yo durante el vuelo de regreso a Madrid—, se mostraba de pronto hosca, agresiva, atrincherada en posiciones ideológicas tan enfáticas que me desconcertaban. En Estambul, precisamente, yo había pasado con ella una verdadera catarsis cuando le conté mi horrible experiencia en Madrid el día de los atentados de Atocha, menos de un año atrás, y ella estuvo a partir de entonces algo más relajada. Pero la última mañana de nuestra estancia en el Nippon, mientras hacía en silencio su maleta porque ella partía esa misma noche y yo volaba al día siguiente, tuvimos otra discusión de las que ella llamaba ideológicas. No fue una buena manera de despedirnos, aunque la rutina de nuestras llamadas telefónicas y nuestros correos electrónicos una vez instalados en nuestras respectivas ciudades de residencia parecieron paliar aquel desencuentro. Tampoco hubo más oportunidades de encontrarnos en otro lugar porque yo tenía mis habituales obligaciones en Madrid y ella las suyas en Damasco, lo que sirvió además para que tomáramos una razonable distancia de reflexión y sosiego. Y cuando surgió lo de Nueva York y el departamento de Alfredo Ackermann, Dinorah volvió a ser la chica ilusionada, tan dulce como inteligente que yo había conocido en Damasco.

Así que cuando vi a Alex Lima esperándome con las manos en los bolsillos de sus inefables pantalones caqui, tranquilo e imperturbable, sentí que debía contarle de inmediato lo de Dinorah. Subimos a su Jeep, pusimos la calefacción y charlamos distendidamente de esto y de aquello. Hacía más de un año que no lo veía.

—¿Al Península, no? —me dijo Lima frotándose las manos, no sé si de frío o de impaciencia por el dry martini.

—Al Península —le dije yo.

Desperté fresco, despejado como hacía mucho no me ocurría, sin esas zozobras repentinas que últimamente me aquejaban en Madrid, y que yo no sabía exactamente a qué atribuir. Por el ventanal de aquel edificio en el corazón mismo de Manhattan, muy cerca de la Central Station, podía ver el perfil nebuloso de los rascacielos, sintiendo el rumor apagado del tráfico allí abajo, pensando, mientras me bebía un vaso de zumo de naranja en la diminuta cocina, que aquel pequeño piso le encantaría a Dinorah, quien seguramente lo encontraría muy neoyorquino. La noche anterior, antes de tomarme un dry martini con Alex y ponerlo al día en mis asuntos románticos, fuimos directamente del aeropuerto al apartamento para recoger las llaves y dejar las maletas. El portero, un cubano negro y canoso que miraba la tele hipnotizado por un programa de preguntas y respuestas, ya estaba al tanto de que el señor Ackermann dejaba por una semana su piso a un amigo que venía «de la Madre Patria». Así mismamente dijo el zambo. Subimos las maletas en un ascensor jadeante y con olor a humedad y cuando descorrimos las cortinas del apartamento, Alex silbó apreciativo ante las magníficas vistas. Era un piso pequeño, decorado con ese aire frugal y acumulativo tan típico de muchos pisos de solteros, sin ningún toque de diseño o audacia mobiliaria que yo prejuiciosamente le había atribuido —Alfredo Ackermann es *gay*— y más bien sucumbía a una gradación geológica de objetos y muebles que parecían responder a épocas distintas, superpuestas por los años y la rutina pacífica de mi amigo, un profesor de ciencias en un *college* neoyorquino, que apenas si había dispuesto la compañía de unos pocos helechos aquí y allá. Sin embargo el piso resultaba agradable, con dos sobrias estanterías llenas de libros —seguramente adquiridas en Levenger a juzgar por el diseño—, un par de sofás color *greige,* muy cómodos, instalados frente al ventanal vagamente gótico que ofrecía vistas espléndidas —sin duda lo mejor del piso— y una habitación silenciosa con una cama amplia y un nidal de almohadones mullidos, blancos y grandes como huevos prehistóricos. Súbitamente me vino a la cabeza la imagen de Dinorah despertando perezosamente en aquella cama. En la nevera encontré quesos, embutidos, una botella de leche y otra de zumo de naranja. En la mesita *chippendale* del comedor, Alfredo había tenido la delicadeza de dejarme una botella de Lambrusco —vino que detesto— con una nota de bienvenida.

—Estas vistas se pagan a precio de oro en Manhattan, tu amigo debe ser inquilino de renta antigua o muy rico —comentó Alex y salimos a tomar ese dry martini muy cerca de allí.

A la mañana siguiente, luego de darme una ducha fingiendo una calma que no sentía, pues Dinorah llegaba esa misma tarde vía Madrid, decidí salir a caminar las seis o siete manzanas hasta la preciosa Biblioteca Pública de la Cuarenta y dos con la Quinta Avenida para ultimar mi conferencia del día siguiente. Como todo el mundo sabe, se trata no solo de una de las más grandes sino más bellas bibliotecas del mundo, con esa solemnidad yanqui de escalinatas y leones, y sus amplias salas de lectura que supongo que el viejo John Shaw Billings imaginó tan audazmente para finales del siglo XIX en que se encargó de sacar contra viento y marea aquel proyecto deslumbrante. Es una preciosidad de edificio y un verdadero lujo trabajar allí, en medio de ese silencio reverberante de ecos, con aquellas lamparitas doradas de que disponen sus mesas de castaño, y la mareante cantidad de volúmenes al alcance de la mano. Dinorah se había mostrado entusiasmada por conocerla y aprovechando que yo quería consultar algunos libros para la novela que estaba escribiendo, íbamos a dar una vuelta, probablemente a comprar algún souvenir, en fin, a disfrutarla. Por la mañana fui allí a perfilar mi charla y después —a pesar del frío— a tomarme un capuchino y un cruasán en Bryant Park, justo detrás de la biblioteca, entre la Sexta y la Cuarenta y dos. Era una mañana fría y poco ventosa, con una neblina que parecía disolver los perfiles de los edificios más altos, y la calle bullía a esas horas de actividad, por lo que caminar resultaba estimulante y yo me sentí animado, casi eufórico, que es una sensación que siempre me produce esta ciudad. Alex me recogería para comer juntos y luego, al caer la tarde, iríamos al aeropuerto para esperar a Dinorah, por la que mi amigo no disimulaba en absoluto la curiosidad, pues no me había conocido hasta ese momento novia formal e Isa en ese entonces creo que no era nada más que una chica que había conversado conmigo en un cóctel de Alfaguara y con quien había salido dos o tres veces después, pero nunca sentiría por ella —y lo digo con pesar, como si fuera una innoble traición— el entusiasmo que soliviantaba Dinorah dentro de mí. Y debía ser perceptible porque Alex me escuchaba hablar de ella y sonreía, entre entusiasmado y perplejo. Pero yo también me sentía así, hube de admitir mientras caminaba por las anchísimas avenidas de la ciudad.

En Madrid llevaba en los últimos años una rutina más bien calma y casi anodina que me conducía todas las mañanas a la Biblioteca Nacional, donde leía y tomaba notas para aquella novela que empezaba a escribir sobre un dictador peruano de los años setenta, el *chino* Velasco, rencoroso, cerril y absolutamente mesiánico, y la cabeza se me llenaba de esos años en que yo era un niño pero de los que sin embargo conservaba un recuerdo incólume de desfiles patrióticos, indigestos programas educativos en una televisión burocratizada y largos toques de queda con olor a anchoveta y mensajes de rigidez castrense. Emergía de la biblioteca con la cabeza atufada por ese tiempo lejano y sin embargo lleno de modestas nostalgias personales, más bien relacionadas con mi niñez. Por la tarde dictaba clases en el Centro de Novelistas, tan cerca de mi casa que apenas si necesitaba cinco minutos para alcanzar el edificio, muy cerca del Palacio de Oriente. Y por las noches, cada vez más esporádicamente, iba a tomar unas cervezas con algunos amigos, aunque por lo general me quedaba en casa leyendo, amodorrado frente a la tele o escuchando algo de música mientras fumaba un cigarrillo y miraba la lenta caída de la noche. Y al conocer a Dinorah todo eso continuó así, pero de otra manera, como si recién me percatara de que hacía mucho que había dejado escapar de entre mis dedos un impulso vital que durante buen tiempo me mantuvo atento y entusiasta. Porque no me había dado cuenta de que aquel *élan* se había ido secando como un debilitado arroyuelo, y yo cumplía con mis obligaciones y con la literatura de un modo cada vez más oscuro y administrativo, como si algo dentro de mí se hubiera quebrado y no encontrara ánimo alguno para recomponerlo. A veces, debido a los viajes cada vez más frecuentes que hacía, despertaba asaltado por un aturdimiento de naufragio en una habitación de hotel y por unos angustiantes segundos no era capaz de asegurar dónde estaba, y daba vueltas antes de volver a dormirme preocupado, sin saber exactamente el porqué, lentamente atrapado en un celaje de melancolía y tristeza.

Esa mañana en Nueva York, contando las horas que faltaban para ir a recoger a Dinorah, mientras bebía despacio mi humeante café de aguachirri en la cafetería del parque, escuchando ulular las sirenas de los coches patrulleros y ambulancias que constituyen el horizonte auditivo de Nueva York, caía en cuenta, sorprendido e incómodo, de que había estado viviendo algo así como un simulacro de mi vida, apagado y mustio. Y que Dinorah, su presencia tangible, su voz, sus correos electrónicos, la ilusión de volver a verla, la súbita acometida de la urgencia por estar a su lado, me estaban devolviendo a mí mismo con el vigor y el entusiasmo que traje desde Tenerife, hacía ya unos cuantos años, cuando me mudé a Madrid.

Pero claro, esas son las cosas que piensa un enamorado y aunque en ese momento yo no me lo explicaba así, ahora, luego de que el azar me haya traído su recuerdo —no muy lejano en realidad—, me doy cuenta de lo mucho que significó Dinorah para rescatar de mí lo único que soy y que en esos días en Nueva York alcancé a vislumbrar. Sí, en ese instante, mientras terminaba mi malucho café contemplando el ajetreo neoyorquino, la densa fila de coches que empezaba a armar el embotellamiento propio de esas horas, yo era feliz, modestamente feliz, pensando que en unas horas recogería a mi chica en el Kennedy y que pasearíamos por aquella ciudad donde uno puede ser razonablemente feliz. Si es que antes no te acuchillan, claro.

—¿Estoy bien? —me preguntó Dinorah estirándose un poco el vestido negro y escotado que se había puesto para esa noche.

Sin esperar mi respuesta se volvió hacia el espejo del armario y estudió con aire severo su aspecto, recolocándose primero unas hebras rebeldes que salían de su moño cobrizo y luego el collar de perlas, estirándose otro poco la falda, con un resto de pudor o inseguridad que me conmovió. Se veía preciosa. Su maleta estaba en un rincón de la pieza, despanzurrada, dejando asomar

chompas de cuello cisne y camisas, pantalones y sujeta-
dores, y había un reguero de artículos femeninos en el
diminuto cuarto de baño de Alfredo Ackermann, que le
insufló de pronto a aquel modesto y más bien austero departamento un aire de calidez y afabilidad y rutina familiar, como si hubiera experimentado un audaz cambio de
iluminación.

El vuelo de Dinorah había llegado puntual y ella
apareció en *blue jeans,* con un suéter verde irlandés y unas
botas de gamuza, llevando al hombro un bolso de piel y
arrastrando su maleta con el aire sonámbulo de los viajeros, sin saber a dónde mirar. Yo respiré tranquilo pues
aunque, según me dijo, viajaba con pasaporte peruano,
venía de Siria. Pero no tuvo problemas. Cuando por fin
me divisó cerca de la cinta de recogida de equipaje en cuya pantalla parpadeaba el número de su vuelo, su rostro
se distendió en una sonrisa, *¡caro!,* soltó su maleta y estiró
tan mediterráneamente los brazos al venir hacia mí que
Alex no pudo evitar sonreír. Me acerqué a ella y la besé ligeramente en los labios, la separé un poquito para mirarla
nuevamente y la volví a abrazar, sintiéndome vagamente
extraño, por una vez partícipe y no espectador de aquella
escena tan cotidiana en los aeropuertos, incapaz de otra
cosa que balbucear bienvenidas y cariños.

Luego de las presentaciones y los besos, Alex nos
dejó en el apartamento y nos dijo que recogería a Nieves
de casa de una amiga allí mismo, en Manhattan, y luego
pasarían por nosotros para ir a tomar algo. Claro que sí, le
contestamos, abrazados, felices, en la entrada del edificio,
mientras el *doorman* esperaba sonriente a que entráramos
y el Jeep de Lima reingresaba en el pesado tráfico de la
ciudad. Nos besamos en el ascensor. Nos besamos con urgencia repentina, con algo de teatro también, divertidos de

jugar a que vivíamos juntos, a que nos reencontrábamos luego de una larga ausencia. Aspiré con avidez su perfume como de mandarina, metí las manos debajo de su suéter para descubrir entusiasmado que solo llevaba sujetador, sentí su piel tibia y dúctil, firme como una promesa, y busqué otra vez su cuello y sus labios hasta sentirla agitada. El ascensor se detuvo en nuestra planta con un golpe brusco y nos hicimos un lío para salir de allí con las maletas. Por fin entramos al piso de Ackermann y los ojos de Dinorah se iluminaron como en una escena de dibujos animados. Yo había dejado las cortinas abiertas, para que lo primero que viera fuese el perfil de los edificios cercanos, inmensos como bestias indolentes, moles oscuras, consteladas de luces, un mensaje cifrado en el cielo nocturno e invernal de aquella ciudad que Dinorah contemplaba con arrobo. Juraría que lanzó una apagada exclamación, un breve suspiro. Luego inspeccionó divertida el minúsculo apartamento mientras me aceptaba una copa de vino. Brindamos, nos besamos nuevamente, miramos la hora y decidimos aplazar nuestro deseo porque ella debía darse una ducha, desempacar y alistarse para cuando nos recogiera Alex. Y yo la vi meterse en la duchita del baño que lentamente se iba llenando de vapor, de sus canturreos felices, de su presencia amable.

Yo me afeité, me puse una chaqueta azul de *cashmere* cuyas solapas ella acomodó mecánicamente, ese gesto tan femenino de percibir la suavidad de la tela y alisarla, un gesto que tiene algo de cariño y de cuidado también. Nos sentamos en el sofá frente al ventanal y bebimos el vino californiano que había comprado por la mañana, quedándonos un momento en silencio, abrazados con camaradería, como una pareja más bien otoñal y reposada, a salvo del mundo que respiraba allí afuera y nosotros contemplábamos en silencio: «*New York is not the end of the world, but you can see it from there*», me dijo ella de pronto. No supe si era la letra de una canción, una simple frase o algo que había leído, pero en sus labios aquellas palabras tenían la exactitud de un proverbio o una sentencia. Sí, allí estábamos, en esa ciudad ajena en absoluto de nuestra órbita habitual, alejada de nuestras coordenadas familiares, casi como un decorado o más bien una tierra de nadie donde tanto Dinorah como yo nos sentíamos un poco extraños y al mismo tiempo aliviados de tenernos cerca, de sabernos al lado del otro, en esa ligera intimidad que empezábamos a construir con reparos, tan frágilmente todo.

—¿Sabes? —me dijo de pronto—. Te tengo que contar algo.

Sentí que mi espalda se tensaba. La voz de Dinorah había sonado cautelosa.

—¿Algo bueno o algo malo?

Se me quedó mirando muy seriamente y por mi cabeza pasaron nubes densas, imágenes hermosas, disparates, miedos, recelos. Ella esbozó una sonrisa muy tenue.

—Creo que bueno. He enviado mis papeles para postular a una beca. En España.

El teléfono timbró antes de que pudiéramos decirnos nada. Era Alex, nos esperaba en el Península, había encontrado de milagro dónde aparcar el coche y moverlo de allí sería una locura. Robert y Hayley llegarían en lo que nosotros tardábamos en acercarnos allí en un taxi o incluso andando. Colgué y me volví a ella, todavía trastornado con la noticia.

—Parece que no te ha sentado nada bien...

—No seas tonta —le dije tomándola de las manos—. Me has dejado sin palabras. Sería hermoso que te la concedieran. ¿De qué es, para cuándo es, cómo así, Dinorah?

Se trataba de una beca para el Centro de Estudios Políticos y Constitucionales, ella era licenciada en Sociología, que no lo olvidara, y buscando en Internet encontró aquella beca cuyos requisitos cumplía al parecer impecablemente. Había varias universidades con convenio, entre ellas la Complutense de Madrid y la Pompeu Fabra, en Barcelona. Y conversamos un buen rato sobre lo que aquello podría suponer para nosotros, la cautela que deberíamos tener para no ilusionarnos porque al fin y al cabo una beca, ya se sabe, depende de tantos factores, son tan solicitadas... pero era inevitable que nos encandiláramos pensando que quizá aquello fuera el impulso que nos hacía falta para vislumbrar un futuro común. La besé, me besó, nos quedamos unos minutos en silencio, cada uno perdido en sus propios pensamientos, hasta que por fin ella miró la hora, mejor íbamos yendo, que mis amigos estarían esperándonos. Por cierto, me dijo, ¿dónde vamos? Y se lo dije. «¿El Península?», preguntó Dinorah alisándose la falda nuevamente. «Ya verás», le dije, «creo que te gustará».

Y es que el *salón de Ning* de estilo vagamente chino —o lo que los gringos interpretan por chino de Shanghái— que tiene el hotel en su tejado ofrece unas vistas hermosas de la ciudad, de su tráfico recorriendo como un denso río de fuego la Quinta Avenida, como un soberbio barranco futurista cuyas paredes de cristal y acero parecen diseñadas exclusivamente para deslumbrar. Sé perfectamente que Nueva York alberga todas las posibilidades, que es una ciudad hecha de muchas, infinitas ciudades, pero esa primera imagen vital, apoteósica de Manhattan, es tan similar a la composición que de ella nos hacemos que resulta imposible no tenerla como visita inaugural. Y además, ya digo, preparan unos estupendos cócteles. 🦋

No tardamos mucho en conseguir un taxi, pero sí en llegar porque habían cortado una calle y el taxista paquistaní juró y blasfemó (seguramente) en su lengua antes de volverse a nosotros para explicarnos en un inglés horroroso lo que ocurría. Yo había decidido que aquella noche sería estupenda, así que le dije *go ahead, go ahead*, que siguiera hasta donde pudiera y que de allí iríamos andando. Tardamos casi quince minutos en llegar, pero pese a la incomodidad de la caminata, al frío desapacible de aquella noche de marzo, sentía que Dinorah iba feliz, que ambos estamos felices caminando por aquellas anchísimas aceras, levantando la vista de vez en cuando hasta que nos dolía el cuello para que ella pudiera apreciar los vértices imposibles de aquellos edificios: todos somos un poco paletos en Manhattan, una isla que nunca se conoce a fondo. Pero sobre todo, íbamos felices porque por fin se abría una posibilidad real, aunque aún exigua y escasa y más bien frágil, de empezar a imaginar un futuro muy nuestro. Y compartido. Aquella primera noche en Manhattan con Dinorah y mis amigos, bebiendo y charlando al amor de una estufa de gas, me di cuenta de que la presencia de Dinorah, su futuro conmigo, dejaba de ser una posibilidad remota para convertirse en algo cercano y posible. Se nos unieron Robert y Hayley al rato, brindamos, bebimos todos un poco más de la cuenta y pude ver en los ojos de Dinorah una felicidad intensa que tardé poco en descubrir era el reflejo de la mía. Al día siguiente tenía que dar la charla sobre literatura canaria y tampoco quería llegar resacoso o cansado. Ya tendríamos tiempo de disfrutar de Nueva York y de los amigos,

pensé cuando Nieves y Alex nos dejaron en el edificio de
Ackermann y nos despedían con exagerados adioses.

La charla en la Universidad de Columbia tuvo un
público más bien escaso: alumnos aplicados y de macu-
tos de colores al hombro, asiáticos inescrutables, pálidos
anglosajones y tres hispanos que se sentaron al fondo y
no pararon de cuchichear, capitaneados por un gordo de
rasgos andinos y ojos saltones. También había algunos
profesores intrigados y serios, y esa gente inexplicable que
asiste a estas conferencias por un prurito de sabiduría o
simple conocimiento, o quizá más bien como un pasa-
tiempo que los saque momentáneamente de su pacífica
rutina doméstica. E invariablemente un puñado de hispanoamericanos o españoles asentados durante décadas
en Nueva York y que asiste con empecinamiento y nostalgia a cuanta conferencia se dicte en castellano, especialmente si se habla de historia o de literatura, temas en
los que creen descubrir, como pepitas de oro en el lecho
de un río, los vestigios de su propio pasado, confundido
con ese otro pasado grande e intangible que es su acervo.
Se acercan por lo general a preguntar cualquier cosa, a
escuchar algo más de ese tema del que saben casi siempre
poco o de oídas, pero por el que muestran un respeto o
más bien un entusiasmo devoto y lleno de patriotismo.
Como la pareja de ancianos canarios que se me acercó
al final de la charla para estrecharme la mano, para fe-
licitarme con una calidez de abuelos, de que hubiera hablado tan bien y tan bonito de sus escritores. Dinorah
—que había llegado tarde porque estuvo de compras

con Nieves— observaba con cierta divertida picardía mi
embarazo ante aquella efusiva pareja, esperando junto
a Alex y Nieves a que terminaran de saludarme los que
se acercaban, el profesor Cunningham, de Yale —así se
presentó— y otra profesora norteamericana que mientras yo acomodaba y reacomodaba mis papeles me habló
un buen rato de una novela de Víctor Álamo de la Rosa
que le había impresionado muy favorablemente. «Es muy
buen amigo mío», le dije y se iluminaron sus ojos automáticamente, como si no lo creyera o como si esa amistad
me concediera un rango más exacto para ella. Mis amigos habían formado un corrillo junto a la puerta al que se
unió Claudio Remeseira, el profesor que me había invitado, mirando discretamente su reloj porque había reservado
mesa en un restaurante cercano. Y finalmente se acercó a
mí el grupito de latinos, siempre capitaneado por el tipo
gordo, embutido en una camisa demasiado angosta y que
parecía incomodarle en las axilas porque se movía con
cierta lentitud de crustáceo. Pero en el momento de esti-
rar la mano para estrechármela miró por el rabillo del ojo
hacia donde se encontraban mis amigos y volvió a girar
la cabeza con rapidez y lleno de asombro, como en las
malas películas cómicas o en los dibujos animados, pero
en este caso aquel gesto de sorpresa e incredulidad resultaba convincente y real.

—¡Dina! —exclamó con voz ahogada, como si
no pudiera creer lo que sus ojos veían.

Nadie entendió bien al principio y todos se miraron un poco confusamente —no fuera a ser que el gordo
aquel sufriera alucinaciones— y yo tuve que mirar a Dinorah, sus cejas levantadas, el leve rubor que se encendió
en sus pómulos, la confusión que descompuso brevemente su rostro, para entender que se refería a ella, que aho-

ra sonreía un poco forzadamente —o quizá solo me lo figuré en ese momento— y aceptaba el saludo efusivo e incrédulo de aquel hombre y sus acólitos, que inmediatamente la rodearon, le dieron alguna palmada, unos besos más bien toscos. Fue un saludo casi excluyente, en el que se sucedieron exclamaciones y preguntas corteses y retóricas, hasta que Dinorah buscó un momento para presentarme y presentar a los demás. Lo hizo con cierta vacilación, con algo de incomodidad. Así me enteré —nos enteramos— de que habían estudiado juntos en San Marcos, que dos de ellos, Perales y otro cuyo nombre no recuerdo, más bien flaco y algo solemne, de gafas anacrónicas, estaban haciendo una maestría en la Universidad de Nueva York, y que el tercero, de pelambrera intrincada, más viejo que los otros, de larga gabardina lustrosa, no tenía oficio ni beneficio conocido o vivía a la espera de una ampliación de beca que nunca llegaba. Se habían enterado de casualidad, por unos amigos del Cervantes, que yo daba aquella charla, explicó Perales moviendo su corpachón con dificultad.

—Y como se trata de un ilustre compatriota —agregó, zalamero—, no dudamos en venir hasta aquí.

Pero claro, cuál no sería su sorpresa al encontrarse con Manssur. Noté, mientras caminábamos imprecisamente hacia el restaurante, que trataban a Dinorah no ya con el diminutivo que yo desconocía sino por el apellido, como hacen los niños en la escuela o a veces los universitarios que comparten o han compartido estudios. Éramos un grupo —incrementado con la presencia de aquellos tres compañeros de Dinorah— que avanzaba por la noche ventosa y desapacible de Harlem rumbo al restaurante al que acababa de llamar Claudio Remeseira para pedir por favor que si podían admitir en nues-

tra reserva tres comensales más. Para mi sorpresa, Perales
y los otros dos no habían vacilado un momento ante la
amable invitación de Remeseira a que se unieran a nuestro grupo. Lo propuso, lo sé muy bien, como una deferencia a Dinorah y si en algún momento aquel contra-
tiempo lo perturbó, nunca lo hizo patente. Fuimos pues
caminando —no valía la pena coger los coches, advirtió
Claudio— a aquel restaurantito italiano próximo a la
universidad, cálido, un poco bullicioso, de manteles rojos y bruñidos percheros dorados, donde nos instalamos
en torno a unos antipastos y unas botellas de vino que un
camarero dispuso con prontitud. Perales se acomodó a la
izquierda de Dinorah, de tal forma que la teníamos entre
ambos, le sirvió rápidamente un vaso de vino, esperó a
que los demás nos sirviéramos, carraspeó impaciente mirándonos uno a uno hasta convocar nuestro silencio y ya
dueño de la situación hizo un brindis por la amistad y
los reencuentros. Fue un poco largo y ripioso, y no dejó
de mirar a Dinorah con significación y encomio, de vez
en cuando volvía sus ojos hacia mí y a los demás, pero
siempre regresaba a Dinorah que sonreía entre halagada
e incómoda. Claudio ya estaba enfrascado en una charla
amena con Nieves y los amigos de Perales, y Alex, frente
a mí, partía despacio un trocito de pan y buscaba mis
ojos como interrogándome. Y es que la actitud del gordo
Perales, los codos sobre la mesa, los pies cruzados con familiaridad y holgura, abocado por completo a una charla
con Dinorah de la que yo quedaba poco a poco excluido
pese a la mano de ella en la mía, su actitud, digo, era
cada vez más incordiante: había en su voz baja y aflau-
tada, en la entonación ligeramente irónica que imprimía
a sus frases una acechanza, un viento oscuro que me im-
pedía concentrarme en la charla con los demás, en las

amables preguntas de Claudio, en los ditirambos de los amigos de Perales, en las ocurrencias de Nieves y las peripecias de Alex para sacar adelante el próximo número de *Chancho & Zampoña*. No había sin embargo en el inventario moroso que hacía Perales de sus días compartidos en la universidad, en los recuerdos de tal o cual amigo común, en pequeñas anécdotas que hacían reír a Dinorah, nada amenazante: eran las frases inocuas de dos viejos conocidos a quienes les une un afecto situado apenas en los meandros de la cordialidad, por lo que rechacé la idea de un viejo romance entre ellos. Y sin embargo, en torno a ellos dos, que de vez en cuando intervenían en la charla común como para salvar las apariencias, el aire parecía cargado de electricidad, como cuando se aproxima una tormenta. Yo me sentía cada vez más incómodo por la descortesía de ambos al extenderse en una charla que iba cercándolos a ellos y excluyéndonos a los demás.

Terminamos la cena un poco tarde para los usos de la ciudad, levemente achispados, nos despedimos en la puerta del restaurante. Alex y Nieves todavía tenían un largo trayecto hasta su casa, lo mismo que Claudio; y Perales y los otros dos peruanos debían apresurarse para coger el metro hasta quién sabía dónde, pero seguro lejos, a juzgar por las prisas. Nosotros, pese a la insistencia de Alex y Nieves, decidimos coger un taxi. A esa hora tardaríamos quince minutos poco más o menos.

—Ha sido un placer, amigo, encantado de conocerlo —me dijo con cierta impostada ceremonia Perales extendiéndome una mano.

Luego se volvió a Dinorah y le dio un beso, bueno, flaca, ya tenía su número, que no se perdiera otra vez, que no fuera ingrata. Yo tenía la cabeza embotada de vino y mala uva porque prácticamente no había intercambiado palabra alguna con Dinorah —ni ella con nadie, en realidad— desde que apareciera Perales y sus amigos, que ahora cruzaban la ancha avenida Houston a la carrera, un trote cortito y en diagonal, las manos en los bolsillos, mirando aquí y allá, hasta que se perdieron de nuestra vista. Esperamos un momento en Amsterdam Avenue y decidimos seguir caminando un poco más, sin sentir mucho frío, abrazados pero en silencio.

—No tienes por qué enojarte así —me soltó de pronto Dinorah. Su tono era ligeramente belicoso.

Caminamos un poco más por las calles solitarias, escuchando el rumor liviano de las casas, el afelpado tranco de los gatos entre los callejones, sus ojos refulgentes acechando a aquel par de intrusos que éramos Dinorah y yo en esa parte lejana de Manhattan. Había que ver qué desoladas pueden ser esas calles a ciertas horas. Inesperadamente apareció un taxi y subimos veloces. Una vez que le di la dirección al conductor, me volví a ella.

—Me pareció un poco impertinente de su parte que te acaparara toda la cena. Cena que no pagó, además.

Era cierto y sin embargo evidenciarlo era un golpe bajo, pero ya era tarde para arrepentirme. Pero fue así: cuando trajeron la cuenta, Perales simplemente se dedicó a mirar, aburrido, por la ventana del local, mientras el flaco de gafas anacrónicas y el otro tío rebuscaban en sus bolsillos remolonamente, hasta que entre Alex, Claudio y yo clausuramos el asunto.

Los ojos de Dinorah eran un avispero cuando se volvió hacia mí.

—¿Y eso lo convierte en un criminal? No a todo el mundo le va como a ti ni ha tenido tu suerte...

Golpe bajo por golpe bajo, pensé entristecido. Así no íbamos a ningún lado. Pero además temía, por las frases de Dinorah, hacia dónde enrumbaría nuestra charla, una vez más: al Perú, a su pobreza, a las seculares injusticias de nuestra sociedad. Yo notaba que cada vez que asomaba el lomo amenazador de aquel tema en la tranquilidad habitual de nuestras charlas, ella parecía tener más diáfana mi hipotética culpabilidad. No pensé sin embargo que se pusiera así con la aparición de Perales y se lo dije.

—Es un viejo amigo de mis tiempos universitarios. Para mí ha sido una gran alegría encontrarme con él, después de tantos años. No sé por qué te empeñas en ensuciarlo todo.

La miré, sorprendido por el vigor y el encarnizamiento de sus palabras. El taxi ya enfilaba por Broadway y muy pronto alcanzaríamos nuestro destino. No me empeñaba en ensuciar nada, le expliqué con una paciencia en la que había también fatiga y quizá renuncia, simplemente que no me gustó ese tipo, su forma de acaparar toda la noche su atención, tan groseramente para con sus anfitriones, además. Pero no le dije que también había advertido ese aire tóxico que flotaba sobre ellos mientras conversaban, a menudo bajando un poco la voz, como si tuviesen que confesarse cosas terribles, como si hubiese entre ellos una cadena invisible que los unía de una manera oblicua y sórdida. Me sorprendí de pensar esto, pero no quise añadir más y me limité a poner una mano sobre la suya. Dinorah seguía obstinada en mirar por la ventanilla los neones de los bares, las calles un poco más animadas en ese sector de la ciudad, los mendigos de barbas bíblicas y ojos alucinados, las limosinas negras o blancas que circulaban silenciosas, estilizadas y amenazantes como escualos, los penachos de humo que emergían del asfalto y que le conferían a la ciudad su aire más evocador, todo aquello de lo que yo hubiera querido disfrutar y mostrarle... pero ahora sus ojos, como su pensamiento, estaban muy lejos de allí. De pronto, sobre el horizonte de aquellos días apacibles y hermosos que nos quedaban en Nueva York, se cernió una densa nube de malos presagios. El taxista murmuró algo que no entendí, miré el taxímetro, pagué y bajamos. Habíamos llegado.

Dinorah caminó delante de mí y apenas respondió con una sonrisa forzada al *doorman* que nos abrió la puerta. El trayecto en el ascensor fue penoso y cuando llegamos al departamento de Ackermann quise besarla pero ella me dijo, sin molestarse en fingir sinceridad, que le dolía la cabeza.

—Sí, ya me imagino —le dije con mala leche—. Espero que mañana que tienes que llamar a Perales se te pase.

Ni siquiera se volvió para mirarme. Y así nos dormimos esa segunda noche en Nueva York: absolutamente solitarios, uno al lado del otro.

A la mañana siguiente, sin embargo, no hubo más discusiones ni peleas, pues decidimos un férreo y tácito pacto de no agresión, como si en la noche anterior no hubiera ocurrido nada. Desayunamos despacio, ceremoniosamente, comentando las noticias, lo bien que les había caído a mis amigos, nos reímos un poco de no sé qué tonterías y por un momento llegué a pensar que habíamos sorteado el escollo, que ese pequeño rifirrafe de la noche pasada quedaba tan lejano como un mal sueño: tan innecesario de aclarar como una minucia. Pero quizá, ahora que lo pienso, ese fue lo peor, pues no quisimos ver que en ese momento debimos aclarar las cosas y no dejar que se pudrieran lentamente dentro de nosotros. Aquella misma mañana salimos a pasear por Central Park, quedamos a almorzar con Nieves y Alex, hicimos una breve siesta, cenamos con Robert Ruz y Hayley y caímos rendidos de sueño sin volver a tocar el tema de Perales y aquella cena arruinada por su grosería. Durante los dos días siguientes visitamos la Biblioteca Pública, el Empire State, Brooklyn Heights, Williamsburgh y en fin, todo lo que se puede ver de Nueva York en tan poco tiempo, apenas cinco días. Pero algo se había quebrado entre nosotros, un muelle minúsculo que había impulsado indesmayablemente nuestra precaria relación hasta ese momento. A medida que pasaban los días nos sentíamos más y más violentos en presencia del otro, irremediablemente alejados y puerilmente corteses, como si lentamente, con el paso de las horas y de nuestras charlas recelosas de tocar cualquier tema que no resultara insustancial fuese revelando en el otro a un extraño, un desconocido con quien se compartía el almuerzo, la habitación y el cuarto de baño. Hacia el penúltimo día de nuestra estancia allí, nuestras charlas se volvieron rígidas, circunstanciales, apenas bruscos meandros que buscaban evitar cualquier aclaración de lo ocurrido, cualquier rectificación, como si no haberlo hecho de inmediato hubiese echado a perder nuestra única oportunidad de resolver nuestras diferencias, y hasta los pocos momentos en que disfrutábamos —un café matutino en Union Square leyendo *The New York Times,* un paseo por Central Park al atardecer— parecíamos hacerlo ya cada uno por su cuenta, hasta que al final, cansados y atrapados por esa huida hacia delante, desistimos de fingir más, alimentando cada uno su propio rencor con respecto al otro. Simplemente se nos fue de las manos. La tarde en que la iba a acompañar al aeropuerto resultó particularmente triste y silenciosa. Ella hacía su maleta sin decir palabra y yo bebía un whisky frente al ventanal, pero cuando por fin estuvo el taxi en la puerta, Dinorah volvió hacia mí sus ojos brillantes. Tenía la nariz enrojecida y le temblaban un poco los labios cuando me cogió de ambas manos.

—No te molestes en acompañarme, Jorge —me dijo sin acritud. Llevaba el jersey verde de cuando llegó—. Deja que coja el taxi y me vaya sola.

Era inútil negarme. Sabía que era inútil. La acompañé hasta el taxi, la ayudé con su maleta y sentí que de pronto me era imposible tragar, que tenía la garganta dolorosamente rígida, los ojos turbios, que no podría decir una sola palabra sin que se me quebrara la voz. Ella subió finalmente al coche y me miró con sus tristísimos ojos verdes, ahora turbios. Tenía los cabellos recogidos en esa coleta que la hacía parecer más joven. Intentó sonreír y su rostro se descompuso en una mueca derrotada.

—Cuídate, ¿sí? —dijo con una voz desfallecida, mínima—. Ya nos llamamos. Y gracias por todo.

Y me quedé viendo cómo el taxi partía lentamente, se incorporaba al tráfico vespertino y desaparecía finalmente luego de detenerse en el primer semáforo. En el fondo y aunque duela, es fácil inventariarlo, ponerle orden, saber cuándo empezó y cuándo terminó: esa fue la última vez que la vi.

Al regresar a Madrid y a mi rutina, sabiendo que las llamadas y los correos electrónicos ya no existirían más entre nosotros, me empleé a fondo para que no me doliera, para que el tiempo fuese secando el cauce de aquel río —más dulce que caudaloso— que había sido nuestro amor, dedicado nuevamente a mis cosas, al avance fatigoso y escarpado de mi novela sobre Velasco, a mis clases en el Centro de Novelistas y a los viajes para dictar una charla aquí o asistir a una mesa redonda allá, viéndome esporádicamente con Isa para tomar un café o un trago o para hacernos mutuamente compañía y simular que nos queríamos un poco.

Y así transcurrieron dos años: sin saber de ella, sin pensar demasiado en ella, simplemente dejando que el tiempo hiciera su labor. Hasta que un día se me presentó la oportunidad de vivir dos meses en Venecia y la historia de Cremades en aquella ciudad me la trajo nuevamente a la cabeza sin saber muy bien la razón, aunque pronto la descubriría. Y ese descubrimiento tendría que ver con lo que me contaron Carlos Franz y Juancho Armas Marcelo ya de regreso en Madrid, pero sobre todo con lo que, meses después de hablar con ellos, me dijera Jorge Gorostiza en Tenerife.

# Tenerife

Llegué temprano a Los Rodeos, que se encontraba inusualmente despejado, pues es habitual que se empoce en aquella zona una niebla tupida y amenazante que más de una vez ha obligado a los aviones a desviarse al aeropuerto del sur, a casi setenta kilómetros de allí. Emplazamiento curioso para un aeropuerto, el de Los Rodeos. Uno viene por la autopista del norte, que conecta Santa Cruz con El Puerto y Garachico y más allá aún, hasta Teno, y de pronto el trayecto soleado, seco y luminoso se disuelve, por dos o tres minutos, en una densa neblina que obliga a usar los limpiaparabrisas y a mirar con perplejidad el verde húmedo de los árboles, la zona boscosa, de súbito convertida en un paraje invernal solo comparable al *country* inglés, para salir nuevamente al sol, como si hubiéramos atravesado la panza de una nube gorda y rumiante que pasta con indiferencia en la carretera.

Luego de instalarme en el hotel, y con la excusa de aprovisionarme de tabaco libre de impuestos, decidí salir a dar una vuelta temprana husmeando en las pizpiretas boutiques de la calle del Pilar y Suárez Guerra buscando algo para Isa, con quien nuestro último encuentro en Madrid —en casa de Franz— parecía haber hecho reverdecer esa relación más bien tibia que manteníamos hacía tiempo ya. Luego bajé por el callejón del Combate, a esa hora hirviente de oficinistas que se agolpan en los bares y sorben sin prisas sus barraquitos mientras hojean el *Diario de Avisos* y engullen con morosidad sus bocadillos de pata asada o tortilla española. Me encanta Santa Cruz: hay una agitación alegre en las gentes, una actividad minuciosa y febril pero como de opereta, un tráfico imperturbable de coches que desfila hacia la avenida de Anaga como un rebaño empecinado pero manso, sin la violencia y la exasperación madrileña, y si aquí algún conductor se impacienta y toca el claxon intempestivamente, los transeúntes se miran entre sí perplejos, como preguntándose si es cierto aquel exabrupto, antes de volverse con reprobación al causante de semejante desatino. En contra de lo que dice el tópico, no es que los canarios sean *aplatanados,* no. Simplemente no encuentran un motivo real para agobiarse y se enfadan lo justo. Son gente práctica y eficaz que no ha confundido, como ocurre en las grandes ciudades, la diligencia con el atropello ni la rapidez con el frenesí. Son, para decirlo de una vez, unos urbanitas bajos en calorías.

Total, que compré el tabaco, miré unas blusas en Bounty para Isa («No se te ocurra traerme otra cosa que camisas, que tienes un gusto pésimo para lo demás...»), bebí una caña en el setentero bar Olimpo y decidí volver por la misma ruta, cruzando el parque García Sanabria, solitario e hipnótico a esa hora, y donde el gorjeo de su fuente es una invitación al sosiego, al disfrute de su vegetación excesiva y umbría, castaña y cuidada, de una humedad casi tropical. Era principios de mayo y el mediodía conservaba una luminosidad matutina, de un azul muy puro y tibio, refrescado gratamente por una brisa que apenas si movía los flamboyanes de la Rambla, adornada con rústicos búcaros color ladrillo. Un momento

propicio para sentarse bajo un emparrado y cerrar levemente los ojos, sin pensar en nada: o más bien para pensar en Isa, en la inesperada acometida de su imagen,
poco a poco más frecuente en mis pensamientos. A mí
Isa me gustaba cada vez más, pero debo admitir con pesar que nunca me produjo ningún sobresalto, ningún
vuelco del corazón, ningún deseo de volver a verla cuando cerraba la puerta de mi casa o yo hacía lo propio con
la suya, no obstante disfrutar con la sosegada felicidad
de su compañía, de su humor más bien negro e iróni-
co, de sus manos repentinamente cálidas y amistosas
cuando, por ejemplo, estábamos algún domingo vespertino en su terracita frente a la plaza Vázquez de Mella y yo
me ensimismaba frente a mi vodka tonic, me quedaba callado largo rato, y entonces ella también callaba o iba a la
cocina a por más frutos secos y trasteaba allí un ratito
dejándome a solas con mis pensamientos. Isa nunca me
preguntó absolutamente nada acerca de ninguna mujer
y aceptaba que yo le contara lo que me apeteciera contarle, tal y como yo hacía con ella: hubo un amor, me confesó alguna vez tocada por los gin tonics, un tipo elegante
y audaz, de ojos malignos y sonrisa gamberra, que la llevó por la calle de la amargura... pero en realidad poco
más. Pero mientras en mi caso aquello resultaba una actitud natural, en ella suponía un empinado esfuerzo que
yo veía en el súbito oscurecimiento de sus ojos, en la melancolía que impregnaba su sonrisa, en la forma en que
se mordía los labios. Ella sabía sin duda alguna, con la
omnisciencia un poco desconcertante de las mujeres, que
yo pensaba últimamente en otra persona. Pero nunca
dijo ni una palabra, sabedora de que vivíamos siempre
tangenciales al otro, que habíamos planteado las cosas
así desde el principio.

Todo esto ocurría al poco tiempo de regresar de Venecia, y aun así, aun con la presencia invisible de Dinorah en nuestras vidas, empezamos a vernos cada vez más, como si hubiéramos abandonado aquellos iniciales reparos de convertir nuestros esporádicos encuentros en algo más serio: después de la noche en casa de Carlos Franz quedamos para ir a ver una exposición en El Prado, a cenar a un restaurantito de Malasaña que a ella le gustaba mucho, a pasear por el Retiro una tarde ventosa que nos obligó a refugiarnos en el Palacio de Cristal entre risas y besos llenos de deseo. Cocinábamos con frecuencia en mi casa o nos quedábamos viendo alguna vieja peli los sábados por la noche en su pisito de Chueca...

Así pues, no me sorprendió encontrarme caminando por Santa Cruz y pensando en ella, en llevarle un regalo, con esa naturalidad de pareja antigua con que le busqué una blusa bonita en las boutiques del centro, de donde ahora regresaba al Mencey. Alcancé finalmente el hotel a tiempo para refrescarme, dejar mis bolsas en la habitación y bajar a esperar a Jorge Gorostiza.

La terraza del Mencey se encontraba bastante solitaria a esas primeras horas de la tarde y persistía la ligera y limpia brisa marina que traía apenas el rumor del tráfico en la Rambla cercana. En el bar, más acogedor pero desde hace ya tiempo prohibido para los fumadores, dos pilotos de Iberia bebían, acodados indolentemente en la barra, sendas cervezas. Miguel Ángel me saludó con cortesía, como cada vez que me ve aparecer por ahí y formula siempre su invariable pregunta: «¿Nuevamente por la isla?». Para el barman debe ser extraño verme con tanta frecuencia, pese a que dejé de vivir en Tenerife hace más de seis años. Pero la verdad es que, por una u otra razón, voy a la isla al menos seis o siete veces al año, a veces porque simplemente me apetece ver a los amigos y otras, como en esta ocasión, por cuestiones de trabajo: era jurado de un concurso de novela organizado por el Cabildo y una editorial de la península, y debíamos reunirnos ese viernes para deliberar, Vicente Molina Foix, Soledad Puértolas, Ana María Moix y un servidor. Yo había viajado un día antes para poder verme con Ana y Jorge Gorostiza. Y con ellos siempre quedo en el Mencey para tomar el dry martini de rigor y de allí salir a alguna tasca no muy bulliciosa donde continuar con nuestras charlas y nuestras risas. Porque con ellos nos reímos y volvemos sobre nuestras viejas anécdotas con una reiteración y un empecinamiento donde se puede vislumbrar que ya no somos tan jóvenes, de manera que nuestras bromas y recuerdos empiezan a ser pequeñas batallas que enfatizamos con puerilidad inofensiva y para nuestro exclusivo e íntimo regocijo. Solo nos salva el hecho de que siempre nos ponemos al día sobre nuestras actividades recientes: Gorostiza es arquitecto y fue hasta hace unos años el director de la Filmoteca Canaria. Ha escrito varios libros sobre cine, pasión que cultiva con esmero y diligencia, de tal modo que dicen en Tenerife que es «el cineasta que más sabe de arquitectura en la isla». Y tanto él como Ana, su mujer, son dos encantadores amigos con los que charlar y pasar el rato se convierte en uno de los ocios más provechosos y agradables a los que me entrego cuando voy a Canarias.

Así pues, ese mediodía yo apuraba mi primer dry martini a la espera de Jorge Gorostiza, que me había dejado un mensaje en el móvil: Ana se uniría a nosotros a la hora de comer, y que no bebamos mucho porque luego nos poníamos pesados hablando —cotilleando, había dicho ella— de las mismas personas. Estaba leyendo el mensaje cuando apareció mi amigo. Nos dimos grandes abrazos, se acercó un camarero joven que yo no conocía pero él sí, y que conversó con nosotros un momento y al rato nos trajo dos bebidas más, frescas, aromáticas, en la proporción adecuada, gracias al esmero y la feliz alquimia de Miguel Ángel. Hay que decir que los dry martinis del Mencey son de los mejores que he probado nunca, asunto en el que siempre coincido con Gorostiza, otro fervoroso devoto de esta bebida cuya ingesta él sazona además con divertidas anécdotas de actores y directores de cine amantes de ese combinado. Y precisamente eso me estaba contando mientras bebía un sorbito y chasqueaba la lengua satisfecho: algo sobre Orson Welles, pues hacía muy poco Ana y él habían estado en Nueva York, durante un festival de cine, y aprovecharon para hacer la ruta del dry martini. Sí, la ruta del dry martini, que mi amigo tan bien conoce, y que nos lleva por distintos hoteles y bares de Nueva York: el Algonquin, el Waldorf, el Plaza, el Flat Iron Lounge... pero mientras me glosaba con nostalgia aquel recorrido yo no pude evitar que me alcanzaran, como una marea sorpresiva y artera, los ojos verdes, la sonrisa más bien triste, las manos largas de Dinorah, cuya última imagen en Nueva York volvía a mí con enojosa persistencia, como si desde mi encuentro con Cremades todo se conjurara para volver a recordarla.

Desde aquella vez no había vuelto a Nueva York, un poco porque no había tenido ningún motivo real para viajar allí nuevamente y otro poco porque me causaba una invencible tristeza recordar esos días fríos en Nueva York, donde nos encontramos por última vez. Yo partí al día siguiente que ella, por lo que apenas pude hablar de lo que había ocurrido con mis amigos, a quienes les conté lo sucedido en un escueto mail que escribí al llegar a Madrid. Ni Alex, ni Robert ni Claudio preguntaron más y todo ese tiempo cruzamos esporádicos correos electrónicos donde nos prometimos vagamente intentar coincidir en algún lugar, allí en Nueva York o en Madrid o donde se terciara. Pero desde aquella última visita, ni una palabra más sobre Dinorah. La verdad, al regresar de Nueva York me prometí no volver a buscarla ni a saber más de ella. No me movía el rencor sino la certidumbre. La certidumbre de que nuestra relación había nacido muerta, que seríamos incapaces de acometer la proeza de llevarla a buen puerto: no solo por la lejanía de nuestras vidas sino porque cada vez advertía entre nosotros una distancia mayor que la física: una distancia irrecuperable de convicciones y desdichas, de posiciones vitales que ella había erigido para atrincherarse, como si su recelo sobre nuestra hipotética relación se preservara mejor levantando aquella tapia de objeciones morales o quizá deontológicas. Pero había más: fue a los pocos meses de abandonar Nueva York que recibí un mail de Claudio Remeseira donde, mientras me contaba muchas otras cosas, me decía que había asistido a un coloquio organizado por Isaac Goldemberg —otro buen amigo peruano en Nueva York— en Hostos College, donde se encontró a Víctor Perales. Al parecer la charla sobre «desafíos políticos en América Latina» había degenerado rápidamente en una agria confrontación entre nuestro conocido y otros peruanos. Casi llegan a las manos, decía en su mail Remeseira. Poco faltó. A Perales lo acusó una chica de ser un «cochino terrorista» (sic) del que todos sabían sus andanzas con Sendero Luminoso en la Lima de los años ochenta, y que al llegar Fujimori al poder había corrido a salvarse y a pedir asilo político nada menos que en la tierra del «Tío Sam» (aquí otro sic). Lo abuchearon con entusiasmo, Víctor se revolvió ofuscado, se quiso envalentonar, pero un grupo numeroso de fujimoristas lo echó de allí a los gritos de «terruco asqueroso». Nada más leer aquel correo se recompuso en mi cabeza la imagen de Dinorah y sentí una invencible sensación de ceniza en los labios al imaginar qué clase de amigos frecuentaba, cómo lentamente, cada vez que abandonábamos el territorio dulce del amor y la amistad, iba apareciendo frente a mí una chica desconocida de la que, no obstante, seguía más o menos enamorado. Y así pasó el tiempo, con su recuerdo cada vez más tenue hasta que me encontré con Albert Cremades y fue como si todo se pusiera nuevamente en marcha, sintiéndome incómodo y urgido por saber qué era de su vida, si consiguió la beca de la que me habló en Nueva York y quizá estuviera instalada en Madrid o Barcelona...

—... La cuestión es que Cremades... —estaba diciendo Gorostiza, a quien había desatendido fugazmente.

Al escuchar el nombre de Cremades en sus labios pensé por un segundo en un mal entendido, en una superposición de mis pensamientos y su charla.

—Perdón, ¿Cremades has dicho? —tuve que preguntarle, implícitamente confeso de desatención.

Mi amigo frunció los labios en un mínimo reproche. Miró apenado su copa vacía, seguramente pensando en Anita y sus advertencias.

—Sí, Cremades —dijo al fin, tocando insistente la copa con el índice y mirando al camarero—. Te decía que él se bebió seis dry martinis en aquella ocasión. Y ya venía con copas. Tuvimos que llevarlo casi a rastras al hotel. ¿Por qué me preguntas?

—¿Cremades? ¿Albert Cremades, el escritor?

Jorge Gorostiza me miró sin ocultar su extrañeza. Sí, el mismo, ¿yo lo conocía acaso?

No era pues solo Dinorah la que me perseguía sino el propio Cremades, intangible y ambiguo como una premonición, y que con una constancia canina había pasado poco a poco a convertirme en un testigo inexcusable de sus andanzas, de sus excesivos y erráticos recorridos vitales. Cremades, quien hasta hacía no mucho era para mí apenas alguien con quien había intercambiado algunos apretones de mano, unas charlas circunstanciales y poco más; Cremades, que era ese escritor del que todo el mundo empezaba a hablar porque su novela se había convertido en el fenómeno editorial del año y con quien hube tropezado unos meses atrás en Venecia, ya era para mí una constante. Gorostiza lo conocía desde hacía años, claro que sí, porque tanto mi amigo como el catalán fueron miembros del jurado en el Festival de cine del Puerto de la Cruz. Hicieron buenas migas ya que ambos querían premiar *Vacas*, la primera película de un joven médico llamado Julio Medem, y desde entonces habían mantenido una correspondencia cordial y cómplice, pero escasa, pues coincidían habitualmente en eventos relacionados con el cine aquí y allá. La última vez precisamente en Nueva York, hacía apenas un año. A partir de ese momento me decía Jorge Gorostiza que le había perdido la pista, que sus correos electrónicos le rebotaban o no recibía respuesta y dedujo que Cremades habría cambiado de dirección o, saturado por el bombardeo de mails que seguramente recibiría desde que se había convertido en una celebridad, ya no contestaba ninguno.

—Estaba un poco demacrado cuando llegó a la casa de este amigo común, Íñigo Ansuátegui, que era quien nos invitaba en Nueva York. Y además llegó ya un poco bebido.

Saqué mis cuentas: si Albert Cremades se había visto con Jorge Gorostiza en Nueva York hacía más o menos un año, entonces recién había conocido a aquella chica de la que me habló en Venecia. Y también, por tanto, acababa de dejar a su mujer o su mujer lo había dejado a él... Le pregunté entonces qué tanto lo conocía y mi amigo reflexionó un momento mientras el camarero nos ponía un platillo con almendras y aceitunas y nos servía otro dry martini a instancias de Gorostiza. Este lo paladeó satisfecho antes de hablar.

—Nunca hemos sido lo que se dice amigos, pero sí, yo creo que lo conocí bastante. Además por una cosa: porque su mujer, Belén, era una chiquita de aquí. Ana estudió con su hermana mayor.

Y nada más mencionarla, apareció Anita. Miró nuestras copas, pidió un vino blanco, dijo que qué tal si en un ratito nos íbamos al restaurante que teníamos reservado y si ya habíamos cotilleado suficiente. «Seguro lo han puesto verde al pobre José María Capote... hay que ser malos bichos», dijo en referencia a un amigo común escritor. Me reí un rato por esa suerte de suave admonición que hay en sus palabras, porque ella siempre es algo así como un llamado a la cordura que sin embargo ni exige ni molesta. De manera que nos entregamos a charlar fugazmente de otras cosas, de otros amigos, pero al cabo de unos pocos minutos, el propio Jorge Gorostiza volvió a reconducir nuestra conversación sobre Cremades.

—¡Huy! —exclamó Anita bebiendo apenas un sorbo de vino—. Qué nochecita nos dio en Nueva York aquella vez, ¿te acuerdas?

Claro que se acordaba. Aparte de ellos y los anfitriones había otra pareja española y otra norteamericana, todos charlando distendidamente sobre cine y libros, y esperando a Albert Cremades que llegó a las tantas, las pupilas dilatadas como si hubiese acabado de vivir una aventura imborrable, los cabellos desordenados, el nudo de la corbata algo flojo.

Estuvo locuaz y chispeante y todos pasaron por alto su tardanza, sus modales algo vehementes, el olor a ginebra que traía impregnado en la americana de tweed y su desgano para picotear del plato de roast beef que le habían puesto porque total, se encontraban entre gente de mundo, acostumbrada a ver cosas así con frecuencia y sin escándalo: al fin y al cabo Cremades era buen amigo de Íñigo y Lola. Y tampoco había hecho nada, apenas llegar con un par de tragos. Unos dry martinis con unos conocidos, según dijo. Pero a medida que la velada se prolongaba, Cremades iba abandonando su inicial actitud amistosa para empezar a pespuntear con puyas y sarcasmos cualquier comentario que hicieran los demás, a mirar el fondo de su copa cada vez más rápidamente vacía y a replegarse en un mutismo casi agresivo que terminó por arruinar la velada tan agradable hasta ese momento.

—Yo creo que por ese entonces ya había dejado a Belén —sugirió Anita.

—Pero, finalmente, ¿fue él quien la dejó? —pregunté con cautela.

Anita me miró un momento, sí, claro, ¿es que había otra versión? Hice un gesto con la mano como restándole importancia, había sí, pero al parecer eran versiones contradictorias.

—Pues fue él quien la abandonó. Por otra. Aquí se comentó mucho el asunto porque Belén pertenece a una familia muy conocida de Santa Cruz. Y ya nos habían llegado rumores de lo difícil que lo estaba pasando con el tal Cremades desde que se juntaron.

Belén Bethancourt había llegado a Barcelona para estudiar diseño publicitario o una de esas carreras relativamente nuevas de ahora y vivía deslumbrada por el clima cultural de la ciudad. Así las cosas, asistía con empecinada devoción a conciertos, proyecciones de cine de autor, obras de teatro alternativo y otras actividades que la mantenían en un estado de embriaguez y deslumbramiento más bien lógico para una chica de su edad —en ese entonces tendría escasos veinticuatro o veinticinco años—. Una joven de su edad que además por primera vez se instalaba tan lejos del hogar paterno. Compartía piso con dos chicas de Jaén con quienes había hecho buenas migas y que conocían muy bien la noche barcelonesa, por lo que a las clases y los eventos culturales la guapa Belén añadió el alcohol, los chicos, las fiestas y quizá también por ese entonces los porros. Naturalmente eso último resultaba más bien fácil de deducir, según Conchi, la hermana mayor de Belén y amiga de Anita.

Bueno, nada del otro mundo, simplemente se trataba del repentino descubrimiento de una chica de provincias por la vida de una gran ciudad. Al menos eso le parecía a Conchi, a quien además le llegaban apenas correos electrónicos breves, eufóricos, más bien chisporroteantes: las dos líneas que ponemos casi por compromiso cuando andamos al asalto de nuestra propia felicidad y no somos capaces de reparar en otra cosa. Al principio,

Belén regresaba a Tenerife para las navidades y los carnavales, fiestas que no se perdía por nada del mundo. A veces aprovechaba algún puente para volar a la isla. Era una chica muy querendona y cariñosa con los padres y con la hermana, con quien se quedaba charlando hasta las tantas, contándole su vida en Barcelona, las clases, las fiestas, el cine de autor, sus escaramuzas amorosas. Esos días de regreso a la isla eran dulces, llenos de placidez doméstica, y exprimidos al máximo: Belén iba a nadar a Las Teresitas, quedaba para ir de marcha con las amigas por La Laguna, pero sobre todo salía con Conchi y con su madre, de compras, al cine, a veces a jugar al tenis y a comer al Náutico: una vida familiar y sosegada, sin ninguna contrariedad en el horizonte inmediato. Y cuando partía de regreso lloraba un poco, igual que la hermana. Estaban muy unidas.

—Eso fue así los dos primeros años —dijo Anita sorbiendo lentamente su vino—. Pero después todo cambió.

Era fácil imaginar lo ocurrido, claro. Belén conoció a Albert Cremades, que entró en su vida como un elefante a una cacharrería. Aquel hombre que le llevaba unos cuantos años —«unos muchos años más bien», puntualizó Gorostiza— la sedujo con el hechizo de sus maneras, con un ingenioso anecdotario personal donde fulguraban como perlas los nombres de artistas y escritores, de dramaturgos y vanguardistas, de pirados de salón, artistillas chic y contraculturales furibundos, *habitués* tanto de bares canallas como de restaurantes de moda, gente entre la cual Albert Cremades, el escritor y periodista cultural, el crítico de cine, el enciclopédico amigo de editores y novelistas de prosapia, se movía como pez en el agua...

Era fácil imaginar cómo había ocurrido todo: Albert vio a aquella linda canaria que hablaba con un cantito dulce, lleno de esdrújulas saltarinas, de hermosa cabellera rizada y conmovedores ojos oscuros, y la quiso de inmediato para sí. Y Belén, con la candidez de una joven hechizada por el recién descubierto amor, se entregó a esa pasión en la que no obstante intuía una veta peligrosa y al mismo tiempo atractiva, una turbiedad de la que le sería imposible escapar, pues no contó nada de todo aquello a nadie. Nadie pues en la familia se enteró de aquel romance, ni siquiera Conchi, la hermana confidente. La noticia de aquella relación llegó, como suele ocurrir en estos casos, por intermedio de un conocido, de alguien orbital a la familia Bethancourt que había pasado por Barcelona, coincidiendo con Belén y con Albert. Pero para cuando se enteraron por boca de este amigo, ya Belén había estado en casa por las navidades y también ya había regresado a Barcelona. Su comportamiento esquivo, reconcentrado y huraño durante aquellos días, llamó la atención de la hermana que temió un mal momento, algún problema grueso, quizá un embarazo. Una tarde Conchi se lo preguntó sin ambages. Ante aquella insinuación, Belén se replegó aún más y dejó Tenerife casi con prisas.

—Todo esto me lo contó la propia Conchi, una tarde que coincidimos en la playa —dijo Anita dejando muy despacio su copa sobre la mesa, el ceño fruncido por el esfuerzo de recordar o de explicarse—. La noté tan agobiada a la pobre que le pregunté qué le pasaba. Y me contó.

Pedimos la cuenta y fuimos caminando hasta el restaurante donde habían reservado mis amigos, muy cerca de allí. Cuando nos sentamos a la mesa, Anita retomó su narración.

A partir de ese momento, a partir de que Belén regresara a Barcelona, la fluidez de los correos electrónicos con su hermana, la frecuencia de las llamadas a los padres, se extinguió rápidamente. Y entonces llegó este amigo de la familia con la noticia de que había visto a Belén con un hombre «algo mayor que ella» en un conocido bar de Barcelona. Ya sabía yo cómo podía ser la maledicencia chicharrera, ¿verdad? Pues eso. Entonces Conchi decidió llamar a su hermana pequeña y preguntarle directamente por aquella relación que había mantenido más bien oculta, reprochándole su actitud. En contra de lo que pudo suponer, Belén no solo no negó aquel romance sino que pareció aliviada de poder confiarle a su hermana que todo aquello era cierto, que no había dicho ni una palabra porque Albert era algo mayor que ella y no quería preocupar a sus padres, que tampoco era para tanto y que si no había comentado nada hasta ese momento era porque aquello era bastante en serio y quería estar segura antes de presentarlo a la familia. «¿Qué tan en serio?», preguntó Conchi y Belén quedó un momento callada al otro lado de la línea telefónica. «Mucho», parece que dijo. «Nos vamos a casar.»

La tarde repentinamente se había oscurecido, casi con furia, como alguien que de súbito es envenenado por una infidencia y decide vengarse. Los árboles de la Rambla cabeceaban desalentados y la gente sacó los paraguas cuando empezaron a caer unas gotas gordas e incómodas. Así pues, decidimos abandonar la terraza del restaurante donde nos habíamos instalado para refugiarnos en el bar y pedir unos cafés.

A Conchi nunca le terminó de convencer el tal Albert Cremades, no solo por la diferencia de edad con Belén, sino porque había algo en él que le daba mala espina, sopló su té Anita. En fin, a toro pasado las cosas a veces parecen verse con más claridad. Pero Conchi no dijo nada y más bien ocultó sus reparos porque veía a su hermana enamorada y a sus padres reticentes con aquel catalán de rostro aniñado pero hecho y derecho que les arrebataba a su hija querida. Belén vivía ahora en Barcelona y no era cuestión de que la niña se fuera de regreso con la sensación de que su marido era rechazado por su propia familia. La boda fue casi privada —«Sí, los cuatrocientos más íntimos, ya sabes», se permitió bromear Gorostiza—, en la ermita de La Laguna. Los novios estuvieron apenas unos días con la familia antes de regresar a Cataluña, primero a visitar a la madre de Albert que vivía en Gerona y estaba muy viejecilla, y luego de nuevo a Barcelona, a instalarse en un ático que el padre de Belén les ofreció como regalo de bodas, nada menos. Y es que, con tal de que su hija no se fuera, el señor Bethancourt les había propuesto dejarles un piso de la familia aquí mismo, al final de Méndez Núñez, pero ellos dijeron que ni hablar, Belén debía terminar sus estudios y Albert tenía su vida hecha allá. Entonces el padre decidió buscarle un piso a su hija en Barcelona. Por fortuna.

Todo pareció ir bien los dos primeros años, con fotos de la pareja sonriente en la nieve andorrana, abrazada frente a las torres de la Sagrada Familia, cocinando con unos amigos... había postales, correos electrónicos y llamadas frecuentes que iban edificando la sencilla arquitectura de la rutina matrimonial y que alimentaban en la familia Bethancourt la idea cada vez más sólida de que Belén era feliz, o al menos razonablemente feliz con aquel hombre. Y así fue hasta la noche en que Conchi despertó brutalmente a la realidad al recibir una llamada demoledora de Albert. Belén estaba ingresada en el hospital. Un intento de suicidio.

—¿Te puedes imaginar el viaje de esa chica a Barcelona? —dijo Gorostiza mirando su café antes de bebérselo de un sorbo.

Conchi tuvo que conseguir un billete esa misma noche en Internet. Aturdida aún por el mazazo de la noticia, hizo una maleta para salir de casa a la mañana siguiente y sin avisar a los padres, pensando en la excusa para no acudir como todos los sábados a comer a la casa familiar. Llamó desde el aeropuerto a su jefe para pedir un permiso urgente —«Conchi era, es, funcionaria de Hacienda»—, y luego hizo aquel viaje eterno hasta Barcelona, conteniendo las ganas de llorar y de gritar pensando en su hermana pequeña. Nada más llegar al Prat se metió directamente en un taxi que en treinta minutos la dejó en la clínica Lluria, adonde llegó alborotada, sonámbula, con el corazón encabritado. Luego de preguntar a trompicones en recepción subió a la planta donde fue atendida con toda amabilidad por un tal doctor Puigcercós, su hermana estaba fuera de peligro, le dijo el médico poniéndole una mano terapéutica en el hombro, pero estuvo a punto de morirse. Mientras el doctor Puigcercós le daba los pormenores del caso, Conchi aferraba con violencia su bolso, como si inverosímilmente pudiera precipitarse a un abismo y aquella correa de piel la sujetara a tierra firme. Cuando finalmente entró en la habitación donde yacía su hermana tuvo que apoyarse en el brazo de la enfermera para no caer: dormida, con los ojos hundidos, unas ojeras violáceas que parecían pintadas por una mano torva, la piel casi amarilla y enferma, aquella mujer de cabellos resecos y respiración pedregosa no podía ser su hermana. Salió al pasillo para llorar y se encontró con Albert y una pareja que supuso amiga de Cremades. No sabía cómo se contuvo para no escupirle en la cara a aquel miserable que, con el cuello arañado y sudoroso, en mangas de camisa, los ojos enrojecidos y la vocalización defectuosa de los drogados, le contaba que no se explicaba qué había ocurrido, no se explicaba cómo... «Tu hermana está fuera de peligro, ya lo sabes», le dijo suavemente el otro hombre, que se presentó como Carles Maganya. La rubia alta que le acompañaba era Pau, su mujer. «Somos amigos de Belén.» Al escuchar aquellas palabras a Conchi se le anegaron los ojos. Le propusieron bajar a la cafetería para tomar un café y dejaron a Albert derrumbado en una banca junto a la puerta de la habitación. Antes de llegar al ascensor, Conchi tuvo la visión irreal de que una de las manos de Albert estaba monstruosamente hinchada.

Los Maganya la obligaron a sentarse, a beberse un café porque Conchi estaba tiritando, la trataron con una calidez y un sosiego que no solo provenía de sus palabras tranquilizadoras, sino de su propia actitud, como si fueran íntimos amigos suyos. Pero no se anduvieron con rodeos. Conchi pidió un coñac y lo bebió a sorbitos, sintiendo cómo el líquido incendiaba su garganta y se ramificaba a una velocidad pasmosa por sus venas, calentándola suavemente y dejándola flotando en una ingravidez adormecedora. Carles carraspeó un poco después de mirar a su mujer y empezó a contar. Cremades había querido dejar a Belén. Se había enamorado de otra y se lo dijo. Se marchaba de casa, ya no quería saber nada más de ella. Las cosas, al parecer, no habían ido bien desde el principio y ellos, Carles y Pau, así como los demás amigos de Belén y

Albert, parecían ser los únicos que se daban cuenta y asistían ya cansados a la monótona rutina de insultos, discusiones, portazos, abandonos y llantos en que aquel par había convertido su relación. «Te ahorraré detalles, Conchi», dijo Carles. El asunto era que Belén, al oír aquello, tuvo un ataque de ira, echó del ático a Albert, le recordó sin miramientos que había sido ella quien lo rescató de las drogas, y quien le recompuso la mierda de vida que él había tirado por la borda, y que era un miserable al pagarle de esa manera. «Y si he de serte franca, había bastante de cierto en ese reproche», intervino Pau. «Bastante pero no todo», agregó Carles con esa sinceridad tan ásperamente goda que Conchi siempre había repelido y que sin embargo ahora agradecía de todo corazón.

—Porque a Conchi ya le habían llegado rumores de que su hermana, desde antes de conocer a Albert, se estaba metiendo en asuntos de drogas —dijo Anita.

—Y Albert tampoco era un niñito de los Salesianos —intervino Gorostiza—. ¿Nos echamos un whisky?

—Venga, un whisky —dije yo. Lo necesitaba.

Lo cierto es que gran parte de la química que hubo entre Albert y Belén era en sentido desgraciadamente literal: ambos eran consumidores de pastillas, *hash* y, de vez en cuando, cocaína. No en exceso, cierto, pero resultaría un equívoco no designarlos como consumidores, explicó Carles. Incluso alguna vez que fueron de veraneo a la casita que tenían ellos en una cala de Ibiza habían pasado por situaciones bastante incómodas... En fin, Conchi sabría cómo era el mundo bohemio donde vivía Albert. La hermana de Belén asintió con la cabeza y rogó que le siguieran contando. Antes de que Albert llegara con la noticia de que dejaba a Belén, las peleas domésticas ya eran plato habitual entre ellos. Y Albert,

dolido y decepcionado por unas cuestiones profesionales
—«un libro que no le quisieron publicar», dijo Pau encogiéndose de hombros—, se entregó de manera casi suicida
a beber y a esnifar, a hacer una ronda destructiva y cotidiana por los bares de Barcelona, donde se hartaba de gin
tonics y cocaína. Con frecuencia ellos recibían el sobresalto de una llamada nocturna y era Belén: que por favor
la ayudaran, que Albert se había caído en las escaleras, se
había roto una ceja y estaba inconsciente, que Albert no
despertaba y había vomitado toda la noche, que alguien
le había partido el labio al salir de un bar de El Raval...
hasta que lo convenció para que se internara en una clínica de desintoxicación.

—¿Del doctor Puigcercós? —pregunté yo, sabién-
dome tonto.

—No, no —dijo Anita mirando a su marido como para corroborarlo—. El doctor Puigcercós fue quien
atendió a Belén.

—Unos amigos le recomendaron la clínica de
desintoxicación de un tal doctor Pernau, al parecer uno
de los mejores centros de Europa.

Y con el doctor Pernau pasó Cremades una larga convalecencia en que los días en que se sumía en el
más pavoroso de los infiernos se sucedían con los que
eran todo entusiasmo, ilusiones y proyectos. «La actitud
de Belén fue admirable», dijo Pau y Conchi pensó en
su hermana pequeña, en la pesadilla que le había tocado vivir sin decir nada y sintió nuevamente el escozor de
las lágrimas anegando sus ojos, el aguijón de la culpabilidad alanceándola: no se perdonaba ni se perdonaría
jamás no haber sabido ver más allá de lo que Belén le
contaba esporádicamente, le confesó a Anita aquella vez
en la playa. Lo cierto es que cuando Albert abandonó

la clínica estaba flaco como un perro, los pantalones se le caían, el rostro se le había afilado como el de un anciano y se cansaba hasta de pelar una naranja con las manos. Pero al menos estaba limpio, decía Belén a los amigos y los ojos le brillaban al decirlo. Volvió a escribir, se puso nuevamente con su novela, se reintegró a la rutina en la editorial en la que trabajaba y las pocas veces en que se animaba a salir de noche consumía infinitas y más bien tristes tónicas con limón. Belén mientras tanto se había vuelto una radical enemiga de las drogas —seguía fumando sus Camel de siempre, eso sí— y ya ni siquiera permitía que los amigos se liasen un porro en su presencia ni que tomaran una gota de alcohol en casa. Como suele ocurrir con los conversos más recalcitrantes, llevó las cosas a tal extremo que se entregó al vegetarianismo y le despertó un súbito interés por el budismo y las filosofías orientales. Al cabo de unos meses de convivencia pacífica, mientras Belén vigilaba sus comidas austeras, meditaba envuelta en una nubecilla de incienso y se iba alejando poco a poco de su vida anterior como quien se sumerge en el Ganges, Albert ganaba peso y confianza, recuperaba el sarcasmo de los muy seguros de sí mismos y el tino de sus decisiones en el trabajo: volvía a ser el mismo de siempre, aunque sin alcohol. Era pues cuestión de tiempo. Porque de aquel calvario que habían pasado juntos, del pozo oscuro que creyeron clausurado para siempre brotó nuevamente la turbiedad de las discusiones agrias, los reproches y las peleas. Pero ahora este par tenía la quemazón de los agravios macerados y el encono soez de lo podrido. Nadie podía estar con ellos más de diez minutos y Carles y Pau se preguntaban cómo podían soportarse sin lanzarse al cuello el uno al otro. Y es que quizá ya habían catado la droga más dura de todas cuantas hay: el vértigo estupefaciente que produce el odio de quien nos era amado.

Cuando Albert regresó del Festival de Berlín a donde había ido como enviado especial de un periódico catalán, trajo dos novedades, una evidente y que no hizo falta confesar: había vuelto a beber. Y la otra más inesperada y quizá más rotunda: que se había enamorado y dejaba a Belén por otra mujer. Entonces, luego de echarlo del ático entre injurias y maldiciones, Belén se bebió íntegra una botella de vodka que acompañó con somníferos. Albert, que se había encargado de secar los bares de Barcelona, decidió llamarla esa misma noche para recoger su pasaporte y unas camisas, pero como el teléfono comunicaba y comunicaba optó por acercarse hasta el piso y abrir con sus llaves. Probablemente iba con ganas de armar bronca, de entregarse al deleite de odiar, ofuscarse e insultar. Estaba bebido. Sin embargo, lo que vio nada más abrir la puerta, luego de querer derribarla a puñetazos, le cortó la borrachera de golpe: en bragas, con el rostro en un charco de vómito negro y el teléfono caído a su vera, yacía Belén. Apenas respiraba.

Pese a todo, la recuperación de Belén fue bastante rápida. Conchi pidió una excedencia en el trabajo, avisó con todo el tacto del mundo a sus padres que Belén estaba un poco pachucha y se instaló unas semanas con su hermana en Barcelona. Los Maganya fueron cariñosos y solícitos y estuvieron pendientes de ella en todo momento. Pau subía con frecuencia al ático con pasteles y cotilleos y de vez en cuando sacaba a pasear a Conchi, para que no se fuera sin conocer la ciudad, mujer. Pero al cabo de la segunda semana, cuando Belén quiso preguntar por Albert, Conchi la fulminó con la mirada. «No te atrevas. Aquí no se habla más de ese hombre», le dijo con tal rotundidad que Belén no se atrevió a replicar. Por fortuna, el ático estaba únicamente a su nombre. Había pues un engorro menos y así a aquel hijo de puta no se le ocurriría reclamar ni un alfiler. Pero lo cierto es que Albert no apareció más que una tarde —los Maganya se ofrecieron a recibirle para no estar ellas presentes— y se llevó el ordenador y unas cajas con sus cosas. Vivía, según le contó una tarde Pau a Conchi, mientras Belén hacía una siesta, para aquella chica de la que se había enamorado. Además, le empezaba a ir bien con una novela que le acababan de publicar y cuyo título no recordaba en ese momento. ¿Y quién era la chica? Una chica que Cremades había conocido hacía ya unos meses, una chica peruana, de ascendencia libanesa o siria o de por ahí...

—Tina —dije yo como saliendo bruscamente a flote de un sueño e interrumpiendo el relato de mis amigos.

Por un segundo sentí, con una claridad espantosa, que mi corazón se había detenido.

Me miraron sorprendidos. Sí, Tina, efectivamente, Tina eran el nombre de aquella chica. ¿Yo la conocía? No, no, dije bebiendo de golpe mi whisky. No podía ser, pensé sacudiendo la cabeza, como si así pudiera reacomodar los hechos. No podía ser. Dejé que mis amigos siguieran hablando. Sí, dijo Gorostiza un poco extrañado por mi reacción, la tal Tina era una paisana tuya, una chica muy guapa que había llegado a Barcelona con una beca y que había conocido a Albert en una charla de no recordaba qué cosa acerca del cine y la cultura árabe, en fin, que se enamoraron perdidamente y él la invitó a que lo acompañara a Berlín, todo el mundo sabía de aquel romance menos Belén. Entonces pasó lo de las pastillas y el intento de suicidio que obligó a su hermana a viajar a Barcelona.

—La cuestión es que lo que rodea a esa chica, a esa tal Tina, es bastante raro —dijo mi amigo con cautela, como dudando de sus propias palabras.

—Todo fueron rumores, no probaron nunca nada —amonestó Anita.

—Ya lo sé, ya lo sé. Pero había muchos indicios de que lo que nos contaron era cierto... —ante mi expresión de absoluta intriga, Gorostiza prosiguió su relato—: Al parecer era nacida en el Perú pero de origen árabe. Eso sí. Y se hacía pasar por italiana. De allí el nombre, Tina, que al parecer era falso.

Esto Gorostiza lo decía con todas las precauciones del caso, pues a él simplemente le habían llegado rumores sobre el *affaire* Cremades, insistió. El asunto era que nadie sabía muy bien cómo se había enrollado aquella chica con Albert. Era guapa, sí, pero Albert siempre salía con chicas guapas. Hubo allí un asunto turbio, ya me decía, pues al parecer la tal Tina estaba involucrada con una facción extremista islámica...

Fue como si hubiera recibido una pedrada en la nuca al escuchar aquello. Pero no moví ni un músculo y seguí atento. Afuera el viento castigaba con empeño la rambla arbolada y por momentos ululaba hasta convertirse en un aullido. El día se había chafado por completo. Nunca nadie supo bien lo que ocurrió, estaba diciendo Gorostiza mientras bebía un sorbo de su whisky, la cuestión fue que a los amigos les llegó el rumor de que Albert Cremades había tenido que ir hasta cuatro veces a declarar a la policía porque aquella chica estaba en una lista como sospechosa de pertenecer a una célula terrorista, una de esas células «durmientes» que han brotado como hongos en España, particularmente en Madrid y Barcelona. Albert se vio bastante enredado en este asunto y tuvo que mover mil influencias para que lo dejaran en paz, para que le creyeran que no tenía nada que ver con el terrorismo islámico.

—¿Y la chica? —pregunté sintiendo la boca amarga y pastosa: no podía ser, no podía tratarse de la misma persona—. ¿Qué fue de la chica?

—No sé bien —dijo Gorostiza jugueteando con su vaso—. Parece que se fue del país.

# Ginebra

Mi vuelo a Ginebra tenía nuevamente retraso y exasperado miré con incredulidad la pantalla donde parpadeaba la palabreja: *delayed*. Aburrido y con un café insípido en la mano marqué el número de Isa pero me arrepentí de inmediato. Nada más regresar de Tenerife, con la cabeza colmada de especulaciones, fui incapaz de concentrarme en otra cosa que no fuera en Dinorah, en la necesidad imperiosa de encontrarla, no sabía muy bien ya para qué, vagamente empeñado en decirme que estaba enamorado de ella, que todo se conjuraba para que la buscara, o por lo menos para que por fin cerrara ese capítulo aciago de mi vida. Me olvidé de darle la blusa que le había comprado a Isa, qué imbécil, pude ver el desencanto en su rostro esa noche que cenamos en el Wagaboo donde ella había reservado, cuando toda su plática chisporroteante, ingeniosa y coqueta se estrelló contra mi mutismo y desinterés. Terminamos de cenar en silencio y en silencio salimos a la calle. Había sido un error aceptarle aquella invitación, debí haber buscado una excusa para no verla al menos en unos días, cuando el desasosiego y la confusión que había traído de Canarias amainaran. Sin embargo, al llegar a la plaza de Chueca quise subsanar mi torpe desafección y le propuse tomar algo en el Isolée, o mejor aún en el Del Diego, que a ella tanto le gustaba, ¿qué tal? Ella bajó los ojos como si súbitamente hubiera encontrado alguna rozadura en la punta de los zapatos y luego sonrió muy tenuemente. Mejor no, me dijo. Pensé que me estaba proponiendo dejarlo para otro día, pero agregó: «Esto no lleva a ninguna parte, Jorge. No quiero ser la otra. Puede sonar un poco cursi o melodramático, pero es así. Prefiero que no nos veamos más. Ojalá encuentres lo que buscas». Me dio un beso en la mejilla, dio media vuelta y se fue. Yo hice el amago de ir tras ella pero entendí que tenía razón y me quedé como un tonto allí, con las manos en los bolsillos, frente a la taberna de Ángel Sierra, intentando experimentar una tristeza que en el fondo no sentía o no sentía tan intensamente como se lo hubiera merecido Isa, ya confundida entre el gentío libérrimo que se arremolinaba en torno a los bares de la plaza de Chueca.

Por eso en el aeropuerto desistí de llamarla, pues hubiera sido puro egoísmo y aquello solo habría de generarle más dolor y confusión. Y porque ahora todos mis pensamientos, todos mis insomnios, mis tardes distraídas, mis caminatas por la ciudad eran copadas por Dinorah, por su improbable epifanía. Por fin llamaron al embarque y como nunca, me apresuré en ser de los primeros en subir, como si así pudiera adelantar en algo el vuelo.

Volaba a Ginebra después de que un amigo boliviano, David Reissig, me pusiera nuevamente tras la pista de Dinorah. Sí, me dijo Reissig, sabía que estaba allí, en Ginebra. No tenía por qué dudar de su palabra: Reissig vivía en Madrid hacía muchos años y era crucigramista para algunos periódicos de provincias, conocía a todo el mundo, pero en especial, debido a un pasado algo turbulento que él prefería escamotear de sus charlas, tenía muchos amigos sudamericanos de esa izquierda radical que se mueve discretamente en el exilio europeo. Yo acababa de regresar de Tenerife con la cabeza dándome vueltas por todo lo que me habían contado Anita y Jorge Gorostiza, incapaz de creer que Dinorah y Tina fueran la misma persona, de que el azar pudiera ejecutar con tanta cruel maestría algo así. Pero no tenía ninguna certeza, solo la sospecha de que Tina y Dina (aquel diminutivo con que Perales la trató en Nueva York) confluyeran en la misma persona: una peruana de origen árabe. Y según Gorostiza había llegado a Barcelona con una beca. Los hechos se coludían para que resultara más que probable la coincidencia, que fuera cierto que después de dejar de verla en Nueva York, de llamarla y de escribirle, de sepultarla para siempre en el olvido—qué equivocado estaba, qué equivocado, por Dios—, ella, Dinorah, Dina, Tina, hubiese conseguido la dichosa beca de la que me habló y empezado su vida en Barcelona, donde poco después conocería a Albert Cremades. Era más que probable, aunque aún me sonaba irreal, fabuloso, descabellado, que me encontrara con Cremades en Venecia y que me contara de aquella mujer, de aquel amor suyo que apenas dos años antes había sido también el mío.

Nada más regresar de Tenerife a Madrid intenté por todos los medios ponerme en contacto con Albert pero me encontré con el inquebrantable mutismo de su editor y sobre todo de su agente, Laura Olivo, una mujer algo tosca y prepotente, con una capacidad asombrosa para mostrar los dientes en lo que ella imaginaba una sonrisa sincera, que se negó en redondo a decirme dónde localizar a Cremades. Solo quiero hacerle llegar un mensaje, claudiqué, explicando que su dirección de correo electrónico me rebotaba los mails. «Somos buenos amigos», agregué y de inmediato me arrepentí porque sonaba falsísimo. Ella bufó mirándome como a un insecto molesto al que no se sabe si abrirle la ventana o escacharrarlo de un capirotazo y accedió a hacerle llegar el mensaje, aunque al salir de su oficina en la Gran Vía tuve la clara sensación de que había sido estafado, de que jamás le llegaría a Albert ni mi mensaje, ni mi teléfono, ni el ruego de que se pusiera en contacto conmigo. Crucé a la acera de enfrente y en la Casa del Libro me encontré el escaparate inundado de carteles con el rostro barbilampiño, los ojos ligeramente cándidos tras las gafas, la leve alopecia, junto a algunos *slogans* de dudosa elegancia que anunciaban el libro de Albert Cremades como «la revelación del año», «Un final asombroso para una novela asombrosa», «No podrá dejar de recomendarla, pero sobre todo no cuente el final». En el interior de la librería había pilas de su novela que la gente cogía haciendo una mansa y larga cola. Además tenían un libro de cuentos suyo en una edición de lujo y la otra novela, *Razón de más,* también en tapa dura. Pero definitivamente la que vendía «como churros», según gráfica expresión de Juancho Armas Marcelo, era esta última. Cogí un ejemplar y me puse a la fila para pagar los veintidós euros que costaba. En la contraportada los ojos de miope parecían observarme con sarcasmo y algo de desdén. Me llevé la novela a casa pensando en leerla pero di vueltas en torno suyo como un gato ante un ratón, vacilando y con cierto supersticioso temor, como si en sus páginas pudiera encontrar algo que me diera una pista, un arcano que me fuera revelado para entender si debía buscar a Dinorah o no. El título era sugestivo, sin duda, pero no me atreví a leer ni una página. Lo arrumbé junto con los ensayos, las novelas y las antologías que no había leído en meses, junto al ordenador que tampoco tocaba en mucho tiempo, dormida mi novela sobre el dictador peruano desde que llegué de Venecia y que no había vuelto a repasar desde mi última estancia en Nueva York.

La novela de Cremades había alcanzado largamente el medio millón de ejemplares solo en España y los periodistas se volvían literalmente locos por conseguir una entrevista —a estas alturas ya nadie soñaba siquiera con una exclusiva—, unos minutos telefónicos, algunas frases, una foto actual, cualquier cosa. Pero el muro de hormigón armado que habían erigido en torno a su ubicación era inconmovible. El autor no quería dar ni una sola entrevista y nadie lo podía convencer, seguían cerrándose en banda el editor y la agente. Recién entonces comprendí lo vano de mi intento por contactar con Cremades, que había alcanzado la estratosfera de las ventas y seguramente asistía, nimbado de fortuna y diversión, a la curiosidad que despertaba en lectores, periodistas, críticos y editores, curiosidad cuya satisfacción él negaba sistemáticamente. Según me enteré al teclear su nombre en Google, incluso había ya varios blogs que hablaban de él, de la novela —que tenía una página web algo rala y esquemática— y de su misteriosa ausencia, con algunos comentarios lúcidos y otros venenosos, aunque también encontré teorías afiebradas, propias de los lunáticos que pululan en la blogosfera. Algunos lo situaban escondido en un pueblo del Ampurdán, otros lo hacían en su casa de Los Ángeles (?) y otros más exóticos afirmaban que el escritor radicaba ahora en Tías, el mismo municipio lanzaroteño de nombre estimulante donde viven Saramago y Vázquez Figueroa. Desistí de seguir leyendo aquellos blogs llenos de colgados y pensé bruscamente en viajar a Venecia, con la extravagante corazonada de que quizá allí lo encontraría: tal vez —fantaseé— en el mismo bar del

hotel Rialto, quizá paseando por el dédalo de callejuelas oscuras de la ciudad, o incluso en aquel bar oloroso a
*grappa* donde unos *gondolieri* medio borrachos puntea-
ron con sus murmullos una charla que yo a estas alturas
ya dudaba si acaso no fuera producto de mi imaginación
y del exceso de alcohol de aquella noche en que Cremades me habló de su gran amor.

Según lo que me contaron Ana y Jorge Gorostiza en Tenerife, Albert rompió con aquella chica, Tina
—¿pero era realmente, podía ser realmente?— después
de los follones en los que se vio involucrado, e incluso
pretendió volver con Belén, que lo mandó amable pero
rotundamente a la mierda. Gorostiza *dixit*. Todo esto lo
sabían mis amigos por Conchi, que no se separó de su
hermana hasta verla completamente restablecida, no solo
física sino emocionalmente. Ya para entonces la novela
de Cremades estaba en todas las librerías barcelonesas y
había empezado a escalar posiciones con discreción pero
sin pausa en las listas de los libros más vendidos. Supieron por Pau y Carles Maganya que Albert se refugió en
casa de la madre en Girona, luego de terminar con aquella loca árabe —no podía ser, no podía ser— que solo le
había traído problemas muy gordos. Laura Olivo, celosa
mamá gallina de su polluelo más preciado, desfizo los en-
tuertos, corrigió los equívocos, desvió las pesquisas, puso,
en fin, todo en orden y liberó de aquel agobio policíaco a
Albert. A Tina se la tragó la tierra. Pero aquí ya la información entraba en una zona de penumbra, se volvía confusa y sembrada de pistas inexactas, porque yo lo había
visto en Venecia hacía escasos seis meses y era un hombre
que iba tras su amor, a «arreglar sus diferencias», como
me confesó el propio Albert. Era cierto que en apenas
un año desde su aparición, la novela de Cremades rom-

pía el dique de las grandes ventas con que había levantado el nivel de sus aguas comerciales para convertirse en una marea que inundaba los mercados en una docena de lenguas y treinta y tantos países. «Del orbe», como le gustaba precisar a Gorostiza. Porque cuando yo lo vi en Venecia solo era un escritor a quien le empezaba a ir muy bien. Pero, es necesario insistir en ello, también era un simple enamorado en busca de su amante. Y esto se contradecía con la versión que me contaron Jorge Gorostiza y Ana, como antes con lo que me dijo Carlos Franz. Todo en Cremades resultaba inconsútil, brumoso, contradictorio. Algunos flecos sueltos me fueron revelados de regreso a Madrid cuando, cansado de buscar alguna pista de Dinorah o de Tina, y a punto de tirar la toalla, apareció este amigo providencial: David Reissig.

—¿Tina? Está en Ginebra. Nunca le probaron nada sobre su vinculación con el terrorismo islámico. Fue un atropello de la policía española.

En el aeropuerto de Cointrin me esperaba Alejandro Neyra, un joven escritor y diplomático peruano que había conocido en un viaje anterior y con quien habíamos hecho una muy buena amistad. Le llevaba unas botellas de vino en compensación por las de buen escocés que le había evaporado en su casa, inexcusablemente, la última vez que nos vimos allí. Y también un ejemplar de la novela de Cremades, aunque él ya la había leído en francés. «Aunque el título en castellano es más bacán», me dijo admirando la portada lujosa de la edición que le llevé. En quince minutos alcanzamos la ciudad, dejando atrás, en medio de complejos habitacionales de estética setentera, los prados impecables donde de cuando en cuando emergía el perfil dorado de una que otra vaca inmóvil y displicente. El retraso que había sufrido el vuelo me dejaba el tiempo justo para refrescarme, cambiarme de camisa, ponerme una chaqueta no muy arrugada y salir directamente a la librería Albatros donde tenía que dar la charla que era mi excusa para acercarme a aquella ciudad en busca de más pistas sobre Dinorah. Me volvía a alojar en casa de Neyra quien, tan amable como imprudentemente, me la había brindado, con su bien surtido bar por completo expuesto a mi sed y a mis tribulaciones. Luego de que él regresara a su trabajo —se había escapado de la oficina solo para recogerme del aeropuerto— yo crucé hasta la rue Servette y cogí el puntual tranvía. En diez minutos estaba en Plain Palais, a dos pasos de la rue Charles Humbert, donde Rodrigo Díaz, el dueño de la librería Albatros, se había esmerado en colocar carteles, poner la mesita y el botellín de agua y, en fin, disponer muy ordenadamente el espacio para las veinte o treinta personas que asistirían a la charla, muchos de ellos viejos conocidos míos de otros pasos fugaces por Ginebra, y con quienes después seguramente nos iríamos a tomar una *fondue* y a beber algún enjundioso cabernet sauvignon. Pero yo estaba impaciente y desconcertado, y mi conferencia más bien mediocre sobre la nueva literatura hispanoamericana recibió educados aplausos y las amables mentiras con las que los amigos intentan hacerte pasar el mal trago de una endeble exposición. No obstante a mí en ese momento lo único que me importaba era sondear entre los conocidos algo sobre Dinorah. Y no sabía cómo empezar.

Reissig, el amigo que en Madrid me afirmó que Dinorah se hallaba en Ginebra, parecía estar perfectamente al tanto de lo que había ocurrido entre Tina y Cremades: no en vano compartía con este último agente literario, pues Reissig velaba por los derechos de *Berkeley*, la novela de un hermano suyo muerto hacía tiempo. Por él confirmé que, en efecto, Tina no era italiana, como ella intentaba colar a quienes la conocieron en Barcelona, sino peruana de origen árabe. Sirio o libanés, de eso Reissig no estaba seguro. Pero sí de que Cremades se había enamorado furiosa, perdidamente de ella, y que Laura Olivo, su agente, le había sacado las castañas del fuego cuando la chica resultó sospechosa de pertenecer a una célula terrorista islámica. Tina, decepcionada de que su amante no le hubiera creído y prácticamente la hubiera abandonado a su suerte, se había largado de Barcelona  en cuanto la policía dejó de considerarla sospechosa. Entonces Cremades, en contra de la recomendación de la propia Olivo, había emprendido una serie de viajes buscándola por toda Europa, siguiendo pistas falsas, ajeno a las sugerencias —sugerencias primero y ásperas llamadas de atención después— de su agente, a quien le resultaba imposible entender que Albert Cremades perdiera la cabeza por aquella chica al punto de abandonar la promoción de la novela. Lo que a la postre, como estaba claro, había resultado inesperadamente beneficioso. Pero Cremades no tenía atención ninguna que no fuera para perseguir a Tina y acosar a amigos y conocidos para dar con su paradero. Tina vivía a salto de mata: estuvo en París, donde una paisana, voló a Roma y después a Zúrich, siempre huyendo de Albert que le rogaba otra oportunidad. Por fin este, exhausto, vencido, claudicó de seguir buscándola luego de que ella fingiera acceder a encontrarse con él en Venecia. Porque Tina nunca acudió a aquella cita.

De manera que eso era lo que ocurría cuando yo me encontré con Albert Cremades en la ciudad italiana. Cada vez estaba más convencido de que no se trataba de una serie de monstruosas coincidencias sino que, por el goteo de información que había ido recibiendo en todo este tiempo, sí que se trataba de la misma persona...

La charla en la librería hacía rato que había terminado y yo me entretenía hablando con viejos conocidos ginebrinos, alguna que otra persona que se acercaba para que le firmara un libro.

—¿Nos vamos a cenar, hermanito? —propuso Rodrigo cuando yo concluía de conversar con dos chicos colombianos que me abordaron para hablar de Juan Gabriel Vásquez, uno de los escritores en los que centré mi endeble conferencia.

Fuimos a un pequeño restaurante en el casco antiguo de la ciudad, muy cerca del hotel Armour, porque Rodrigo sabía que me gustaba mucho. Alejandro Neyra se nos uniría al salir de su trabajo y hacia el centro nos encaminamos un grupo no muy grande: Daniel Ybarra, Rodrigo, tres amigos que habían participado en mi taller literario hacía unos meses y dos profesoras mexicanas simpáticas y divertidas que habían decidido unirse a nuestro grupo con espontáneo entusiasmo. El casco antiguo de Ginebra es pequeño, coqueto, lleno de callejuelas que parecen devolvernos siempre a la Grand Rue, salpicado de restaurantes, *bistrots* y *brasseries* donde inevitablemente hay *fondue* y vino blanco, y una decoración ecléctica y algo desaliñada que resulta confusamente doméstica. Ya estaba allí Alejandro, de traje y corbata. «¿Qué tal fue la charla, maestro?», Rodrigo se apresuró a decir que muy bien y las profesoras mexicanas también mintieron con convicción. Hubo las presentaciones de rigor, la duda de cómo nos dispondríamos a la mesa, si vino tinto o blanco, y finalmente nos pusieron dos bandejas con grandes trozos de pan de leña y al cabo de un momento llegó la olorosa *fondue* sin la que una visita a Ginebra es cualquier cosa menos una visita a Ginebra.

En realidad, el círculo en el que me muevo en esta ciudad está compuesto por hispanoamericanos y españoles, además de algunos ginebrinos profundamente integrados —por matrimonio, flirteo o genuino interés— en esa festiva, simpática y poco convencional comunidad latina compuesta por diplomáticos, profesores de colegio y cargos medios de multinacionales radicados allí. Por eso es que mis estancias suizas son lo más parecido a un viaje a cualquier país de Hispanoamérica y todo suele transcurrir en castellano, con vino y mucha juerga, pese a que, como escrupulosa ciudad calvinista poco dada al exceso y la ostentación, Ginebra apaga educadamente sus luces muy temprano y deja un resquicio mínimo para la juerga en los bares de Paquis o de Carouge, a quince minutos de la *Vieille Ville*. Por eso, cuando David Reissig me dijo en Madrid que Tina estaba en Ginebra, no dudé en volar allí para averiguar su paradero preguntando entre los hispanoamericanos. Pero no tenía idea de cómo iniciar mis pesquisas sin parecer excesivamente interesado, pues tampoco tenía confianza suficiente con nadie de la ciudad como para confiarles el porqué de mi interés en aquella mujer posiblemente implicada en asuntos de terrorismo, nada menos. En el supuesto, claro, de que la conocieran, de que alguien supiera algo acerca de aquella peruana de origen sirio o libanés. Confiaba en que no sería tan difícil, pues Ginebra es relativamente pequeña y si Dinorah había ido allí era más probable que estuviera en contacto con algún hispanoamericano y no con los herméticos ginebrinos de pura cepa.

Traté de integrarme en la charla llena de risas y apetito con que mis amigos daban cuenta de la humeante *fondue* de la que yo apenas había probado unos bocados, esforzándome en no parecer descortés con quienes tan generosamente se portaban conmigo. Una de las profesoras mexicanas cogió el molinillo de la pimienta y lo colocó justo encima del fragante perol de queso fundido, ¿le echaba un poco?, preguntó. Una costumbre —la pregunta, no la pimienta— tan inexplicable como encantadora pues hasta hoy, que yo recuerde, nunca he asistido a una *fondue* ginebrina en la que alguien se oponga a salpicarle un poco de pimienta. Algunos preferían beber hirvientes tazas de té para acompañar al queso fundido, y otros nos dedicamos al vino. Por fin, achispados por la bebida y la charla, decidimos prolongar un poco la noche en algún bar e, inevitablemente, alguien propuso ir a Carouge o mejor aún aquí mismo, dijo Rodrigo, a l'Alhambra, justo al lado del teatro del mismo nombre y uno de los pocos bares del centro con algo de marcha. Y nos encaminamos hacia la rue de la Rôtisserie, conversando de esto y aquello. El alumbrado público más bien mortecino y el silencio de las callejuelas le daban a la ciudad ese aire esquivo y desapacible que suele tener por las noches, especialmente si sopla la *bise,* ese viento mortalmente frío y alborotado que descoloca la tranquilidad y la flema ginebrina.

—Este es uno de los bares que más frecuentan los latinoamericanos —me dijo Alejandro cuando llegamos.

l'Alhambra era un local grande, de fosforescentes neones en la puerta, con una barra sitiada por parroquianos de todas las edades que pedían mojitos y cuba libres a quince francos la copa. Conseguimos sentarnos a una mesa larga, vacía y providencial. Me arrepentí de haber ido a aquel lugar, pues apenas si podíamos hablar sin tener que acercarnos al oído del otro. O quizá no era para tanto y simplemente yo estaba deseando encontrar un momento propicio para preguntar y no lo encontraba. Hubiera dado lo que fuera por acomodarme a la barra de un bar más discreto, menos bullicioso. Pero ya estábamos allí.

Efectivamente, había muchos latinoamericanos: bailarines impecables, coquetas chicas de cabellos largos y profundos ojos oscuros, grupitos de ávidos estudiantes que miraban a las lánguidas rubias nativas con codicia y sin atreverse a acercar. ¿Habría venido aquí Dinorah? ¿La amiga que le había dado refugio la traería a estos lugares o al Maloca, aquel bar del que me hablara Neyra y que era, según sus palabras, un túnel a otra dimensión, que conectaba nada más traspasar su puerta a la severa Ginebra con un bullicioso barrio limeño? ¿Allí tal vez? No, no me la imaginaba en aquellos ambientes festivos, pachangueros, rociados de espumosa cerveza y euforia. Pero cada vez desconfiaba más de que mi imagen de Dinorah respondiera a esa otra que iba levantándose repentina y extraña ante mí en los últimos meses.

Mientras yo pensaba en todo esto, Neyra —que es un inspirado bailarín— ya estaba estudiando la posibilidad de sacar a alguna de las profesoras mexicanas, que a juzgar por cómo movían los hombros y tamborileaban en la mesa, se morían de ganas de bailar. Me giré hacia él y decidí preguntarle a bocajarro si conocía a Dinorah, o Tina. Por algún lado tendría que empezar y además Alejandro era miembro de la legación diplomática. Pero lo que nunca pude sospechar fue su reacción cuando le mencioné casi al oído, a causa de la música atronadora, el nombre de Dinorah. Neyra estaba mirando hacia donde la gente empezaba a improvisar una pista de baile y sin dejar de atender hacia allí, su rostro cambió violentamente de expresión, como si no diera crédito a lo que le decía, a mi inocente pregunta. Se dio lentamente la vuelta y me miró directamente a los ojos, con los suyos aún destellando sorprendidos.

—¿Tú la conoces? —balbuceó—. ¿Eres amigo de esa flaca?

Me quedé un poco confundido yo también por aquella reacción inesperada y durante unos segundos no supe qué contestarle. Finalmente opté por la verdad: sí, la conocía, quería saber si era cierto que estaba en Ginebra.

De pronto, una de las profesoras mexicanas le tendió una mano a Alejandro y con una sonrisa imposible de defraudar lo rescató de mis preguntas —creo que las profesoras ya habían colegido que yo era un soso sin remedio— y lo sacó a bailar. De vez en cuando Alejandro, mientras se contorsionaba y llevaba a su pareja divinamente, parecía recordar mi presencia y se volvía hacia mí con una expresión incrédula. Yo esperé a que me contara, pensando que ya nada podría sorprenderme, si realmente se trataba de ella. Pero la historia de Dinorah Manssur estaba aún lejos de agotar sus inagotables reservas de sorpresa.

Mientras encendía un cigarrillo al relente y esperaba sin prisas a que se disolviera el zumbido de la música en mis oídos, contemplé la pequeña placita frente a l'Alhambra, abandonada y algo mustia a esas horas.

Tampoco es que fuera muy tarde, pero Ginebra se refugia tras los postigos como una señorita educada estrictamente. En una que otra ventana se observa una luz más bien tímida que ofrece fugaz la silueta doméstica de alguien que lee un libro o cruza de una habitación a otra. Escuché unos pasos y me volví. Era Alejandro, con la chaqueta al hombro y una punta de la corbata asomando del bolsillo como una lengua rosada.

—¿Mucho baile? —le sonreí.

—Mucho, realmente.

Se acercó hasta donde estaba y se apoyó en el pequeño muro de piedra donde yo me había recostado hacía ya casi media hora, incapaz de aguantar más el bullicio de aquel pub. Se quedó callado un momento, disfrutando de la noche tal vez, o simplemente sin saber por dónde empezar.

—¿De qué conoces a esa chica? —me preguntó con una sonrisa traviesa.

—Es muy largo —le dije y ofrecí un cigarrillo, olvidando que él no fumaba—. Si quieres te cuento, pero te aburrirías.

—A ver, intenta.

Y le conté. Mientras iba hablando de Dinorah, de mi primer encuentro con ella en Damasco, de nuestras otras dos citas, de su rigidez ideológica, asunto del que yo no fui del todo consciente al principio, de nuestra relación fallida y finiquitada en Nueva York, me iba dando cuenta de que todo este tiempo, estos dos años sin saber de ella, Dinorah había seguido revoloteando en mi cabeza, sin dejarme en paz ni un solo minuto, ni siquiera cuando creía que ya no pensaba en ella, y que su amor me había alcanzado con la velocidad y la contundencia de una flecha, una flecha que llevaba alojada en mí todo este tiempo, y que no me moriría si no la volvía a ver, por supuesto, eso no. Pero necesitaba otra oportunidad de estar con ella, de hablarle, de explicarme y escucharla. Contra todo raciocinio, necesitaba saber que podíamos intentarlo nuevamente. Me sorprendió pues escucharme, saberme tan víctima de una emboscada, tan indefenso frente a mi propia obstinación, tan implacable conmigo mismo como para meterme hasta la cintura en aquel cenagal en el que seguía avanzando pese a que todo indicaba que no debía hacerlo, que más bien debía escapar de allí. Alejandro me escuchó en silencio, muy atento.

—Bueno, no sé si te sirva de algo que te comente esto —dijo al fin poniéndose la chaqueta sobre los hombros—. Porque me parece que tú ya has tomado tu decisión y no quisiera malquistarme contigo.

Nada de eso, le dije. Yo había preguntado, ¿verdad? Quería averiguar si él sabía algo de ella y, a juzgar por sus palabras, sabía bastante. En realidad no es que supiera mucho, dijo haciendo un gesto dubitativo, pero le había llegado información de aquí y de allá. También a nivel consular, agregó. Que se explicara, por favor, dije sintiéndome súbitamente tenso.

—Ella está aquí, en Ginebra, pero creo que ha entrado con otro pasaporte...

¿Cómo era que lo sabía Alejandro? Muy fácil: la policía española había enviado un informe a su homóloga suiza y ellos al consulado peruano. En eso había quedado todo, en un mero formalismo, pues no tenían ningún cargo en su contra. Pero ya debía imaginar cómo era todo ese asunto, ¿verdad?: había sido sospechosa de pertenecer a una célula terrorista islámica y pese a que nada se le había encontrado, no le perdían la pista, más aún porque en los últimos meses se había movido bastante por Europa. Alejandro se encontró hacía menos de un mes con unas fotocopias que le había pasado su jefe sobre peruanos que podían dar problemas: gente con antecedentes policiales, inmigrantes sin papeles que habían cruzado la frontera ilegalmente y asuntos así. En Suiza eran terriblemente quisquillosos con eso, pues ni siquiera formaban parte aún del territorio Schengen, que permite transitar libremente por los países que pertenecen a él sin necesidad de mostrar pasaporte en las fronteras. Por lo general no ocurría absolutamente nada y ese intercambio de información entre policía y cuerpo consular era casi de mero trámite. Pero cuando llegó a sus manos uno de esos dosieres, Alejandro se quedó de piedra. Allí estaba. Aún con el rostro borroneado por la fotocopia de una fotocopia, era el rostro de Dinorah Manssur, sin duda. «¿Dinorah Manssur?», pregunté temblando. Sí, no era Tina, como yo le había dicho, sino Dinorah, peruana de origen sirio que él había conocido escasamente un par de semanas antes de que su jefe le entregara aquellos informes —fotocopias de pasaportes, fax, documentos de la policía suiza, la burocracia habitual— en donde venía impreso el rostro de esa chica que le habían presentado en casa de una amiga peruana. Aunque a él también se le presentó como Tina. Tina Manzoni, creo que me dijo.

—Rodrigo también la conoce —Alejandro señaló con el pulgar hacia el interior de l'Alhambra—. Él también te puede contar.

Me quedé callado, impaciente. ¿Contar qué? Pues que aquella Tina Manzoni había llegado a Ginebra desde Roma para quedarse en casa de una amiga, Milagros Rendón, que vivía aquí desde hacía algunos años. Milagros estaba divorciada de un rubicundo y gigantón suizo que conoció cuando ella hacía un postgrado en la universidad, y así es como terminó quedándose. Se ganaba la vida importando artesanía, era madre de un niño pequeño y últimamente las cosas no le iban bien, por lo que dejó su casa en Cologny para mudarse a Petit Saconnex, un barrio de inmigrantes, con mezquita y todo. Buena gente la flaca, pero un poco locumbeta. Era de una izquierda muy aguerrida, muy de los años ochenta, dijo Alejandro y me miró fugazmente. Y como el suizo era uno de esos europeos enamorados de lo vernacular y lo andino, pues se enrollaron. El asunto duró unos años y después cada uno se fue por su lado. Curiosamente Henry, el suizo, terminó yéndose a vivir al Cusco y Milagros se había quedado en Ginebra. Cosas que pasan. No obstante, según tenía entendido Alejandro, Milagros y su ex se llevaban muy bien, se mandaban mails, chateaban, como dos buenos patas. «¿Y Tina?», pregunté sin poder disimular mi impaciencia por saber de ella. A eso precisamente iba Alejandro. Tina había llegado, según sus propias palabras, hacía unos meses. Rodrigo y él la conocieron en una parrillada que ofreció Milagros en su casa, una parrillada pro fondos para un pueblito de la serranía peruana, Sincos. Había mucha gente en aquella reunión y en un momento dado Milagros se acercó a ellos para presentarles a su amiga. Conversaron un poco mientras bebían vino, algo alejados de la parrilla. Resultaba que había estudiado en San Marcos con Milagros, sus padres eran de origen italiano, dijo, y ella estaba de paso en Ginebra antes de regresar a Lima: había estado viviendo todos estos años en Roma y quería volver para ayudar al país, a su gente. De allí lo de la parrillada pro fondos para Sincos, que Alejandro confesó no saber dónde quedaba. Yo le fui de poca ayuda, la verdad. ✇

—Ya te digo qué tipo de onda era y que tú seguro conoces: sanmarquina de corazón, con mucha entrega social, mucha izquierda pura y dura y todo eso.

Encendí un cigarrillo. Tenía la lengua abrasada y seca. Estaba aturdido por todo lo que me contaba Alejandro. ¿Cómo que de origen italiano?, ¿cómo que vivía en Roma? Aquello no era cierto, no podía serlo, se trataba entonces de otra persona, no era la misma, Tina no era Dinorah Manssur, me reí como un tonto. Alejandro me puso una mano en el hombro, que lo dejara terminar de contarme y luego yo sacaba mis cuentas, ¿ok? Asentí.

Aquella chica parecía mucho más joven de lo que en realidad era, con aquellos *blue jeans* desteñidos, su chompita de motivos incaicos y sus cabellos recogidos en una cola de caballo. En todo caso se conservaba mucho mejor que Milagros, pues si habían estudiado juntas seguro serían de edades similares, y Milagritos ya tenía sus treinta y largos. Alejandro intentó practicar su italiano con ella, que había vivido tantos años en Roma, pero Tina se negó un poco ofuscada, uf, *caro,* dijo, para una vez que estoy entre peruanos..., y Rodrigo y él se rieron, era cierto. Luego continuaron hablando de otros temas, muchos relacionados con el Perú, con el gobierno de Alan García, con los recuerdos y las nostalgias de todos ellos, peruanos varados desde hacía tantos años en la fría y formal Europa.

—Sin embargo —recordó Alejandro—, la amiga de Milagros se mostraba un poco reacia para hablar de sí misma, de su vida.

Al principio no lo notó, pero después, cuando ya al anochecer emprendieron el regreso a casa, tanto él como Rodrigo convinieron en que era cierto: Tina Manzoni apenas si habló de sus padres, de sus estudios o de lo que hacía en Roma, si estaba casada o soltera, cuánto tiempo pensaba quedarse en Ginebra, si tenía familia en el Perú, adonde iba a regresar al parecer definitivamente. No es que evitara de manera directa entrar en esos temas, pero luego de varias copas de vino e incluso de algunos *shoots* de pisco, conduciendo de regreso, Alejandro fue asaltado por la clara sensación de haber estado hablando con un fantasma, con alguien que pese a mirarlo directo a los ojos —tenía unos ojos verdes impresionantes, hermano— no parecía más que ofrecer su perfil más esquivo, dejando un rastro confuso e insalubre de inexactitudes y medias verdades. Porque Alejandro no se tragó lo del italiano: aquella excusa era tonta. Y cuando le preguntó algunas cosas sobre Roma, que él conocía requetebién, Tina se escabulló, y se puso a hablar del proyecto que tenían en aquel pueblecito de la sierra, donde estaba el ex compañero —así dijo, «compañero»— de Milagros. Iban a trabajar juntos. Y de esa forma, cada vez que la charla se deslizaba a un terreno más o menos casero, ella daba un salto hacia atrás, cambiaba de dirección, fruncía el ceño, pedía otro poco de vino, hasta que Milagros se la llevó para que conociera a una gente que le quería presentar. «Chau, chau», dijo ella abriendo y cerrando la diestra. Luego enfundó ambas manos en los bolsillos traseros de los jeans y se marchó detrás de Milagros. «Un poco rara esa hembrita», le dijo Rodrigo ya en el auto.

Como si hubiera sido convocado al pronunciar su nombre, Rodrigo apareció en la puerta del bar, sonriente y sudoroso. ¿Dónde michi nos habíamos metido? ¡El baile estaba bien bacán! Las profesoras querían seguir bailando y si no entrábamos ahí con ellas nos las levantaban en un dos por tres, hermano. Le di un cachete amistoso, ya íbamos, un momentito.

—Estábamos hablando de Tina, la amiga de Milagros —dijo Neyra—. ¿Te acuerdas?

Rodrigo se quedó un momento estático, como si de pronto se le hubiera acabado la cuerda que traía.

—¡Esa loca! —dijo al fin, riéndose, como si hubiese descifrado un divertido acertijo—. Seguro andará ya en Perú, ¿no?

Esa loca, Tina Manzoni, Dinorah Manssur, esa extraña, esa peruana italiana, esa chica de San Marcos, esa ex novia de Cremades, esa siria acusada de pertenecer a una organización terrorista... quién era realmente, por Dios. ¿Dónde estaba mi Dinorah Manssur, la que yo conocí en Damasco, amé en Estambul y perdí finalmente en Nueva York?

Ya era tarde cuando regresamos a casa. Las profesoras mexicanas habían baileoteado hasta que les dolieron los pies, y no había asomo de arrepentimiento en su regreso a la una de la mañana, ellas que —ni modo— debían madrugar para ir a dar clases. Estaban felices por aquella excursión a los extramuros de la formalidad en la que vivían y nos despedimos con besos y con la promesa de volver a quedar. Bueno, realmente se lo dijeron con coquetería a Neyra, que luego de contarme todo aquello volvió a la pista de baile y demostró sus habilidades como un campeón mientras yo bebía un whisky y charlaba con Rodrigo a gritos. En el trayecto de regreso apenas si hablamos —Alejandro también madrugaba— pero al llegar a casa sirvió dos vasos de whisky, añadió al suyo un chorrito de agua y me dijo que me sentara, que aún tenía algunas cosas que contarme y que seguro me interesarían.

Él había hecho también sus averiguaciones, hermano, empezó mientras paladeaba su copa. Pasaron unas semanas en que después de la parrillada en casa de Milagros Rendón se había olvidado un poco de aquella chica, la rutina de su trabajo lo absorbía ferozmente y además él apenas frecuentaba a los peruanos de Ginebra, no por nada, sino que por su trabajo andaba siempre de viaje o de reunión en reunión diplomática, de tal suerte que esas incursiones a la peruanidad ginebrina eran más bien ocasionales y casi siempre festivas. Pero cuando pocas semanas después de conocer a la mujer que se había presentado como Tina Mazoni su jefe le entregó aquel dosier —algo más abultado que otros— y allí encontró el verdadero nombre de la amiga de Milagros, por un momento no supo qué hacer ni qué pensar. Pero al fin y al cabo no tenía que hacer ni esto, ¿verdad? Y sin embargo toda la tarde se quedó con la matraquilla zumbándole en el oído. Claro que no había nada contra ella, pero algo en los ojos de aquella chica le decía que había más, mucho más que aquella inocente y desprolija mentira con la que se presentó en casa de Milagros: Tina Manzoni, bah. Por ello es que hizo algunas llamadas a Lima, también a unos colegas suyos en Berlín, Roma y París donde, según el dosier, Dinorah Manssur había pasado breves estancias. Con la información que recopiló aquí y allá, Neyra fue armando pacientemente la imagen tridimensional de aquella chica a quien ya no había visto más y que sin embargo lo miraba adusta desde una fotografía fotocopiada muchas veces. Así se enteró de que había llegado de Damasco a Barcelona gracias a una beca de estudios sociológicos en la Pompeu Fabra, aunque entró a España con pasaporte peruano.

Alejandro levantó su vaso, lo miró un rato como intentando atisbar algo allí al fondo y continuó contándome sin que yo comentara nada de aquella pulcra descripción que al parecer se desprendía de los informes que había tenido ocasión de ver. Mi cabeza era una olla hirviente de confusiones, datos equívocos, asombro, decepción y miedo. Cada vez era más difícil para mí creer que entre la Dinorah que yo había conocido, amé —y creía seguir amando— hubiese alguna conexión con esta mujer radical, ahíta de odio y consignas atroces que me iba dibujando, implacable, Alejandro. Este pareció adivinar lo que yo pensaba porque me miró sonriente, me dio una palmada en la pierna y me aseguró que sus averiguaciones habían sido no solo exhaustivas sino que estaban bastante contrastadas. Y es que todo aquel asunto tan reciente había picado algo más que la curiosidad de Neyra mezclando un poco de su celo profesional —después de todo, se trataba de una ciudadana peruana en suelo suizo, ¿no?— con otro poco de un interés personal, cautivado quizá por el enigma que se cernía sobre aquella chica de ojos verdes que conoció en casa de Milagros Rendón y que se había presentado con un nombre falso. Diciendo esto se incorporó pausadamente y caminó hacia la ventana de su ático que se abría a un trozo de cielo negro. Ginebra es una ciudad pequeña y uno termina conociendo a gente de aquí y allá, para Alejandro no fue difícil hacerse con el informe más detallado sobre Dinorah que la policía española había entregado a la policía suiza en su momento.

—Si quieres, te puedo dejar ver esos informes...

Me volví hacia él: claro que no dudaba de su palabra, solo que todo me resultaba más que inverosímil, tristísimo. Y es que, como continuó contando Alejandro, aquellos papeles eran pulcros y bastante exhaustivos como para —con un poco de imaginación— recomponer en una implacable infografía el paso de la ciudadana sirio-peruana Dinorah Manssur por Barcelona. Y es que al parecer desde el principio algo no cuadró mucho en Inmigración: el que ella hubiera llegado con pasaporte peruano desde Siria donde además residía desde hacía muchos años. Y aunque tuviera pasaporte sirio. A alguien un poco retorcido (o diligente) se le ocurrió, como quien rasca con una uña sobre la superficie de un papel de copia, investigar un poco. Y así supieron que la señorita Manssur tenía un registro en la policía peruana que se explayaba sobre su pasada militancia en un partido del espectro más radical de la izquierda adicta a Sendero Luminoso. Nada más, pero tampoco nada menos. Y la tuvieron en la mira. Al llegar a Barcelona se instaló en un piso compartido con otras dos chicas árabes. En el barrio del Raval. Al escuchar aquel nombre no pude menos que dar un respingo. ¿Yo lo conocía?, preguntó mi amigo sirviéndome un chorro más de whisky. Sí, claro: El Raval, conocido antiguamente como el barrio Chino, era ahora llamado también *little* Islamabad, Ravalskistán, o Ravat, que Alejandro se figurara...

—¡Ah, caracho! —dijo Neyra—. Un barrio árabe. Aquí también hay algunos.

En fin, Dinorah Manssur se matriculó en los plazos previstos en sus cursos, hizo todos los trámites de extranjería y empadronamiento e incluso sacó carnet de la biblioteca pública de su barrio, mas no se inscribió en el consulado peruano, como ocurre con muchos compatriotas, temerosos de que aquello les pueda suponer un problema más que una ventaja. En El Raval estuvo poco tiempo, sin embargo. Pronto se mudó a un piso en El Born. ¿Yo conocía El Born? Bueno pues, además de asistir a sus clases —hasta sus récords de notas había obtenido la policía española—, Dinorah Manssur empezó a asistir a una cantidad inusual de actividades relacionadas con la cultura árabe: conferencias de historia, exposiciones artísticas, mesas redondas sobre cultura y religión. A este tipo de actividades acude todo tipo de gente, claro está: desde estudiantes, profesores universitarios y gente interesada genuinamente en la cultura árabe hasta pacíficos inmigrantes, nostálgicos de su terruño, que van a escuchar a un paisano hablar en su lengua para rememorar paisajes y sabores lejanos. Pero también merodean por ahí radicales del Corán y el fundamentalismo que ven en estos inofensivos eventos el caldo propicio para captar adeptos, gente de encendida religiosidad y magra formación, jóvenes desorientados y rencorosos con una sociedad que no los acaba de aceptar, por ejemplo, y que crecen alimentando una hoguera que en cualquier momento puede entrar en combustión. Muy pronto, a las mesas redondas y a las conferencias de literatura agregó manifestaciones políticas, marchas y firmas de manifiestos. Pese a ello, jamás se supo que visitara mezquita alguna ni mucho menos que vistiera a la usanza musulmana —más bien vestía como una occidental, su tipo la hacía soluble en la sociedad barcelonesa—. Para ser una mujer árabe y tan intensamente preocupada de participar en actividades relacionadas con el activismo ideológico era extraña, una *rara avis* llegada de Damasco: no solo vestía como occidental sino que fumaba, bebía y acudía a bares, cines y playas y en fin, que hacía la vida diurna y nocturna de cualquier estudiante residente en Barcelona. No es que otras árabes no lo hicieran, pero estas casi siempre se mantenían alejadas de todo lo que tuviera que ver con el entorno del activismo islámico, donde las mujeres parecen enclaustradas en una pesadilla medieval.

Manssur por el contrario era dicotómica, imprevisible, contradictoria, escasamente reseñable a través de un patrón. Como si en realidad fueran dos. Alejandro se llevó un par de dedos al puente de la nariz, como recordando algún otro dato: incluso tuvo una relación con un catalán, pero por desgracia no sabía nada de él. Al no haberse formulado ningún cargo contra ella, los datos de aquel hombre no venían en el informe, seguro para preservar su intimidad. Me vino de inmediato el rostro blando, los ojos de miope: tenía que ser él.

Era como si Dinorah Manssur llevara una doble vida: por un lado la relación sentimental con aquel hombre y algunos amigos europeos y sudamericanos de la universidad, y por otro con gente a quien la policía tenía bajo sospecha de pertenecer a células de las llamadas durmientes. Y aquello sí que alertó a la policía porque la ciudadana de pasaporte peruano y origen sirio, Dinorah Manssur, se portaba como más teme la policía de todo el mundo que alguien se porte: muy, muy cerca de los entornos peligrosos pero sin llegar a tener ningún vínculo directo con ellos. Un pacífico y anodino ciudadano transitando en un campo minado. Eso la hacía principal sospechosa. ¿De qué? Ahí estaba el asunto, maestro: de qué.

—Bueno, ¡ya! —dijo Neyra como exasperado de su propia minuciosidad—. El caso es que no le encontraron nada, pero aprovecharon una redada contra una manifestación a las puertas del consulado israelí para apresarla. Fueron a por ella, claro. Y lo que tendría que haber sido una simple detención terminó convirtiéndose en una expulsión en toda forma. Una pesadilla.

Sentí que la sangre me hervía en las venas: Dinorah acusada sin pruebas, simplemente porque era siria, y porque toda la vida había sido eso que se dice con un

poco de irresponsable crueldad de quienes se ponen en la
línea de fuego de los más débiles: defensora de causas per-
didas. Creo que por primera vez abandoné mi resistencia
a creer que la Dinorah que yo había conocido tenía que
ver con esta otra que el azar me fue poniendo frente a los
ojos en los últimos meses desde mi aciago —no podía ya
calificarlo de otro modo— encuentro con Cremades. Y entonces comprendí, más allá de mi empecinamiento por
pensar lo contrario, que sí, claro que se trataba de la misma, esa mujer de repentinos arrebatos que descomponían
su rostro cada vez que hablaba de la pobreza del Perú, la
que defendía con uñas y dientes a su pueblo árabe de los
ataques arteros de Occidente por culpa de un puñado de
fanáticos. ¿Cuál había sido el delito de Dinorah en Barcelona? ¿Pedir una beca y asistir a cuantas actividades relacionadas con su cultura se ofrecieran, o a manifestarse
contra el consulado israelí en una Barcelona llena de pro-
gres y nacionalistas que detestan por igual a los Estados
Unidos que a los judíos? Ni siquiera era una creyente de
velo y mirada huidiza, una devota de la oración y el Corán, la propia policía española así lo había confirmado.
Me tomé el whisky de un largo y ardiente sorbo. Esta vez
era Alejandro el que escuchaba en silencio mis especulaciones. ¿Cuál pues había sido su crimen? ¿Terrorista? Me
vino a la cabeza lo que me contaran Gorostiza y Ana en
Tenerife, las palabras de Reissig escasamente la semana
pasada, en Madrid: me imaginé a Albert Cremades, con
seguridad ese ciudadano catalán cuyo nombre no venía en
los informes policiales, dejándola abandonada a su suerte,
a la violencia de la policía, incapaz de encontrar nada de
qué acusarla pero atormentándola sin que tuviera a nadie para defenderla, a ella, precisamente, hasta obligarla
a abandonar su beca, a huir como una apestada por la

Europa biempensante que sin embargo podía confundir a un ciudadano que ejerce su derecho a manifestarse con un iluminado capaz de volarse en mil pedazos y arrastrar con él a medio centenar de inocentes. Expulsada de España: y por eso Cremades, arrepentido seguramente de su mezquindad y cobardía, se había lanzado a buscarla para suplicar su perdón y olvido. Por eso, también, al encontrarme con él en Venecia, el catalán llevaba en el corazón la última de sus esperanzas y, desesperado por la negativa de Dinorah para reconciliarse, había creado para su propio consumo esa superchería, esa historia de un amor delicioso, redentor, fresco e inesperado, donde ya resultaba imposible discernir qué parte era real y qué mentira. Sí, Cremades se había inventado aquella ficción —yo fui simplemente un testigo— como lo hace todo novelista: porque es la mejor manera de huir de uno mismo.

No le dije nada de esto a Neyra, naturalmente. Me limité a especular sobre la terrible situación vivida por Dinorah Manssur en Barcelona. ¿No era acaso algo aterradoramente común?, me oí preguntar más bien retóricamente sin que Alejandro dijera ni una palabra. Sí, seguramente eso mismo le había pasado a Dinorah en la Lima convulsionada por el terrorismo de Sendero Luminoso: acercarse más de la cuenta, conciliar, ayudar, protestar, ser la voz de los que no la tienen. Pero nadie le había probado nada. Tampoco yo, que le había dejado marchar por mis suspicacias respecto a sus creencias y fervores, que no eran más que eso.

Alejandro me miró un rato largo, algo incómodo.

—Yo no estaría tan seguro, Jorge —me dijo en un murmullo—. Mejor averígualo tú mismo.

Sí, era cierto, debería averiguarlo por mí mismo. Pero ¿por dónde empezar? Alejandro prometió indagar sobre su paradero. Dinorah dijo que viajaría al Perú, aunque fue en una charla distendida, Alejandro no sabía cuándo. Le preguntaría a Milagros Rendón. Seguro la flaca sabría. Pero lo único que tenía seguro, pensé irracionalmente, algo borracho ya, era que tenía que verla una vez más. Y me propuse, apenas llegara a Madrid, jugarme el todo por el todo para dar nuevamente con ella.

# París

«Escucha», me dijo Marta: «Pocas personas son capaces de escapar indemnes al sortilegio de París. No solo porque como ocurre con las ciudades iconográficas se parece sorprendentemente a sí misma, a la imagen que de ella tenemos, sino porque cualquiera de sus rincones está colmado de vida, de esa vida que sucede a partes iguales en la realidad y en los libros». Acababa de salir de la ducha y Marta me esperaba con aquel párrafo un poco atildado de no sé qué guía de viajes que estaba leyendo, tumbada en la cama. Llevaba apenas unas braguitas negras y un sujetador del mismo color, de encaje. La encontré muy sexy, más que otras veces con idéntica ropa interior. Quizá porque París enciende en uno esa chispa libertina, seductora y tremendamente concupiscente que se requiere para entregarse al amor. Desde aquella luminosa habitación en el Quai des Grands Agustins teníamos frente a nuestros ojos el discurrir lánguido y solemne del Sena, la techumbre de pizarra de los edificios parisinos y la Tour Eiffel a lo lejos, iluminada ya como un pirulí, como un anuncio grandilocuente de todas las promesas que nos ofrece la ciudad. Habíamos llegado temprano por la mañana y luego de dejar las maletas en el hotel salimos a dar una vuelta por Saint-Germain-des-Prés para sentarnos a una terraza y disfrutar despacio de un café, dedicados a ese deporte tan parisino que es el voyeurismo y que a Marta le encantaba. De hecho, una de las primeras cosas que me divirtieron de ella cuando la conocí fue que siempre procurara que nos sentáramos no a la manera habitual en España —y en casi todo el mundo, en realidad— frente a frente, sino los dos en la misma línea, con ese punto de descaro que se requiere para contemplar en pareja a la gente que pasa, cruzando comentarios o silencios significativos, entregados a la remolona lectura del periódico como una tonta excusa para el fisgoneo. Así pues, París nos pareció el destino natural cuando por fin decidimos hacer un primer viaje juntos. Yo aprovechaba una invitación de la Universidad de París X Nanterre para dar una charla y Marta no se lo pensó mucho cuando le propuse que me acompañara. Por la tarde fuimos a comer a un restaurancito en Le Marais, el Page 35, muy cerca de la place des Vosges, en cuyo edificio había vivido Théophile Gauthier (a Marta esos datos le arrebolaban de emoción las mejillas) y al que yo solía acudir con el escritor Carlos Herrera cada vez que pasaba por París. Y después paseamos un rato camino al hotel, donde hicimos una buena siesta antes de prepararnos para la cena que teníamos en casa de Quentin Larreau, mi editor en Francia.

Había conocido a Marta unos meses antes, en la Biblioteca Nacional. Después de regresar de Ginebra y luego de unas semanas tenebrosas que preferiría olvidar para siempre, me obligué a volver a mi rutina de escribir por las mañanas y avanzar en mi novela tanto tiempo relegada por culpa de Dinorah y aquella historia descabellada con el inubicuo Cremades que, según me contaron, al parecer se había instalado definitivamente en Venecia, donde seguía enrocado en su trivial empeño de no conceder ni una entrevista. Lo importante es que estaba dispuesto a arrancarme a Dinorah de la piel a toda costa y a ello me apliqué con ahínco, como quien sigue la severa prescripción de un médico, pero estoy seguro de que la repentina aparición de Marta en mi vida me ayudó a conseguirlo.

Y es que desde que hablara con Jorge Gorostiza en Tenerife y luego con Alejandro Neyra en Ginebra —hacía ya casi un año de ello— mi vida se había sumido en un caos, en un desbarajuste que no me dejaba ni escribir ni pensar en otra cosa que en Dinorah y esa doble existencia que me resultaba pavorosa e inverosímil, pero que no obstante parecía empeñarse en ser real. ¿Cómo era posible?, me reconvenía una y otra vez, como si a fuerza de formular aquella pregunta de pespuntes retóricos la realidad pudiese reorganizarse mejor. Alucinado y exhausto, nada más regresar a Madrid confeccioné una lista de gente que podría ayudarme a dar con ella. Santiago Roncagliolo, instalado ya en Barcelona, prometió indagar en su círculo de amigos catalanes y sudamericanos si alguien la había conocido o tenía noticias de aquella chica peruana o siria o quizá italiana. No, él tampoco sabía nada del paradero de Albert Cremades, y seguía con curiosidad —creo que como todos en ese tiempo de locos— los cruces de información, desmentidos y especulaciones acerca del paradero del catalán. Fernando Iwasaki, desde Sevilla, iba a hacer todo lo posible por averiguar si alguien de la Universidad Católica de Lima donde él enseñó muchos años atrás conocía a Dinorah... o a Tina. Pero al cabo de un mes sus esfuerzos habían sido baldíos. «Nadie sabe nada de esa germa, ingeniero. Habrá que indagar entre los sanmarquinos», me telefoneó una tarde. Y así estuve varias semanas, enfangado en un charco de imprecisiones y espera, de llamadas a Lima, a Nueva

York y a cuantas ciudades se me ocurrían en que podría encontrar a alguien que la hubiera conocido. Después de que Neyra me dejara con la duda acerca de la vinculación de Dinorah con el terrorismo peruano, no había podido hacer otra cosa que intentar, por todos los medios, averiguar su paradero. Porque de Ginebra se había esfumado sin dejar rastro, según me dijo Alejandro a los dos días de mi regreso a Madrid. Milagros Rendón le explicó que una noche su amiga le anunció que partía a la mañana siguiente para París. Así, sin más: punto pelota. En un primer momento pensé en viajar allí y buscarla, pero me detuvo un resto de cordura pues París es diez veces Ginebra y buscar a una sudamericana en aquella ciudad, sin tener por dónde empezar, era una empresa poco menos que demencial e inútil.

En Nueva York, Víctor Perales estaba *missing*, según me informaron Alex y Nieves que habían preguntado en centros culturales, librerías y hasta bares donde fuera posible saber algo de él. Nada, se lo había tragado la tierra. («Con su correspondiente indigestión posterior», pensé yo.) También, claro, había preguntado en Lima y aunque esta es una ciudad de cerca de siete millones de almas, para ciertas cosas parece apenas de medio millón, como me hizo ver muy cuerdamente Iván Thays, seguramente al escuchar mi efervescencia al otro lado de la línea. Él también quedó en husmear *por ahí* si alguien sabía de Dinorah Manssur. Otro buen amigo escritor, Richar Primo, se ofreció a preguntar y avisar algo en cuanto supiera. Y así pasé un par de meses, sacudido intermitentemente por la necesidad inmediata y casi dolorosa de saber de ella, y la lucidez que traía consigo la resignación de pensar que nuestra historia había llegado al final de la ruta. Por otro lado, el mundo universitario limeño de los años noventa, y más aún el mundo rabioso de las consignas contra el gobierno, las pancartas de reivindicación ideológica, la bohemia canalla y descastada que frecuentaba la calle Quilca y sus bares decrépitos no había sido nunca tan extenso como para que alguien con el perfil de Dinorah pasara desapercibido. Pero nadie terminaba de darme una pista, la punta de la madeja gracias a la cual, pensaba yo, podría adentrarme en aquel laberinto. 

Al cabo de un par de meses de inútiles y agotadoras pesquisas seguía en el punto de partida, como cuando regresé de Ginebra, solo que más confuso y lleno de aprensión. Iba a dar mis clases de escritura creativa sin ningún entusiasmo, y solo porque el Centro de Novelistas quedaba a cinco minutos de casa, a donde volvía de inmediato, a sumergirme en las páginas de un libro cuya lectura me resultaba, al cabo de un tiempo, ininteligible y áspera, al igual que la historia tantas veces relegada sobre el dictador Velasco, y que se había convertido en una excavación abandonada en el fondo de una mina ya estéril. Por mi ventana, el incendio lleno de luces del atardecer madrileño me traía constantes y dolorosos recuerdos de Damasco. No contestaba el teléfono y rehuía a los amigos que pronto desistieron de llamarme. De vez en cuando, como una melodía lejana, ascendía hasta mí el recuerdo de Isa y entonces una escaramuza de abatimiento me dejaba aún más hundido en ese agujero sucio donde empezaba lentamente a sumergirme. Sin fuerzas y sin ánimos, una mañana en que desayunaba en el café del Nuncio —a donde antes iba a escribir y ahora solo a tomar inagotables tazas de café o vodka tonics por la tarde— me vi casualmente en el espejo del salón. Tardé un poco en reconocerme en aquel cuarentón de ojos turbios y desconfiados, sin afeitar y con un polo descolorido que me observaba con idéntica perplejidad. Entonces comprendí que esa lenta enajenación había llegado demasiado lejos y que mis sentimientos por Dinorah hacía tiempo que no solo habían dejado de crecer dentro de mí: se pudrían sin que yo hiciera nada para remediarlo. Ya no era amor, recuerdo que pensé con un escalofrío, sino una enfermedad crónica, una dolencia que había descuidado y se extendía por mi cuerpo como una rápida y venenosa metástasis.

Me obligué entonces a ir a la Biblioteca Nacional como hacía antes, y aunque los primeros días estaban llenos de zozobra y ofuscación, pues era incapaz de concentrarme, poco a poco el músculo que se requiere para escribir fue ganando tono. Empecé también a no pensar en ella. Una noche quedé para cenar con Javier Reverte que siempre se portó como un amigo leal y afectuoso, otra para ir a una fiesta que ofrecía Nacho del Valle en su recién inaugurado loft cerca del Retiro, cierta tarde quedé con Vanessa Montfort para tomarnos un dry martini y reírnos un rato y otra más simplemente para conversar de lo divino y lo humano con los *Bandinis:* Ernesto Pérez Zúñiga, Juan Carlos Méndez Guédez y *El Chamo* Chirinos, tres de los pocos amigos escritores con quienes hablo siempre con gusto de libros y películas. Y un día, en la biblioteca, me tropecé con Marta.

«Yo te salvé», solía decir ella con guasa pero también con la certeza de quien sabe que detrás de esa sonrisa y esa frase hay algo rotundo y cierto: «Yo te salvé». Marta no es usuaria habitual de la biblioteca, como me confesó frente a una primera taza de café. Ella es interiorista y andaba documentándose sobre unos edificios renacentistas zaragozanos que había «descubierto» por ese entonces, por lo que ocupaba algunas mañanas en ir a la

Biblioteca Nacional para consultar catálogos. Sí, aquella mujer rubia y de gafas de pasta azul se estaba haciendo un lío a la hora de rellenar un ficha para pedir un libro, iba y volvía, fruncía el ceño o se mordía una uña. De pronto se dirigió hacia mí, que la observaba unos metros más allá y con un tono casi desafiante me dijo si sabía cómo demonios se rellenaba aquel papelucho, que si el rosa, el blanco o el azul... Le indiqué cómo hacerlo y volví a mis asuntos. Al cabo de un momento pasó casi de puntillas buscando su pupitre: en la Biblioteca Nacional los pupitres están dispuestos y numerados de tal manera que resulten fáciles de encontrar, pero por alguna razón que nunca acabo de entender mucha gente se vuelve loca buscando el que le han asignado. La rubia de gafas de pasta azul era una de ellas, así que después de verla dar vueltas y más vueltas, con dos libros gordos en los brazos, me acerqué. «¿Me vas a salvar nuevamente?», preguntó con un puntito de cinismo para disimular que le alegraba mi ayuda. Miramos aquí y allá, hasta que por fin le indiqué el pupitre, casi al frente mismo del mío y allí se sentó, muy aplicada. De vez en cuando levantábamos la vista de nuestros respectivos quehaceres, sorprendíamos la mirada espía del otro y sonreíamos. Al cabo sin embargo me concentré en lo que estaba escribiendo y cuando finalmente me decidí a invitarla a un café ya se había ido. Al día siguiente no apareció y pensé distraídamente que era una lástima porque era guapa y parecía simpática, del tipo de mujeres que no se hacen mayores problemas para aceptar un café y un poco de charla. El viernes, cuando ya me había olvidado de la rubita de gafas de pasta azul la volví a ver, esta vez batallando en la máquina expendedora que hay cerca a la sala de lectura. «Si te hubieras esperado a que te invitara a un café te habrías ahorrado ese

horrible brebaje que vas a tomar», le dije señalando su vasito descartable. «¿No me digas que aquí hay cafetería?»,
retrucó abriendo unos bellos ojos alarmados. «Ya te digo,
ya.» Se quedó un momento en silencio y luego dejó caer
intacto el vasito en el cubo de la basura. «¿Sigue en pie la
invitación?», me preguntó cuando yo alcanzaba el ascensor para bajar a desayunar.

Desde ese día empezamos a vernos con regulari-
dad en la biblioteca: nos saludábamos con un gesto fingi-
damente protocolar y buscábamos sentarnos a cierta distancia, celosos de nuestro espacio de trabajo y cuidado-
sos de no interferir en el espacio ajeno. A media mañana
uno se acercaba al otro y le proponía en susurros un café.
Entonces picoteábamos de una charla ligera pero entre-
tenida hasta que alguien miraba el reloj, decía «bueno»,
y partíamos nuevamente hacia nuestros respectivos pupitres. Aunque en la cafetería reía con naturalidad y des-
parpajo, en el ascensor, cuando estábamos muy juntos,
Marta evitaba con cierto embarazo mirarme a los ojos,
como si ese espacio compartido fuera un indecoroso plus
de intimidad otorgado al desconocido que era yo. Y yo
cada vez más disfrutaba en esos momentos de repentina cercanía física, mirando sus labios siempre húmedos,
percibiendo su olor tenue y elegante cuando se abría la
puerta y pasaba delante de mí. Alguna vez compartimos
un menú rápido en la cafetería y de esa manera fue cre-
ciendo una especie de tibia relación en la que ambos —al
menos yo— nos sentíamos bastante cómodos: Marta era
un pelín temperamental y obcecada, pero también divertida e ingeniosa, propensa a cierta melancolía y algo des-
pistada. Charlábamos algunas veces de novelas que habíamos leído o estábamos leyendo, del hartazgo que nos
producían las constantes obras de Madrid, de arquitectu-

ra, pero siempre de sus sobrinas (que la hacían reír mucho y por contagio a mí), de sus veraneos en Mazariegos, el pueblo palentino de sus padres, de mi infancia limeña, de viejas canciones de Matia Bazar, Sergio y Estíbaliz... cosas así, y también de palabrotas peruanas y españolas, cuyas diferencias le divertían horrores. De tal guisa estuvimos casi un mes hasta que un jueves se acercó a mi pupitre a mediodía y me dijo que se iba, que ya había terminado sus investigaciones. Había cierto retintín en su voz cuando dijo esto último. Me quedé un momento perplejo, sin saber qué decirle porque nunca me había planteado algo tan obvio, que en algún momento ella dejaría de acudir a la biblioteca. Antes de que alcanzara a replicar algo me dejó un post-it con su número, me dio una palmadita más bien deportiva en el hombro y ocultándose tras un mechón rubio que cubrió sus hermosos ojos me dijo que a ver si uno de esos días cambiábamos el café por un vino y la biblioteca por algún bar resultón. Y me regaló una sonrisa preciosa. La llamé casi una semana después. Cuando contestó y le dije mi nombre, por un terrible momento pensé que no se acordaría, pues hubo allí un instante de vacilación. «¡Vaya! Pensé que ya no ibas a llamar», dijo con una sinceridad que me alegró. Quedamos para la noche siguiente en un bar en la esquina de Barquillo y Piamonte, El Clandestino, bastante cerca de la biblioteca, un bar algo oscuro, que hace honor al nombre. Le pregunté por qué ahí, si tenía algún significado, se encogió de hombros, me dio un par de besos en las mejillas y pidió un gin tonic. Y así, poco a poco, nos fuimos acostumbrando a vernos, a citarnos sin mayor propósito que reírnos un rato y charlar de cualquier cosa, de libros, de música, de viajes, de nuestras rutinas. Marta era casada, pero después de ocho años su matrimonio había encallado sin aspavientos en un banco de tedio. No entendía por qué, me confió una noche en un bar de la calle Pelayo, tanto ella como su marido sabían que su matrimonio no les conducía a ninguna parte pero ninguno de los dos era capaz de hacer nada por solucionarlo o por darle la lógica salida: el divorcio. Otro día fui yo quien le conté mi asunto con Dinorah y ella pareció realmente interesada en aquella historia. Esa vez nos quedamos charlando hasta que nos echaron del bar y hubo un momento de vacilación en que estuve a punto de proponerle ir a mi casa, pero algo me retuvo y la acompañé a coger un taxi. En el trayecto hacia la cercana Gran Vía la cogí suavemente por la cintura y ella no puso ninguna objeción. Dos noches después quedamos para cenar en el Landó, que queda allí en Las Vistillas, y luego le invité a un café en casa, que ella aceptó con naturalidad, aunque escondida tras el mechón rubio que usaba de vez en cuando como parapeto... Nada más entrar la volví despacio hacia mí cogiéndola por los hombros desnudos y la besé. Tenía los labios muy húmedos y tibios, igual que la puntita de la lengua que me ofreció fugazmente. «¿No estamos yendo muy rápido?», se burló, siempre detrás del mechón: hacía un largo par de meses que nos veíamos y nunca nos habíamos besado.

Esa noche se quedó en casa y de madrugada la oí levantarse y buscar con sigilo en su bolso. Luego la escuché hablar muy bajito al teléfono y después vino para ovillarse en la cama, de espaldas a mí. Tardó mucho en dormirse. Nunca le pregunté nada acerca de su matrimonio ni a qué arreglo había llegado con su marido. Por eso, casi por curiosidad, le propuse que me acompañara a París cuando mi paisano Jesús Martínez me invitó a un ciclo de literatura en español en la Universidad de Nanterre. Estábamos en una cafetería de la Castellana, muy cerca de su estudio. Advertí claramente que cambiaba de ritmo al dejar la taza de té sobre el platillo, pero de inmediato se recompuso. Volvió su hermosa sonrisa hacia mí, cruzó los brazos en mi cuello y me dijo sí, claro que sí. Y yo, después de muchos meses solo, sentí que algo cambiaba en mi vida. O al menos eso es lo que pensé en ese momento. Y era lo que importaba, claro.

Quentin Larreau nos abrió la puerta él mismo, *bienvenus, mes amis,* nos dijo con cierta solemnidad que pareció en un primer instante intimidar a Marta, pero de inmediato me dio un gran abrazo y a ella le plantó dos besos absolutamente parisinos antes de tomarla por los hombros con seductora familiaridad para así poder contemplarla a sus anchas. Marta no es una belleza que quite el aliento, pero tiene ángel, sabe explotar sus puntos fuertes —sus ojos azules y grandes, su boca bien delineada y carnosa— y como es delgada sin llegar a ser flaca, cualquier trapo le queda bien. Esa noche llevaba además un vestido azul sencillo, ligeramente escotado, y unos zapatos de tacón, color habano. Estaba en verdad muy guapa y olía a Chanel, como Quentin anotó con aprobación, luego de olfatearla sin ningún escrúpulo. Luego nos hizo pasar a su salón donde ya había un buen grupo de gente que, bajo una nube de humo, charlaba y disfrutaba de las bebidas que un camarero iba haciendo circular. Sonaban a un volumen razonable unas piezas ligeras de jazz, algo de Cole Porter, creí identificar. «Necesito una copa», me susurró Marta abriendo mucho los ojos para disfrutar de los tapices y alfombras de aquella sala de sofás impecables y mullidos, dorados por las luces discretas de unas cuantas lámparas estratégicamente colocadas aquí y allá. En la pared del fondo una atiborrada librería color cereza rozaba los altos techos de aquel piso situado en un edificio del siglo XVIII, ya llegando al boulevard de Montparnasse. Quentin llamó al camarero para que nos ofreciera un par de copas de champán y luego, tomándonos del brazo, nos llevó hacia donde los demás invitados para hacer las presentaciones. Estaba allí Claude Murcia, mi traductora, a la que no veía hacía meses, dos escritores bastante jóvenes a quienes no conocía, una pareja de editores ingleses con los que Quentin mantenía una animada charla, Anne-Marie Villeneuve, que era la ayudante de mi editor y según me había informado Claude, una sagaz lectora sin cuya ayuda Quentin, decían, no movía un dedo. También nos presentaron a tres o cuatro personas más cuyos nombres no recuerdo: un agente literario, otros periodistas, creo. Pero entre los invitados estaba Enrique Vila-Matas —que venía a las mismas charlas de la universidad a las que yo estaba invitado— y Mercedes Monmany, quien se volvió hacia mí con un gesto de sincera sorpresa. «Hombre, Jorge, tanto tiempo», me dijo. Era cierto: no nos veíamos desde hacía casi medio año. Mercedes, Carlos Franz, Blanca Soto, Esther Bendahan, Álvaro de la Rica, Guillermo Corral y algunos otros amigos manteníamos una especie de disparatada tertulia que era en el fondo una magnífica excusa para vernos cada quince días y pasarlo bien. Yo no asistía a ella desde hacía muchos meses, pese a que había recibido innumerables mails y mensajes telefónicos fulminantes y conminatorios. Me sentí un poco confuso por no haber contestado a nadie y encontrarme de pronto a Mercedes en casa de Quentin Larreau. Pero Mercedes, además de buena amiga, es una persona muy elegante, de manera que no mencionó mi inexcusable desaparición de tanto tiempo. Se volvió hacia Marta y la saludó, como también lo hizo Enrique y así, en un momento, los cuatro estábamos bebiendo champán y conversando muy a gusto. Enrique Vila-Matas se interesó mucho cuando Marta le dijo que era interiorista pues él hacía tiempo que pensaba en una reforma de su estudio y no encontraba nada que le satisficiera. Mercedes y yo nos pusimos rápidamente al día de nuestras actividades. Yo le mentí muy por encima que estaba por fin terminando mi novela sobre el dictador peruano y ella me confió que había venido a París porque iba a hacer un reportaje acerca de los nuevos escritores franceses para el periódico donde colaboraba. Quentin era amigo suyo desde hacía años y le había ofrecido asesorarla. De hecho, los dos jóvenes escritores que momentos antes me presentara Quentin habían sido invitados precisamente para que Mercedes pudiera conocerlos y quizá pactar una entrevista, Quentin era un sol. Y eso que no se le pasaba aún la rabieta por no haber podido fichar a Albert Cremades.

—Hasta ahora sigue lamentándose —dijo Mercedes bebiendo un sorbito de champán.

Era natural, pensé yo bebiendo también mi copa y buscando al camarero para que me la cambiara por algo más fuerte, era natural que el nombre de Cremades surgiera en una conversación como la que tenía en ese momento con Mercedes, periodista cultural, rodeados además como estábamos de escritores, traductores, editores y agentes, era natural. Pero no estaba del todo preparado, hubiera preferido no escuchar aquel nombre que me traía, de inmediato, como ganado por el vértigo, el otro nombre. Mercedes continuó, ajena a mi incomodidad: Larreau, que habitualmente tiene un olfato exquisito para estas cosas, no vio el potencial de aquella novela que empezaba a venderse rápidamente en España, hasta que fue tarde. En Inglaterra Faber & Faber ya la había comprado. De hecho, Larreau estuvo en un tris de romper su relación de años con Laura Olivo cuando esta le pidió una cifra descomunal por la novela de Cremades. Larreau apeló a la amistad de tanto tiempo, aulló, fue zalamero, desplegó sus encantos, maldijo, en fin, como solo él sabe hacerlo —Quentin Larreau es un hombre de modales exquisitos pero también sabe entregarse a iras bíblicas que lo han hecho tan célebre como temido— y cuando por fin aceptó la cifra de la inconmovible Olivo esta ya había vendido «sin ningún remordimiento» los derechos a la «pérfida» Gallimard. Aquello fue terrible. ¿Laura conocía bien a Cremades?, me atreví a preguntar contra lo que me aconsejaba la prudencia, que era inducir a mi amiga a cambiar de tema, a buscar cualquier otro asunto para charlar. ¿Que si lo conocía?, escuché a Enrique a mi lado. ¡Vaya si lo conocían! Ambos rieron, cómplices de quién sabe qué recuerdos. Yo miré a Marta, ahora al lado de Quentin, quien le estaba explicando algo, a juzgar por sus gestos, acerca de la casa. Mercedes miró divertida hacia Larreau como temiendo que este pudiera escuchar el nombre de Cremades y se desbordara en un ataque de ira, y me tomó del brazo a mí y a Enrique hasta ubicarnos discretamente cerca de la ventana. «Fue terrible», continuó, siempre mirando al bueno de Quentin, que ahora le mostraba las molduras del techo a una devotamente callada Marta. «Sí, bueno, había sido terrible», dijo Enrique con las manos en los bolsillos del pantalón, «pero Laura Olivo tenía que velar por los intereses de su autor, claro está». «Por supuesto», suspiró Mercedes, «con todo lo que le costó meter en vereda a Albert.» Pero ¿ella lo conocía mucho?, insistí tontamente, ¿Sabía dónde estaba ahora?, no pude dejar que en mis preguntas aflorara una contenida nota de impertinencia. Albert se había instalado definitivamente en Venecia y apenas si venía a España para ver a los amigos o a resolver asuntos con Laura, siempre reacia a coger un avión por cualquier cosa que no fuera estrictamente imprescindible. Pero de entrevistas, nada. Y eso que ahora todo el mundo hablaba de la nueva novela que decían estaba preparando, acotó Enrique y miró significativamente a nuestra amiga. Bueno, aquello era preferible a que contaran lo de sus problemas personales, lo de su mujer y lo de la chica aquella con la que había tenido tremendo lío, apuntó Mercedes saludando con la mano y una sonrisa a una pareja que acababa de unirse a la fiesta. Laura Olivo se encargó de que nada de aquello trascendiera pues los periodistas, cansados de no conseguir ni una frase de Cremades y nerviosos porque no había página cultural o literaria que no hablara de la novela de Albert, empezaron a husmear aquí y allá —«Como perros de presa, como periodistillas del corazón», apostilló Enrique— en busca de la chica. ¿Y qué se encontraron? Sí, me imaginaba, dije bruscamente ensombrecido. ¿Yo sabía algo?, preguntó de pronto Mercedes. «No mucho», dije al fin. Y les conté mi encuentro en Venecia. «Entonces tú debes haber sido uno de los pocos que lo vio cuando los inicios del éxito de su novela», dedujo Enrique. Parecía que sí, que así fue, admití. Les conté además, aunque muy por encima, las versiones contradictorias que me ofrecieran Franz —«¡ah!, ¿pero Carlos lo conocía?»—, Armas Marcelo y Gorostiza. Mercedes y Enrique me escuchaban con atención aunque también debo decir que con suspicacia, como si no creyeran del todo en lo que les decía o les causara una sorpresa mayúscula a la que no daban rienda suelta interrumpiéndome por pura educación.

Quentin se acercó a nosotros con Marta del brazo y los tres nos callamos demasiado aturulladamente, sin saber cómo volver a hablar con naturalidad. «Aquí te devuelvo a tu chica —me dijo Quentin con sorna—, pero no vuelvas a dejarlá solá, y menós con un tipo como yo», agregó y Marta se confundió un poco pese a que los demás reímos. El camarero se acercó ofreciéndonos unos delicados canapés y más champán, aunque ya algunos invitados bebían vasos de whisky y vodka. El propio Quentin sostenía un vaso hondo de whisky en la mano, y yo le pedí al camarero otro para mí. Conversamos un rato sobre algunos autores españoles e hispanoamericanos que le interesaban y por quienes andaba luchando para conseguir traducciones. Luego una mujer alta y esbelta que acababa de llegar acaparó su atención y el editor se disculpó un momento para atender a sus demás invitados dejándonos charlando nuevamente a los cuatro.

Quentin Larreau es un editor tan exquisito como extravagante que proviene de una familia antigua y rica —«Tienen un castillo en el Périgord, ¿lo sabías?», me instruyó Marta—, dedicada a las finanzas y a otros muchos negocios. Educado en los mejores colegios franceses e ingleses, había pasado una larga temporada de su juventud en Nueva York, ciudad que adoraba con un incomprensible entusiasmo, pese a ser persistentemente tan francés en otras cosas. Lector ambicioso y voraz en cuatro idiomas, luego de una escaramuza como escritor terminó dedicándose a la edición. Su sello era pequeño pero muy esmerado. Tenía a escritores de renombre y de obras muy atendibles, pero algunos otros de sus autores, como yo mismo, eran extravagantes y febles apuestas, caprichos raramente rentables. Yo estaba muy cómodo con él porque era un editor cuidadoso y serio, que no dudaba en llamarte para preguntar algo o hacer una observación, casi siempre atinada y sagaz, sobre el libro. Y pagaba puntualmente. ¿Vivía realmente de su editorial? Esa era una incógnita difícil de dilucidar, según Mercedes, que lo conocía de tiempo atrás. Quentin no desdeñaba tener en su «cuadra» éxitos sonados, pero solo si le convencían como lector. Y al parecer por eso el disgusto con lo de Cremades fue monumental: según Larreau, que la había leído en castellano, se trataba de una novela muy buena. Allí Mercedes estaba de acuerdo, dijo haciendo un mohín, porque ojo, que era buena, era buena, sin duda alguna. Y eso que la novela anterior, *Razón de más,* resultaba bastante flojita. ¿Y el libro de cuentos? ¿Recuerdas el libro de cuentos?, preguntó Enrique exagerando un gesto de alarma o espanto. Ninguno recordaba el título y creo que tampoco los cuentos. Pero eran muy de principiante, relatos endebles, con más furia y audacia que contenido. Pero esta novela, insistió Mercedes hincando con el índice la palma de su mano, sí que estaba muy bien lograda. De allí que, una vez alcanzado el éxito en España, no tuviera mayor problema en posicionarse holgadamente en Italia, en Gran Bretaña, en Alemania y Estados Unidos y después en Francia y en fin, no se sabía ya a cuántos idiomas estaba traducida.

—Y eso que Albert estuvo a punto de echar a perder todo, por culpa de esa chica que se cruzó en su camino— meneó la cabeza Mercedes.

Y en ese momento supe que, inevitablemente, Cremades y Dinorah volvían a aparecer en mi vida.

Albert Cremades había conocido a Tina gracias a Carles Maganya, un profesor de la Pompeu Fabra que dirigía un grupo de trabajo sobre sociología política y con quien compartía desde tiempo atrás una gran amistad. De hecho, Maganya le había editado su primer libro de cuentos, durante sus años de editor independiente. Mercedes conocía muy bien la historia porque se la contó el propio Cremades, cuando una tarde, un poco borracho ya, la llamó por teléfono después de mucho, mucho tiempo y luego de ramonear por entre anécdotas y recuerdos juveniles, finalmente le confesó que andaba enamorado de una chica, que estaba hecho un lío y que no sabía cómo decírselo a Belén, su mujer, porque las cosas entre ellos hacía tiempo que no marchaban. Quería consejo o quizá simplemente escuchar en el otro lo que él no se atrevía a decirse pero necesitaba oír.

Tina era una chica de origen árabe, creía Mercedes, que había llegado con una beca para estudiar en la Pompeu Fabra, y Maganya se dio cuenta de que era de una inteligencia esmerada y ácida, que tenía muchas ganas de participar y que resultaba tremendamente estimulante para el grupo. Y también que era guapa. Y aunque al principio daba la sensación de ser muy modosita, «a la manera sudamericana», no tuvo problemas en unirse a Carles y a sus alumnos para ir de copas por la noche barcelonesa. Al fin y al cabo, los integrantes de aquel grupo de estudios venían becados por el gobierno español y la mayoría —muchos hispanoamericanos, sobre todo— eran ya mayorcitos, gente que venía a profundizar sus estudios, vamos. La propia Tina tendría cerca de treinta o quizá un pelín más. Esto Mercedes lo sabía porque la escultora Pau Domínguez, mujer de Carles en aquel entonces, se lo había contado. Pau se unía a la hora del café y los cigarrillos, «no por nada en particular», le había dicho sonriendo a mi amiga, pero Maganya tenía un pasado un tanto agitado en materia de faldas y los tiempos en que ellos tontearon con el amor libre, el sexo en grupo y cosas así, habían dejado paso a una relación más convencional. Y en esos cursos siempre recalaban chicas de aquí y de allá, latinoamericanas fogosas y europeas más bien laxas, dispuestas a disfrutar de ese breve paréntesis que significaban aquellos cursos en sus vidas. En una de esas salidas, Pau coincidió con Tina: era una chica guapa, sí, de felinos ojos verdes, que hablaba con un acento difícilmente rastreable y que —Pau estaba segura— utilizaba con intención de enfatizar su exotismo, ya que ella se presentaba a sí misma como siria que había vivido muchos años en varios países de Sudamérica. Una de esas noches se encontraron con Albert en el Dry Martini, donde Cremades cultivaba una amistad un poco de ostentación con Javier de las Muelas, el dueño, y con los *habitués* que recalaban por allí noche tras noche. Para cuando Cremades llamó a Mercedes a confiarle su enamoramiento, este en realidad ya había alcanzado su velocidad de crucero, según Pau, que asistió a aquel primer encuentro entre la chica y Albert.

No pude evitar sentir el aguijón de los celos hurgando en mis carnes cuando Mercedes iba desmenuzando aquella *liaison* de la que yo tenía tantas versiones superpuestas y contradictorias pero que desembocaban en una suerte de irrevocabilidad cuyo conocimiento volvía a interferir en mi vida. Fantaseé con dolorosa nitidez sobre la imagen de Dinorah —porque era ella, claro que era ella— volviendo sus hermosos ojos hacia el escritor catalán, la serie de ejercicios y piruetas, de frases y quites, de encendidas alabanzas que pondría en marcha Albert Cremades cuando vio a aquella mujer que bebía, un poco ajena al bullicio del grupo, un vodka tonic. Porque Pau nunca había visto así a Cremades, salvo probablemente cuando, años atrás, empezaba a salir con una belleza canaria que con el tiempo se convertiría en su mujer y también en el manantial inagotable de sus desdichas. Porque era cierto que Belén y Albert habían empezado tiempo atrás a resbalar por la pendiente del escarnio y el mutuo reproche, más aun desde que Albert pasara una temporada en aquella clínica de desintoxicación...

—¿Entonces fue él quien estuvo en aquella clínica y no Belén? —pregunté, como si en realidad me importara saberlo.

Mercedes vaciló un momento, miró a Enrique que encendía un Gauloises. Marta también seguía aquella historia con interés, ya que yo le había contado gran parte de la misma.

—Bueno —dijo al cabo mi amiga—. Albert ingresó un par de meses... pero Belén también había estado allí tiempo atrás.

Y es que Belén y Albert resultaban incapaces de sentirse atraídos —sentimentalmente, al menos— por cualquier persona que no fuera el reflejo de su parte más oscura. Esto era lo que sostenía Pau. Y Mercedes, aunque ya no frecuentaba desde hacía mucho a su amigo Albert, tenía que darle la razón. Belén había venido de Canarias para hacer un Máster de Edición y allí conoció a Albert. No es que se sintieran atraídos el uno por el otro: es que eran dos cuerpos cuyas órbitas habían entrado en rumbo de colisión, según la curiosa metáfora de mi amiga. Albert y Belén eran de ese tipo de personas que viven perpetuamente sofocando los demonios del exceso y mientras tengan a alguien al lado que sepa manejarlos no hay problema, porque están, por así decirlo, «en modo suspendido». Albert era un entusiasta de su trabajo en la editorial, dedicaba las mañanas a escribir y unos meses al año dictaba aquel Máster de Edición en la universidad. No desdeñaba tomarse las copas con los amigos de toda la vida —los hermanos Pujol, Nines y Bosco Noguera...— e incluso retozar alguna semana del verano en la casita que tenían sus viejos camaradas Carles y Pau en Ibiza, pero por lo demás, nada del otro mundo. Belén era una chica tinerfeña más bien joven, encantada y deslumbrada con Barcelona, que tenía esa letra un poco infantil, redonda y repipi, de las alumnas aplicadas; viajaba a Canarias para pasar las fiestas con sus padres y llevaba la vida animosa y por lo general despreocupada de cualquier estudiante. Pero una vez que se conocieron, aquello fue como destapar la caja de los truenos, que se dice.

Mercedes tampoco quería entrar en mayores detalles de todo lo que le contó Pau Domínguez, pero bastaba con decir que nadie salió indemne de aquella relación. Y ya cuando las cosas parecían no tener solución entre aquellos dos, apareció Tina en escena. Albert se entregó a aquel romance con el ímpetu irredento de los que creen estar apostando a todo o nada su última carta. La chica que al parecer venía también escaldada de una relación fallida, según Albert, se dejó cortejar y seducir con alegría pero también, por lo que contaba Pau, con cautela. Aunque por lo que se ve, de nada le sirvió pues en algún momento bajó la guardia. Una chica enamorada, al fin y al cabo. Fue un breve tiempo delicioso, nocturno y clandestino en que Albert se las ingeniaba para algunas veces no ir a dormir a su casa aduciendo viajes y compromisos que supuestamente lo alejaban de Barcelona, aunque en realidad lo llevaban muy cerca, a casa de Tina en El Born. De allí se iba a la editorial y luego a escribir a la biblioteca, pues por ese entonces estaba revisando las galeradas de su novela. Se veía nuevamente con Tina al caer la tarde, iban al cine o a cenar y parecían felices. Cuando el periódico catalán con el que Albert colaboraba —Mercedes no recordaba en ese momento cuál— lo mandó para que fuera a cubrir la Berlinale de ese año, Tina aceptó acompañarlo sin vacilaciones. Él le juró que al regresar a Barcelona le pediría el divorcio a su mujer. Nadie sabía a ciencia cierta qué ocurrió en Berlín entre ellos dos, pero lo cierto es que según Carles Maganya, volvieron medio enfadados. La atenta y lúcida alumna que era Tina se convirtió en un ser desganado y con mala leche que de pronto solo veía pegas en la Barcelona que hasta ese momento le encantaba, faltaba a clases y ya no se unía al grupo para ir de copas, como al principio. Tampoco se la veía ya con Albert, pero ni Carles ni Pau se atrevían a preguntar qué pasaba. Es más: hasta cierto punto se alegraron, pues ellos también eran amigos de Belén y les resultaba una situación muy incómoda encubrir las infidelidades de Albert. Al parecer, Tina y Cremades habían construido la típica relación de quienes se precipitan a ella azuzados por el miedo a la soledad y la confusión: amores tan intensos como fugaces.

En todo caso aún no tocaban fondo: una tarde los vieron paseando de la mano por los bares marineros de la Barceloneta: tan confiados y haciéndose carantoñas que por un momento Carles y Pau pensaron que Albert había hablado con Belén para poner fin a su matrimonio civilizadamente. Sin embargo, las cosas no habían sido exactamente así. Nunca sabrían si Belén se enteró o no de aquello, pero lo cierto es que esta esperó una noche a Albert y se lanzó arañándole el cuello con un odio temible, le insultó, lo abofeteó y lo echó entre alaridos y maldiciones del ático que compartían y que había sido regalo de bodas del padre. Esa misma noche, cuando Albert regresó para ver si Belén estaba más calmada y era posible conversar, se encontró con su mujer tirada inconsciente junto al teléfono. La tuvo que llevar a urgencias para que intentaran salvarle la vida. Pau y Carles estuvieron todo el tiempo con ellos, fue un momento horrible, sobre todo porque al día siguiente, alertada por el propio Albert, llegó Conchi, la hermana de Belén. Lo quiso matar, claro, le echaba toda la culpa a él. Los Maganya optaron entonces por no decirle nada a Conchi acerca de Tina, pues no sabían si Belén estaba o no al tanto de aquella relación.

Pero por desgracia, no era lo único que se desplomaba en la vida de Albert. La antiguamente aplicada estudiante de Sociología Política cada vez se dedicaba menos a estudiar. La vida que ni Carles, ni Pau y al parecer ni el propio Albert le conocieron en aquellos meses tumultuosos estaba signada por un activismo político más bien peligroso. Un día, Tina lo llamó suplicándole ayuda: había estado en una manifestación a las puertas del consulado de Israel y la habían arrestado. Cremades fue de inmediato a la comisaría y el relato pormenorizado de la policía lo derribó: Tina tenía contactos con gente peligrosa, *probablemente* vinculada al terrorismo islámico. ¿Podía creerlo? Al terrorismo islámico, nada menos. Sin embargo no había ninguna acusación formal contra ella, puesto que su relación con esa gente no tenía ningún viso criminal ni delictivo. La dejaron marchar. Esa misma tarde, Albert le pidió que le contara qué era lo que ocurría y Tina se puso en guardia, se replegó en una furiosa negativa que derivó a los más variados reproches y agravios que por poco terminan con la relación. Por la noche Albert, ojeroso, desesperado, arrepentido de haber peleado con Tina, y con unas cuantas copas de más, fue a buscar a Pau y a Carles a casa. Este no se anduvo con rodeos y después de servir sendas copas de coñac le dijo a Albert sin ambages que la dulce e inocente Tina no era tal como parecía, él también había hecho sus averiguaciones. No era trigo limpio, había muchas contradicciones en su historia y lo del arresto era simplemente la gota que colmaba el vaso. Cremades se puso como loco: los acusó de injustos, de traidores, pues ellos habían asistido todo ese tiempo a Belén y a su hermana Conchi, seguramente le habrían contado su relación con Tina. Pau y Carles se quedaron de piedra y Albert se marchó dando un brutal portazo. Fue un incidente más bien desagradable que resquebrajó la relación de años que ambos tenían con Albert.

Las cosas entonces entraron en un estado de siniestra quietud: Cremades se mudó a un piso cerca a la Diagonal e insistió en pedirle perdón a Tina, pero ella ya no quiso saber nada de él y lo trató con un desdén lleno de encono, lo mismo que al profesor Maganya y, en general, a la «hipócrita sociedad española, ofrecida como una ramera a los Estados Unidos y a los atropellos que estos cometían sistemáticamente contra el pueblo árabe como antes lo habían hecho contra los pueblos latinoamericanos». Dijo todo esto arrebatada de cólera, de pie, en medio de una clase donde no se oía ni el zumbar de una mosca que osara enturbiar la filípica aguerrida de una chica de pronto extraña para todos. El profesor Maganya, muy pálido pero firme, le pidió abiertamente que admitiera si ella estaba de acuerdo con el terrorismo islámico, en cuyo caso ni él ni seguramente nadie de la clase podría entender que estuviera haciendo un postgrado en Sociología Política financiado por el gobierno español. Tina le clavó una mirada llena de desprecio y furor y caminó hacia la puerta del aula sin dignarse a contestar. Luego se volvió desde allí, el rostro transfigurado por el odio y se marchó. No la volvieron a ver.

Mientras tanto, la novela que Albert Cremades terminó por aquellas fechas a trancas y barrancas acababa de salir publicada con un sello no muy grande y, contra todo pronóstico, empezó a vender sin pausa, como arrastrada por una locomotora pertinaz que recorría las semanas dejando aquí y allá una pila de libros en cada librería española. Aparecieron elogiosas reseñas en periódicos de provincias y en revistas más municipales que literarias, pero de pronto alguien mencionó aquella novela en un programa de televisión, luego apareció en el *Babelia* y al poco tiempo se había colado en la lista de las más vendidas del mes. Sin embargo Albert Cremades, incapaz de atender ningún otro asunto, había viajado detrás de Tina, quién sabe si corroído por la culpa o el amor, o por ambas cosas. Laura Olivo, que ya se había encargado de salvarle el pellejo cuando la policía lo llamó a declarar una y otra vez por el asunto de Tina y el terrorismo islámico, en esta ocasión se supo con pleno derecho para recriminarle su actitud: el libro vendía y requería toda su atención... que no fuera irresponsable o se atendría a las consecuencias.

Aquí Enrique decidió interrumpir la narración de Mercedes porque él conocía bien esa parte, ya que era buen amigo de Laura. Habíamos estado casi veinte minutos como hechizados escuchando el relato de Pau y de Carles Maganya por boca de mi amiga, y con escasas interrupciones, sobre todo mías, para precisar un detalle o enfocar mejor un matiz, los tres fuimos incapaces de sustraernos a aquella historia que, al menos para mí, lejos de aclarar las cosas, las sumía más y más en la oscuridad. Enrique Vila-Matas encendió un nuevo Gauloises y le dedicó un par de pitadas llenas de concentración y deleite antes de hablar.

Como la mayoría de los agentes literarios, Laura Olivo es tremendamente eficaz cuando las cosas le van bien al escritor representado. Si no es así, el escritor debe esperar un golpe de suerte, un premio o moverse por su cuenta para que la agente coseche lo que él buenamente pueda conseguir: una traducción, un contrato en mejores condiciones con otra editorial... asuntos así. Albert Cremades hasta ese momento —fue enumerando Enrique— ni había tenido un golpe de suerte, ni había escrito una novela digna de llamarse así, ni había recibido un premio. Por otro lado, tampoco se movía para conseguir nada, escaldado y lleno de rencor para con la editorial donde prestaba sus estupendos servicios y donde también —¡ay!— le habían rechazado la novela anterior. Precisamente por eso decidió tomar un agente. Eso es comprensible. Lo que ya no es tan comprensible es por qué Laura Olivo accedió a representarlo. Hay quien dice que leyó el primer borrador de la novela y eso le bastó para saber que era buena, otros dicen que ella misma le ayudó a corregir y dar forma a la novela una vez que Cremades le presentara unas cuartillas mal escritas en las que sin embargo brillaba el diamante en bruto de una magnífica historia. En todo caso, eso ya formará parte de la leyenda. La propia novela, llena de autorreferencias, personas reales y juegos de espejos, parece prestarse a alimentar esa misma leyenda. Eso era cierto, acotó Mercedes, pues la historia que allí contaba Albert parecía por momentos un diario o más bien un cuaderno de bitácora del descenso a los infiernos de un escritor que quiere escribir una novela y, en fin, para qué decir nada si tú ya la has leído. «Sí, es cierto», mentí.

Incluso en otra lectura, prosiguió especulando Enrique, se diría que es casi premonitoria respecto a lo que posteriormente vivirá Albert: el amor imposible, la persecución por varias ciudades, la propia novela... en fin, sonrió un poco cortado, hemos de admitir que es una novela que promueve la especulación. Pero no era especulación lo que ocurrió con Albert luego de que su agente literario le increpara con acritud su abandono para con la promoción de la novela. Ni tampoco que Albert prácticamente la mandara a la mierda y en los siguientes meses se dedicara a perseguir a la chica por toda Europa y que ella le diera calabazas una y otra vez, mientras en España la novela empezaba a romper las más hiperbólicas previsiones acerca de su éxito, cruzaba rugiendo el umbral de los doscientos cincuenta mil ejemplares y se lanzaba al territorio abonado de las ventas masivas en Inglaterra, Alemania, Italia, Francia y Estados Unidos. Naturalmente todos los medios literarios y todas las páginas culturales de aquí y de allá clamaban por unas declaraciones del autor, por una entrevista o al menos una foto reciente. Todo en vano: Albert Cremades, el escritor del momento, se hallaba en paradero desconocido, viajando en busca de una mujer que, a tenor de lo que decían conocidos y amigos, le había sorbido el seso. Laura Olivo supo sacarle partido a la situación y si en un primer momento aquello amenazó con convertirse en la ruina para la promoción del libro, el afilado olfato crematístico de la agente catalana lo transformó en un acicate para los medios. No, nadie sabía dónde estaba ni qué era de él, decía con la boca pequeña la Olivo, como para hacer sospechar a los periodistas que en realidad ella sabía pero callaba el paradero de Albert. De forma un poco más chusca el editor hizo lo mismo y entre ambos crearon un vaho de incertidumbre y medias verdades que mantuvieron estimuladas las glándulas salivares de la prensa. Dicen que fue de Laura la idea de crear blogs y páginas web donde se especulaba acerca de Cremades, de su paradero, de las «claves» de la novela, de los personajes que la poblaban y que, en muchos casos, no solo eran reales sino que aparecían con sus nombres y apellidos... en fin, un verdadero y descarado mercadeo o, como dicen los cursis, toda una operación de *merchandising*. Al cabo de unos meses Cremades hizo una aparición repentina para recibir el premio de los libreros españoles y luego el de la crítica, pero prácticamente no hizo declaraciones y se mudó, no se sabe si definitivamente o no, a Venecia.

—¿Y de la chica? —pregunté vaciando mi tercer whisky—. ¿Qué se supo de la chica?

Marta me miró no sé si con desencanto o con lástima. En todo caso, evité sostenerle la mirada.

—¿Tina, dices? —fue Mercedes quien contestó—. Hay mil rumores acerca de su paradero: que se quedó en Italia donde al parecer citó a Cremades para dejarlo plantado, que regresó a Siria, que se fue para Colombia... en fin, que lo único cierto es que desapareció.

—Ojalá que para siempre —murmuró Marta, pero creo que mis amigos no la escucharon porque ya Quentin nos llamaba a la mesa, iban a servir la cena.

Yo la abracé y le di un beso en la frente pensando que sí, que era lo mejor, que por fin desapareciera de mi vida, tragada por las sombras para siempre.

# Lima

Fernando Ampuero me esperaba ya en el bar, acodado en la barra, dándole instrucciones precisas al barman sobre el preparado de un cóctel que llevaba champán. Mi llegada interrumpió momentáneamente aquella alquimia delicada de jugo de durazno y burbujeante Laurent-Perrier. Por fin el barman depositó sobre la madera antigua de la barra dos copas estilizadas y ligeramente espumosas, de tenue color malva. Ampuero me ofreció una de ellas y brindamos.

—Este bellini está delicioso —le dije francamente asombrado, pues era exacto al que preparan en el Harry's Bar de Venecia y que se ha convertido, al cabo de los años, en el combinado emblemático de aquella ciudad. Pero mi paladar se equivocaba. No era un bellini.

—Es una variante que he inventado —dijo mi amigo enigmáticamente.

Había quedado con el escritor limeño para llevarle unos ejemplares de un libro suyo, *Puta linda,* que había salido hacía poco en España. Daniel Martínez, su editor, me encargó que por favor se los entregara, sabiendo que yo estaría en Lima.

Hacía casi dos meses desde que tuviera las últimas noticias acerca de Dinorah cuando Mercedes Monmany y Enrique Vila-Matas me contaran todo aquello en París.

No había querido volver a intentar ponerme en contacto con Albert Cremades para hablar sobre ella: me resultaba violento y además temía que, dado los meses transcurridos, cualquier alusión a Dinorah me hiciera recaer en ese estado terrible de angustia e incertidumbre que había vivido tanto tiempo. De manera pues que yo, inconscientemente, guardaba sobre ese tema la vigilancia estricta y temerosa del ex alcohólico frente a la eventual tentación de una copa. Mi relación con Marta se había estabilizado y hasta planeábamos irnos a vivir juntos en cuanto consiguiéramos un piso simpático, luminoso, no muy caro y de preferencia en Chueca o la glorieta de Quevedo, tarea que nos entretenía muchas tardes, cuando ella salía de su estudio y nos encontrábamos frente a la Biblioteca Nacional, donde yo iba terminando mi novela sobre el dictador peruano que había aparcado tanto tiempo. Escribía por las mañanas, daba clases por las tardes, los fines de semana íbamos Marta y yo al teatro o al cine, quedábamos con algunos amigos a cenar, en fin, vivíamos sin sobresaltos un amor que poco a poco empezaba a crecer y ganar confianza. Sin embargo una noche, contestando a un correo electrónico de Fernando Ampuero, me atreví a preguntarle intempestivamente, sin saber por qué, si conocía o había oído hablar de una chica llamada Dinorah, o quizá Dina, Tina Manssur. Era un tiro al aire porque Fernando pertenecía a otra generación y además había vivido mucho tiempo fuera del país. Su respuesta, lacónica y sin embargo importante, tardó un par de días en llegar: «Sí, sé quién es. Conocí al padre». Pero no fue aquello lo que me decidió a viajar al Perú, sino el hecho de que unas semanas más tarde recibiera un correo de Maurizio Medo preguntándome si todavía estaba interesado en encontrar a aquella chica, Dinorah Manssur, pues él sabía quién la podía ubicar. «Quizá incluso esté en el Perú», agregó mi amigo. Al recibir aquel e-mail dos cosas me quedaron absolutamente claras: primero, que la sensatez indicaba que aquel dato no era lo suficientemente relevante como para buscar a nadie en ningún lugar del mundo. Y segundo, que era mentira que yo hubiera olvidado a Dinorah, y que simplemente había estado necesitando una mínima excusa para dinamitar —con la exultante y demencial violencia de un iluminado— toda mi tranquilidad, mi rutina de biblioteca, mis tardes con Marta, el hilo paciente con que había tejido esa tenue telaraña donde me movía confiado y feliz. O al menos eso creía. Así que una semana más tarde estaba facturando un equipaje ligero e invernal rumbo al Perú. A Marta le dije que iba a Lima porque necesitaba entrevistar a unas personas para concluir por fin mi novela y sobre todo para recorrer el escenario de aquella ficción que llevaba elaborando durante tanto tiempo. No sé si me creyó. Pero en ese momento no me importaba.

Así pues, ahora estaba en el bar del Country Club con Fernando, charlando de esto y de lo otro, bebiendo a sorbitos aquel cóctel delicioso, hasta que por fin el propio Fernando me puso una mano en el hombro y sonrió: si había venido desde tan lejos para indagar por una persona, seguro sería importante para mí. Hizo una pausa, se acomodó mejor en la barra y continuó: él conoció a Manssur un poco, no mucho en realidad, pero tenía amigos que sí lo habían tratado, a él y a la hija, a Dinorah. Y se había permitido hacer sus averiguaciones sobre el padre, pues seguro que todo ello me haría entender a la hija, sugirió. Se lo agradecí de corazón y me dispuse a escuchar, con un segundo cóctel encargado por Fernando, dueño de las pausas y los efectos. De pronto sentí las manos enojosamente húmedas y tuve que restregármelas en el pantalón.

Sí, el señor Manssur había levantado un negocio textil, tal como Dinorah me había contado en Damasco. Era cierto, pero no tuvo nunca necesidad de vender el género casa por casa, cargado con una maletota anacrónica, como muchos paisanos suyos que fueron llegando al Perú en sucesivas oleadas desde el siglo pasado. En realidad, Manssur fue un pájaro extraño, extraviado de su ruta migratoria quizá, o inmigrante más bien extemporáneo que llegó al Perú del general Juan Velasco Alvarado huyendo de la Siria de Hafez Al Assad y sin embargo entusiasta y hasta participativo con respecto a aquella dictadura extravagante de militares chapuceros que gobernaron demagógicamente el Perú de esos años. Fernando se quedó un momento pensativo, sin dejar de sonreír y acariciándose levemente la barbilla, como si acabase de plantearse un acertijo de difícil resolución que finalmente compartió conmigo:

—Es interesante la manera en que muchos odian visceralmente las dictaduras que aceptan con felicidad para los otros.

Era, y es, cierto. Al parecer el Abdel Azim Manssur, joven, idealista, poseedor de una ignorancia inconmensurable y feliz de lo que realmente era el Perú al que acababa de llegar, se entregó sin reparos a aplaudir a los militares capitaneados por Velasco. No había aterrizado con una mano atrás y otra adelante, ya me decía Ampuero, sino con un relativamente importante capital y algunos contactos no menos importantes en la costa del lejanísimo Perú. Hay que tener en cuenta que los primeros inmigrantes árabes que llegaron al país a fines del siglo xix y a principios del xx ya se habían hecho fama de buenos trabajadores y mejores pagadores, gente seria que no se metía en problemas, y que en la década del setenta ya estaba más que consolidada en el Perú la colonia del Medio Oriente, muchos de cuyos hijos y nietos se consideraban plenamente peruanos. Manssur se instaló pues con cierta holgura en la ciudad y, gracias a la eficaz y hospitalaria comunidad árabe que prosperaba trabajosamente por aquel entonces en Lima y en algunas provincias (sobre todo en el norte del país), pudo abrir, nada más llegar, una tienda en el barrio de La Victoria y luego instalar una modesta fábrica textil en la avenida Argentina, negocios ambos que le facilitaron el hacerse rápidamente con un carro del año, comprar una casita en Magdalena y visionar la expansión de sus comercios en otras regiones del Perú. Pero esto le permitió fundamentalmente dos cosas: dedicarse a aprender el castellano para seguir los derroteros de aquella novísima revolución que tanto le encandilaba, y darle a su pequeña hija la educación más esmerada que pudiera costear. Así que la niña entró al San José de Cluny, un colegio llevado por monjas francesas donde al menos aprendería —además del castellano, claro— el idioma que él siempre quiso aprender y del que guardaba una nostalgia llena de jazmines y lecturas maternas.

Pero su entusiasmo por la revolución de Velasco pronto traería turbulencias en las aguas tranquilas donde chapoteaba Manssur hasta ese momento. Y es que el sirio, una vez que estuvo en capacidad de leer las noticias del periódico sin auxilio de otros, pronto quiso adentrarse más en los entresijos de la Revolución. ¿Por qué? Eso es algo que Ampuero ignoraba, según me dijo, pero aventuraba la hipótesis de que Manssur, joven de clase acomodada en Damasco y al parecer activista pugnaz en contra del gobierno sirio, se vio en algún momento en el trance de tener que escapar a toda prisa del país, recién casado y con una niña de apenas un año o dos. Según se supo, el activista Manssur tuvo que hacer la fatigosa ruta que muchos paisanos suyos habían recorrido cincuenta años atrás: escapar con pasaporte turco hasta el puerto de Beirut y de allí coger un vapor italiano hasta Marsella para seguir por tren hasta La Rochelle. Una vez allí, esperar hasta que alguno de los barcos ingleses que perseveraban en aquella ruta, ya poco frecuentada por viajeros, lo llevara hasta el puerto del Callao. Nada de esto lo arredró. Aquel sirio combativo mantenía sus ideales de construir un mundo mejor y más justo intactos, por lo que Velasco era para él la encarnación de aquello por lo que había luchado y por lo que —quizá, en otra versión de aquella historia personal— había sido expulsado de su tierra.

Al poco tiempo de llegar al Perú, la rueca de la casualidad se puso una vez más en movimiento. Uno de sus clientes resultó ser un tal doctor Tamariz, elemento muy vinculado al régimen de aquel entonces y del que posteriormente, cuando la caída de Velasco, jamás nunca se supo. Algunos dicen que lo mataron y que está enterrado junto a tantos otros, en una fosa común cerca a Pachacamac; otros explican que se fugó a Centroamérica y está viviendo en Nicaragua, donde asesoraría en la sombra y desde hacía años a Daniel Ortega. Ahora viviría retirado en alguna de esas villas para ricachones que crecen en las afueras de Los Robles, en la capital nicaragüense.

—En fin —dijo Ampuero paladeando un sorbo de su trago—, el caso es que este individuo fue quien puso en contacto a Manssur con los gerifaltes del régimen.

Y es que el sirio, además de expresar su apoyo incondicional a un gobierno que en su enfebrecido e idealista imaginario realmente se preocupaba del ciudadano común y no de los ricos, estaba dispuesto a ofrecer su ayuda y su apoyo real para lo que hiciera falta. Quizá era como decía Fernando Ampuero: que Manssur traía aquel hambre política a causa de la indigencia participativa que hasta entonces había conocido en su Siria natal. De todas formas, lo más probable es que el doctor Tamariz vislumbrara de inmediato en aquel extranjero agradecido al hombre providencial cuya presencia siempre requiere toda dictadura para algún fin inconfesable: Manssur no era importante, no tenía suficiente dinero, no tenía grandes contactos.

—¿Y entonces, para qué les serviría? —pregunté yo.

—Tenía un valor muy importante —advirtió Ampuero levantando las cejas con admiración—: una fe absoluta, férrea y conmovedora en el régimen. Y el doctor Tamariz sabía muy bien que a veces esa cualidad de predisposición incondicional es un valor que suple con creces a cualquier otro.

El asunto es que, por una razón u otra, Tamariz y él hicieron buenas migas y en contra de lo que sus paisanos del club árabe palestino le aconsejaron, el sirio se dejó llevar con entusiasmo hasta las entrañas de aquel monstruo insaciable y peligroso que era la Revolución. Ello le supuso agrios enfrentamientos con la laboriosa y perseverante comunidad árabe que tanto lo había ayudado a instalarse y que se había convertido en algo así como en el refugio para quienes venían al Perú desde Belén, Beit Yala, Damasco, Palmira y algunos otros pueblos del Medio Oriente. Que no se metiera en política, le advertían, que no se metiera con los militares, le aconsejaron una y otra vez, pero Abdel Azim Manssur ya no estaba en condiciones de escuchar ni, acaso, de velar por su familia como había sido su preocupación desde que llegara al Perú.

Hombre vanidoso y dado al halago hasta el sonrojo, a Velasco le cayó en gracia aquel hombrecillo de bigote renegrido y cabellos ensortijados que alababa en su lengua todavía traposa y llena de arbitrariedades semánticas su gobierno, su manera de manejar ese país vastísimo y complicado, lleno de injusticias ancestrales.

—Pero quizá también le gustó porque era árabe. Árabe cristiano, como la gran mayoría de los que venían del Medio Oriente a estas tierras —aventuró Ampuero después de quedarse un momento en silencio.

Al parecer, por lo que sabía Fernando y lo que le habían contado quienes conocieron mejor al sirio que llegó en un barco herrumbroso de la Pacific Steam al puerto del Callao a finales de los sesenta o a principios de los años setenta, este era muy moreno, bajito, campechano, poco dado a la meliflua y a veces afeminada elegancia de los limeños, de manera que podía pasar por un rudo y no obstante efusivo norteño, como era el propio Velasco, a quien tanto le disgustaban los rubiales, los blanquiñosos... y los judíos. Representaría, en el imaginario racial y delirante del General, al extranjero trabajador e identificado con el Perú y sus problemas, capaz de luchar codo a codo con sus nuevos compatriotas. Pero sobre todo, no había que olvidar que Abdel Azim Manssur se acercó al Régimen exactamente por las razones contrarias por las que se acercaron los demás: para ofrecer su apoyo y no para sacar tajada. Y eso debió ver de inmediato Tamariz y luego Velasco.

Esa actitud leal, esa disposición inmediata, aquella admiración perruna y sin fisuras que demostraba Manssur por el Régimen —pero sobre todo por el *Chino* Velasco— fue pronto recompensada: los negocios del sirio nunca tuvieron problemas cuando el gobierno empezaba a mostrar los pródromos del desgaste en un primer período particularmente inestable para Velasco y sus adeptos. Manssur nunca pidió, pero le fue dado. ¿Qué le dio el gobierno sin que Abdel Azim Manssur lo supiera? La tranquilidad para trabajar en paz, sin agobios, coimas ni extorsiones. Lo más importante y lo más terrible de todo esto es que Manssur nunca se supo un protegido del régimen. Y quizá eso fue su perdición.

—¿El gobierno de Velasco se dedicaba a extorsionar pequeñas empresas?

—El Gobierno no —precisó Ampuero—. Pero los ladronzuelos que pululaban en torno suyo sí.

Y Tamariz, que esperaba seguramente la oportunidad de usarlo, nunca permitió que nadie abusara del sirio. Con lo que no contaba el doctorcito era con que jamás tendría ocasión de encontrarle alguna utilidad. Porque en todo este tiempo digamos arcádico e inocente, lo que en ningún momento pudo sospechar Manssur era que el gobierno de su admirado Juan Velasco corría ya los descuentos y se vendría abajo al cabo de unos años. Y que, para su asombro, sería otro miembro del gobierno el que lo echaría de Palacio. Entonces empezaron realmente los problemas para él. En la comunidad árabe se había corrido la voz de que Manssur prosperaba no por su esfuerzo y sus méritos sino por esa estrecha amistad con el régimen y con Velasco. Y aunque lo cierto era que Abdel Azim Manssur nunca había recibido ninguna ayuda manifiesta de la Revolución, ya resultaba imposible no creer lo contrario. Desde el golpe contra Juan Velasco fue declarado un individuo en cuarentena y mejor no hacer negocios con él, pues podría resultar peligroso verse involucrado con alguien que era un cortesano del régimen caído.

Y si eso ocurría en la comunidad árabe palestina, dentro del propio gobierno, aquellos que se pusieron inmediatamente del lado del golpista general Somocurcio, también miraron con inquina al árabe ese de mierda que había franealeado y hecho la pelota al *Chino* Velasco y que seguramente también había conseguido pingües negocios con el defenestrado gobierno. Más de una vez habrían coincidido en alguna reunión en casa de Velasco el adiposo general Somocurcio y Abdel Azim Manssur. Con qué rabia y desprecio miraría el militar traidor al extranjero advenedizo y adulón, pues nadie en ese Perú de roña moral, cálculo y puñalada trapera podía concebir que alguien se acercara mostrando admiración genuina y desinteresada. A los pocos meses de que Somocurcio tomara el poder, Manssur ya tenía en su fábrica de la avenida Argentina dos inspecciones laborales, sendas multas administrativas y el germen de un sindicato respondón, agresivo y rencoroso que le empezaría a exigir condiciones descabelladas, repetidos aumentos de sueldo, salarios retroactivos y bonificaciones inverosímiles, y que a cambio le pagaba con la moneda del desplante y la huelga semana sí y semana también. Pronto no hubo banco que no cerrara con premura el grifo de los créditos y el empresario sirio de golpe se vio en la necesidad de vender el Pontiac que había adquirido casi recién instalado en Lima. En su lugar adquirió un Triumph color rojo, de segunda mano, con el que se le veía llegar, preocupado y ojeroso, a la sede del club árabe palestino donde apenas le quedaban amigos que casi bajo cuerda y por lástima le prestaron dinero para seguir presentando pelea. Fue una batalla desigual y perdida de antemano: la fábrica de Manssur no aguantó mucho más ese pulso con el gobierno y quebró menos de un año después. Nadie quiso echarle un cabo ni por supuesto concederle un préstamo. Vivió sobregirado, a salto de mata, intranquilo, indignado, vencido, con ganas de irse de aquel Perú que le volvía tan repentinamente las espaldas. Para colmo, en los saqueos espantosos que devastaron Lima durante la huelga de policías de 1975, su tienda de telas de La Victoria no solo fue destripada y vaciada por completo sino que también le prendieron fuego. El seguro no quiso pagar y Abdel Azim, a la sazón un hombre de cuarenta y pocos años, se transformó en un viejo de espaldas encorvadas y gesto agrio, que se pasaba las tardes en silencio, bebiendo té y fumando en el balcón de su casa. Al poco tiempo las deudas se lo comieron vivo y tuvo que sacar a su hija del San José de Cluny para meterla en un colejucho fiscal, donde la pequeña Dinorah iría a formar un carácter rebelde y voluntarioso, poco dado a aceptar las injusticias como las que había vivido su padre en tan poco tiempo y que terminaron por convertirlo en un fantasma de lo que había sido hasta el día de su muerte, algunos años después.

¿Cómo sería esa niña?, me preguntaba yo, incapaz ya de recomponer la imagen de Dinorah en aquel colegio de monjas francesas y luego en el colegio nacional, más bien pobretón, triste y gris como las mañanas de agosto en Lima, esta ciudad cubierta siempre por una niebla tristísima... ¿De qué vivieron ella y su madre cuando falleció Abdel Azim Manssur? ¿Cómo sería esa jovencita que al cabo de los años ingresó a la Universidad de San Marcos, seguramente envenenada por lo que le habían hecho a su padre? Todavía eran muchas preguntas las que me daban vueltas, zumbando en mi cabeza como molestos abejorros.

⋔ Ya era tarde cuando me despedí de Ampuero, un poco mareado por los tragos pero sobre todo porque me resultaba extremadamente difícil ubicar a Dinorah y solo me quedaba saber qué había averiguado Maurizio Medo. No le dije demasiado a Fernando respecto a la Dinorah que yo había conocido en Damasco ni mucho menos hablé de la otra, de la que se me había revelado en los últimos meses, y aunque me sentía incómodo por esa especie de deslealtad hacia mi amigo, Ampuero supo entenderlo pues no preguntó nada. Pero me demostró que sabía un poco más de lo que me había contado: cuando ya nos despedíamos sacó de su maletín un libro suyo. Allí había un cuento, *Malos modales,* me explicó, que seguro me gustaría leer.

—Trata sobre una chica serbia, una chica que vivió en la calle del narrador de la historia, en La Punta, cuando este apenas era un muchacho...

«Es una guapa adolescente eslava que causa conmoción entre los jóvenes de la cuadra, no solo por bella y apetecible, sino porque su llegada y su estancia allí, en ese barrio residencial y náutico del Callao, es un enigma, como un enigma será su desaparición. Porque un buen día ella y su familia se marchan de La Punta sin dejar rastro. Solo muchos años más tarde reaparecerá en la vida del narrador, ya adulto, a través de una foto del periódico. Ahora la chica empuñaba un Kalashnikov y parecía ser una miliciana serbia. En plena guerra de la ex Yugoslavia. Al principio el narrador tiene dudas. Han pasado muchos años. Pero después ya no: era ella.»

Me quedé un momento callado, sin saber muy bien qué decir. Pero no fue necesario. Antes de que yo hablara Fernando me puso una mano en el hombro:

—Tendrás que saber que me inspiré en Dinorah Manssur para escribirlo. Creo que ella también ha empuñado su Kalashnikov. Ten cuidado. ✗

En el hotel me di una ducha larga y caliente escuchando las noticias en la radio de la habitación: las mismas intrigas políticas, las mismas traiciones, idéntico lenguaje pomposo y vacío en las arengas y en los comentarios que vertían las emisoras radiales. ¿En qué había cambiado el país? Era cierto que ya no se sentía a todas horas aquel resuello de menesteroso echándonos su aliento a podredumbre como hasta hacía pocos años atrás. Y ello se detectaba en la calle, en el conato de civilidad que uno podía advertir en los usos sociales, en el tráfico de autos viejos pero no cochambrosos, en la ropa de la gente y su presuroso recorrer las calles, impelidos por la ilusión, ahora cercana, de alcanzar un mínimo bienestar, la certidumbre de que acaso era posible mejorar. En Miraflores o en Barranco, en Lince o en Magdalena, los restaurantes y los cafés solían estar llenos de gente a todas horas, y se habían multiplicado los chifas y los restaurancitos económicos: quizá por eso Lima huele a guiso permanentemente. Pero no debía llamarme a engaño, pues los capitalinos cuando hablan del Perú evocan invariablemente imágenes limeñas y terminan confundiendo la parte con el todo. Quizás aquella bonanza —únicamente identificable para quien hubiera conocido la ciudad apenas una década atrás— se daba exclusivamente en Lima, la Lima fatua, racista y *snob* que siempre ha sido la capital. No sé si esa bonanza alcanzaba también a las pequeñas ciudades y pueblos del interior, del inmenso, alejado, desconocido interior del país, cuyo larvado rencor de siglos había significado para el Perú setenta mil muertos cuando el terrorismo de Sendero Luminoso... pensé nuevamente en Dinorah. ¿Había sido ella parte de aquel furor, de aquel odio disciplinado y estalinista que tanta sangre nos supuso, tal como me sugirió Alejandro Neyra en Ginebra? Ampuero no quiso o no supo decirme más. Y yo ahora solo quería saber, necesitaba saber si aquella mujer que amé, de la que aún me sentía confusamente enamorado, era o había sido capaz de empuñar un arma en nombre de sus ideales. Si había sido capaz de enrolarse en uno de aquellos ejércitos de harapientos vanamente ilusionados con dinamitar el Perú en nombre de esas grandes abstracciones polpotianas que sedujeron a tantos y tantos infelices. En Barcelona no le habían podido probar nada, todo era —estaba casi seguro— producto de ese envenenamiento que vive Occidente con los países islámicos. Porque si hubiera habido una mínima molécula de verdad en sus posibles vinculaciones con el terrorismo islámico, ¿cómo la habían dejado libre? Todavía no había tomado conciencia de que mi búsqueda de Dinorah apenas si había empezado por admitir aquella posibilidad. Apagué la radio, me tumbé en la cama y la habitación se sumió en un silencio dorado por la luz de la mesilla de noche que encendí para leer un poco.

Había aterrizado hacía escasas horas y no quise esperar ni un minuto para citarme con Fernando. Así pues, nada más llegar del aeropuerto dejé la maleta en aquel hotel del Olivar sanisidrino y cogí un taxi que me llevó al cercano hotel Country, donde estuve con Ampuero desde las ocho de la noche. De regreso de mi cita con el escritor, con la cabeza pesada a causa de los tragos, muerto de cansancio, apaleado por el *jet lag*, me encontré con que no podía dormir incluso después de la ducha que me di para relajar los músculos: la proverbial humedad limeña no nos vuelve blandos, sino blandengues.

Recién eran las doce de la noche y estaba cansado pero era incapaz de dormir o ni siquiera de concentrarme en el libro que había sacado de la maleta para echarle un vistazo. Pensé por un momento en llamar a Marta, pero allá, en el lejanísimo Madrid, serían apenas las seis o las siete de la mañana y además me había ido un poco al escape, dejándola confusa y malencarada. Me tomé una pastilla para dormir pensando que al día siguiente me pondría en contacto con Maurizio y me zambullí casi de inmediato en un sueño pesado y romo, sin imágenes y solo una sensación asfixiante de la que emergí a manotazos, como un ahogado, a las seis de la mañana, el corazón brincando en mi pecho, tal que hubiera sido visitado por una presencia infausta de la que apenas permanecía ese rastro pesaroso en mi ánimo. Todavía me quedé contemplando la lenta y sucia luz del amanecer tras las cortinas ligeras, sin saber muy bien qué hacer, si levantarme e ir a dar una vuelta o intentar dormir un poco más.

Dormité sin ganas, escuchando el lamento sincopado de las cuculíes, esas palomas mustias que habitan los árboles limeños y cuyo canto triste y monótono le pone a la ciudad una nota invernal, como de desazón e infortunio. Desayuné apenas un café y salí a caminar por el Olivar, bajo la lluvia menuda que cubría las aceras y los árboles de una falsa y fría capa de perlas minúsculas. Lima en invierno es una ciudad carente de cielo, y sus habitantes arrastran su vida bajo una única nube homogénea, de un blanco estupefaciente, que añade algo de esa tristeza andina que exuda, seguramente de tanto recibir gente de la sierra en el último medio siglo y que le han dado a la frívola y casquivana ciudad un toque derrotado y al mismo tiempo imperturbable. Mientras paseaba por aquel bosquecillo de opereta, impecable y salpicado de caserones coquetos que es el Olivar, iba pensando en la cantidad de veces que habría caminado por aquí mismo Dinorah de pequeña, de colegiala, de adolescente ya, mirada y admirada con toda seguridad por los hombres que no dejarían de percibir su belleza foránea, el burbujeo de sus ojos verdes, sus cabellos rojizos, sus facciones de perfil asirio. Quién sabe, pensé ganado por el desasosiego, cuántas veces habría tomado el microbús aquí para regresar a su casa en Magdalena, después de compartir un helado, una coca cola, un *milkshake,* una función de teatro con las amigas, una tarde de estudio en la biblioteca, que me dijo que frecuentó durante algún tiempo, una cita con alguno de aquellos intelectuales de café y consigna que le fueron convenciendo, leyéndole en la palma de la mano el destino atroz que le aguardaba ineludible, en forma de fusil. Pero, ¿realmente había sido así? ¿Realmente esa era Tina, la mujer de la que se enamoró Cremades, o se trataba de una deplorable, burlona coincidencia? Todos los indicios conducían a ello y sin embargo yo me obstinaba, quizá ya solo de manera retórica, en preguntármelo.

Me senté en una banca, adormecido por el hipnotizante ronroneo de la cortadora de césped que manipulaba desganado un jardinero del municipio, justo en frente de la Biblioteca de San Isidro. Este es un edificio blanco, de líneas excesivamente funcionales y sin embargo futuristas, como una propuesta del Niemeyer más obvio, y que tanto prosperó en los años setenta. Sin concesión alguna a la coquetería tiene unos grandes ventanales que dan a un estanque rodeado por olivos y bancos de madera donde suelen entregarse al besuqueo ardoroso parejas de adolescentes. Allí van colegiales de uniforme y universitarios buscando sosiego para el estudio, o viejos que vienen a leer sin prisas el periódico mientras beben una inca kola. Cuando yo estudiaba en la Garcilaso acudía con cierta frecuencia a esta biblioteca, por eso quizá me resultaba relativamente fácil imaginar a la jovencita Dinorah, con su mochila y sus faldas largas de lino, sus gafitas redondas de chica progre, entrando o saliendo de esta biblioteca, encontrándose quizá con algunas amigas para ir al teatro de la Universidad Católica que queda muy cerca. Aunque bien pensado no podía ser, porque el centro recién se inauguró en 1994 y Dinorah me dijo que se marchó del Perú en el año 1990. O quizá en el 1991, poco antes de que atraparan a Abimael Guzmán en el departamento de la bailarina Maritza Garrido Lecca. En cualquier caso, ya Ampuero me había dicho que no sabía mucho más de ella. Según me explicó en el bar del Country la noche anterior, había conocido a Manssur en Ancón, cuando él andaba de paso por Lima y una amiga, Julud Yapur, lo invitó a una fiesta en la que había mucha gente de la comunidad árabe. Sí, esa fue la primera vez que lo vio. Un encuentro fugaz y sin embargo curioso, en la versión de Ampuero. Él y Manssur apenas intercambiaron algunas palabras llenas de formalidad y buenos deseos. Pero a Fernando le llamó la atención el aire de desubicado feliz que tenía aquel hombre de cabellos retintos, envarado y sudoroso, con su corbata anacrónica y aquella laboriosa organización de las frases en castellano. Su mujer se mantenía sentada en una silla de aquel departamento veraniego, en un rincón cerca de la puerta de la cocina por donde transitaban apurados mozos que

llevaban copas y botellas, platos de comida criolla y viandas del Medio Oriente: de vez en cuando conversaba en
árabe con otras mujeres y mantenía a su lado, muy quietecita, a una niña pequeña, de ojos belicosos, vestida de
blanco. «Dinorah», pensé y el corazón me dio un vuelco.
¿Pero entonces... cuándo había ocurrido aquello? Nada
más llegar Manssur al Perú, a juzgar por la imagen que
me pintaba Fernando de aquel sirio joven, con infinitas
ganas de caer bien e integrarse en esa sociedad tan distinta a la suya. «Es un conocido de un conocido de mi
abuelo, acaba de llegar de Damasco», le dijo Julud con
fastidio y al oído a Fernando. Seguro que para aquella
peruana de origen palestino, con dos generaciones ya en
el país, aquel hombre era un forastero, casi el recuerdo
extemporáneo de sus abuelos en la memoria de sus padres, una imagen en blanco y negro, el perfil de un barco
de carga, el kohl en los ojos asustados de esas mujeres de
las fotos que guardaban en cajas de galletas, algo definitivamente remoto. Quizá por eso le llamó la atención a
Fernando: el sorprender en las pupilas oscuras de aquel
hombre risueño a los antepasados, a esos árabes del siglo
XIX o de principios del siglo XX que llegaron al Perú buscando un mejor porvenir. Un fósil viviente.

Y yo, mientras me incorporaba del banco frente
a la biblioteca y me encaminaba nuevamente al hotel, no
podía dejar de preguntarme cómo habrían sido esos primeros años, esa infancia extraña de Dinorah, quizá consciente —de la manera pormenorizada e inverosímilmente acuciosa en que lo son los niños— de que ellos, sus
padres y ella misma, no pertenecían allí ni jamás lo podrían ser del todo. Las veces en que conversamos de esto
en Damasco y en Estambul, percibí el perfume sutil de la
animadversión en las frases de Dinorah cuando resbalá

bamos, una y otra vez, inevitablemente, a esos años suyos de niña y de adolescente. Por ello no quise indagar con más ahínco en ese tiempo, a la espera de que ella misma se decidiera finalmente a contármelo. Y como esto nunca ocurrió, ahora estaba allí, en una Lima que al cabo de los años también empezaba a ser desconocida para mí.

No quise aún regresar al hotel, decidido a reconciliarme con mi vieja ciudad, como un amante que persiste, ya no instigado por el fuego del amor sino por la desazón de imaginarse sin el cariño rutinario de la pareja. Por eso, cuando vuelvo a la ciudad, necesito unos días para hacer las paces con ella, para habituarme a caminar por sus calles, sentarme en los cafés y cruzar los parques donde fui razonablemente feliz sin sentir que debo marcharme aprisa de allí, que no debo dejar que me inunden sus olores penetrantes a *smog* y a locro, a guiso de papas, que no se me cuele en el presente esa niebla marina que embarga de tristeza el perfil de sus edificios costeros y las charlas abúlicas con los amigos que quedaron. No sé por qué razón Lima siempre ha sido para mí un lugar contradictorio que me hace zozobrar entre la nostalgia y el desencanto. Así que caminé, un poco desorientado por los cambios que cada cierto tiempo remodelan la ciudad —y por lo tanto mis nostalgias— hasta el Óvalo Gutiérrez donde ahora hay restaurantes sofisticados y multicines modernos. Allí cogí un taxi para que me llevara hasta el parque de Miraflores, observando los cartelones publicitarios que alardean con obscenidad de esa supuesta riqueza que ha llegado como una pleamar sorpresiva a las costas de nuestra maltrecha economía. Hay restaurantes por todos lados, academias de preparación universitaria y hoteles de paso, crecidos aquí y allá para ofrecer una habitación, una cama e intimidad a miles de parejas que no tienen casa propia ni

coche y que necesitan unas horas para follar tranquilamente, para inventarse una rutina de pareja que de otro
modo les resultaría imposible. Ruge en cada esquina un
bullicio de música bastarda a la que se añade el orfeón de
las bocinas impacientes de los conductores limeños, un enjambre de taxis amarillos, diminutos y peligrosos coches
coreanos que se cruzan a la brava con las combis atiborra-
das de pasajeros y que, gracias a que en Lima casi no hay
semáforos, cruzan a velocidades mortales avenidas y calles:
un glorioso caos que aturde y confunde, que exaspera y
deja sin capacidad de reacción a los que, como yo, regresamos muy de vez en cuando. Sí, pero qué pacífica y qué
distinta en comparación con la Lima que Dinorah y yo
conocimos con pocos años de diferencia y sin embargo tra-
zada por el fuego ignominioso de aquella década insana de
atentados terroristas, levantada en armas por las constantes huelgas que cerraban el ya de por sí apocalíptico tráfico
de coches decrépitos, el retumbar inmisericorde de los ge-
neradores eléctricos que hacían funcionar a una ciudad
moribunda, ulcerada como un mendigo, incapaz de ofrecer seguridad, placer, rutina, futuro: miles de miles hacían
largas colas para sacar el pasaporte y marcharse del país a
donde fuera. A los Estados Unidos o a Italia o a España,
pero si no era posible irse tan lejos, a Venezuela, a Colombia, a Argentina o a Bolivia... «Quizá ahora mismo Dinorah está aquí», pensé repantigado en el taxi que cogí para
regresar al hotel, incapaz de despojarme de esa sensación
insomne de aturdimiento e incredulidad, ofuscado también
porque aún no sabía de nadie que me ofreciera una mínima pista para empezar a buscarla, si es que tal como me
alertó Maurizio ella podría estar en Lima.

De vuelta en el hotel, me detuve en el *lobby* y
eché un vistazo a la prensa local. Luego me acerqué a

la recepción donde la joven que atendía me entregó con una sonrisa de eficacia la tarjeta magnética de mi habitación. Cuando ya me encaminaba al ascensor pensando en cómo diablos hacer para encontrar a Dinorah, la chica me detuvo con su voz un poco ronca, muy limeña: «Por cierto, señor Benavides, tiene un mensaje. Es una llamada del señor Maurizio Medo. Le ha dejado un mensaje».

El taxi se detuvo en la esquina de la plaza San Martín y el jirón Quilca, donde languidece el fantasma derruido del Teatro Colón: inaugurado a fines de los años veinte, su elegante coquetería *art nouveau* pronto fue transformada en una más peripuesta y nacionalista estampa neocolonial, muy acorde con los años cuarenta. Siguió siendo un teatro de lujo que sin embargo no resistió el avance de los tiempos y tuvo que reciclarse primero en cine, a fines de los *locos años cincuenta* para derivar —como un viejo cuya vida se licua en una demencia senil y lúbrica— en oscuro cine porno durante los terribles años ochenta. Meado y ultrajado de rencores y agravios, patético y turbio, tiznado de hollín y otras exhalaciones, allí continúa el Teatro Colón, en la misma esquina del pasaje Quilca que hace veinte años fue la avanzadilla de una época bronca, agreste y confusa, llena de mala uva y borrachines con delirios intelectuales, que tomó como por asalto el centro mismo de Lima para reivindicar el traperío rojo de los poetas malditos, de sus putas insomnes, sus *punkies* alucinados y sus drogotas con conciencia social: la cultura *underground* limeña, apestada y expósita, y no obstante más viva —según algunos— que aquella cultura del *establishment* de la que se sentía y sabía excluida. Contradictoria y vana, de una sensualidad de lupanar, aquella callecita y sus aledaños, sus bares llenos de aserrín y guisotes, de ron bravío y pisco rasposo fue no obstante el reducto de los trashumantes que se iniciaban en el arte contestatario y en la poesía rebelde y más bien de verso maoísta, si se me permite el oxímoron, que diría Borges. Allí también iban los jovencitos pitucos —o pijos, como se les llama en España— a velar sus armas culturales, aunque esto fuera para ellos más bien una parodia de rebelión: allí se reunían los poetas lumpen y los novelistas de penitenciaría, que bebían hasta caer desplomados después de embriagarse de pisco, pero sobre todo de injurias y resentimiento, de rencor y mala fe. Allí soñaron los que se sentían con exactitud y certidumbre excluidos, pero los suyos fueron sueños perdidos, confusos: el sueño sobresaltado de la borrachera continua, de tal guisa que un día despertaron con los ojos enrojecidos y la lengua pastosa sin haber escrito una frase, un pequeño verso, nada. Y allí también acudieron los entusiastas de Sendero Luminoso, los iluminados de la poesía mesiánica y la lucha armada. Ya sé, ya sé: no todos, ni mucho menos, pero aquellos que mantuvieron intactas las ganas de escribir y además lo hicieron, quienes iban por allí en busca de esa rebeldía cultural que crecía en el centro subterráneo limeño, en aquella parcelita soliviantada de grafiti que era el jirón Quilca y alrededores, se fueron de aquel lugar defraudados, a soñar en silencio, en el exilio o en el autoexilio: Lima puede ser una ciudad sofocante de la que es menester desembarazarse para sobrevivir.

Y nada menos que allí se le ocurrió citarme a Maurizio Medo, poeta brillante, loco amable, que había viajado desde Arequipa, donde vivía ahora, las catorce furibundas horas de un autobús de línea, para contarme de viva voz quién era realmente Dinorah, pues sí la había conocido, pero en otras circunstancias, con otro nombre quizá. Porque estaba seguro de que se trataba de ella, me dijo cuando después de recibir su mensaje en el hotel me precipité al teléfono para llamarlo y resultó que ya se encontraba en Lima, en la casa de su madre en Santa Beatriz. Había viajado toda la noche y estaba molido (Maurizio es alto, patilargo, dado a la hiperkinesis, y cultiva un insomnio lleno de especulaciones y poesía, así que imagino el viajecito), pero pese a todo, me citó para ese mismo día. «Vente a Quilca, al bar Queirolo. Te espero allí a las diez. Intentaré dormir algo antes, hermano.»

Aquel jirón Quilca no había cambiado mucho desde que yo lo conocí, precisamente con Maurizio y con Richar Primo, con quienes en nuestros años jóvenes asistíamos a aquel bar atraídos por su fulgor de vituperio y malditismo. Allí bebíamos con satisfacción impostada un pisco descastado que hacía saltar nuestras lágrimas mientras escuchábamos a los poetas y a los narradores de una Lima que en mi recuerdo se hace más y más provinciana y autista. Las chicas que de vez en cuando se aventuraban por allí bebían como los hombres, con ademanes esforzados de rudeza que no obstante resultaban insuficientes para ocultar su susto o su desagrado, como si ellas pasaran por una prueba mayor: ser *underground* y además mujeres. Chicas de la Universidad Católica, cuyos padres (en ese entonces cincuentones profesores universitarios o economistas con remotas ideas de izquierda) habían bailado seguramente en el elitista Country o asistido a los fiestorros de la burguesía iconoclasta de los años setenta sin remordimiento alguno, rojos de papel *couché*, la «resistencia» de cine club. O «rabanitos», como se les conoce en el Perú: rojos por fuera y blancos por dentro. Aquellas chicas eran rubitas o castañas, de manos finas y faldas largas, vagamente hippies, como seguramente lo fue Dinorah, aunque en ella sí existiera algo que oscuramente se podría llamar una conciencia de clase, una memoria del resentimiento y la afrenta social. Claro que sí, me dije entrando al bar y distinguiendo a Maurizio sentado a una mesa del fondo: mi amigo me había citado en ese sitio porque allí habría visto o conocido a Dinorah, a la jovencita de ojos furibundos —¿así había sido ella, como lentamente se fue revelando en Estambul y en Nueva York?— que decidió, a diferencia de otros, continuar con esa lenta despersonalización, intoxicada de soflamas maoístas hasta tener que escapar del país, quién sabe acusada de qué, de haber hecho qué, Dinorah, amor mío, pensé desasosegado, ¿como en Barcelona?, ¿de terrorismo islámico, maoísta, marxista, senderista? Y no obstante, aún conservaba la cada vez más enajenada esperanza de averiguar que no era ella, que no era Tina, que no eran las mismas personas, los hilos de sus destinos, del mío propio, del elusivo Cremades, cruzados, tejidos por una araña infatigable y ponzoñosa.

Maurizio se levantó al verme. Nos dimos un gran abrazo y creo que por primera vez sentí que me hallaba otra vez en Lima, en casa, con los amigos de siempre. El bar estaba inexplicablemente vacío y contra todo pronóstico en la vieja radiola alguien había puesto *Just the way you are*, en versión de Billy Joel. El tiempo pues, parecía empozado como las aguas de un estanque. Dos hombres de traje conversaban sin mucho énfasis en una mesa cercana, con sendas botellas de cerveza y una platito de chicharrones, creo. Más allá una pareja universitaria se tomaba de las manos y bebía pisco. Él llevaba una cazadora negra, excesiva para el escaso frío limeño, y unos zapatones oscuros de minero. Ella calzaba botas del mismo color y un vestido largo, estampado, de algodón. Hubiera sido el tipo de parejita que acudía a aquel bar en los años ochenta, de no ser porque la chica llevaba un *piercing* en la nariz y en la piel trigueña de su hombro izquierdo lucía un tatuaje, una luna azul en cuarto creciente, me pareció. Miré mi reloj: apenas pasadas las diez de un martes de agosto y el local estaba mustio, apagado. Quizá se empezaría a llenar más tarde, aunque Maurizio me trajo a la realidad: Lima no es Madrid, en donde a todas horas, en cualquier día del año, los bares están colmados de gente tapeando y bebiendo. Nos sentamos. Pedimos unas cervezas. Mi amigo encendió un cigarrillo: «Te veo bien, has engordado». Me reí, él en cambio estaba igualito, sin arrugas, flaco y alto como una fiebre, y seguía usando sus camisas Mao, blancas y sin cuello, sus zapatos de ante, los pantalones beis de toda la vida.

Llegaron las cervezas y bebimos unos sorbos. La mía la encontré más bien tibia. Nos contamos rápidamente nuestras cosas, cómo nos iba, qué estábamos escribiendo o a punto de editar, si colaboraciones en prensa o charlas o congresos a los que asistiríamos, si acaso. Desfilaron ante nosotros los fugaces perfiles de viejos amigos comunes, sus escuetas biografías después de tantos años, matrimonios y divorcios, viajes, libros, hijos, hipotecas, postgrados, gorduras, infartos... un parte de guerra parecía aquello. Y el lugar común, antes de beber otro sorbo de cerveza: «Nos hacemos viejos». «Sí, nos hacemos viejos. Salud.»

—A esa chica sí que la conocí —me dijo de sopetón Maurizio limpiándose la espuma que había dejado la cerveza en sus labios—. Después de intercambiar aquellos mails contigo estuve pensando por qué me sonaba lo que me contaste, aunque el nombre no me parecía conocido. Pero hace poquito alguien me la mencionó y me dio el dato. Por eso decidí viajar, para contártelo de viva voz.

Se lo agradecí profundamente y lo insté a que empezara ya, de una vez: qué sabía de Dinorah o como se llamara en el relato de Maurizio.

—Y se llamaba Dina. No sé si Manssur porque al nombre solo le precedía un sustantivo que te debe sonar de aquella época: *camarada*. Pero por la descripción que me hiciste, estoy seguro de que es ella.

Me di la vuelta hacia el mozo para pedir una copa de pisco, que era lo que necesitaba con urgencia. En la maoísta izquierda de los años de la guerra, *camarada* era el apelativo que designaba, sin ningún género de dudas, a los terroristas o a quienes resultaban muy próximos al mesianismo polpotiano de Abimael Guzmán. «Camarada Dina», pensé más con tristeza que con desconcierto.

Ahora sonaba una canción machacona como la voz de un pedigüeño, una de letra aullante y soniquete más bien tropical. Dina: nunca le mencioné a Maurizio ese diminutivo cuando le escribí para preguntarle, lo recordaba perfectamente, no podía haber influido en su recuerdo.

Maurizio la había conocido a principios de los años noventa, cuando yo ya me había ido del Perú y él dirigía un curso de poesía en el Museo de Arte de Lima. Dina —en ese entonces a secas— llegó a aquel taller con una amiga, una gordita vestida íntegramente de negro, una de esas chicas góticas de aquellos años, y aunque su aspecto era muy cultureta, con el *atrezzo* típico de la subversión, a Maurizio le pareció que aquella Dina de ojos verdes escribía condenadamente bien.

—Pero le perdía el tono, el registro, hermano —aventuró con melancolía Medo.

Porque la chica encadenaba suaves frases de inocultable acervo romántico, provocando miradas de desdén y suspicacia en la gordita amiga. Luego, al darse cuenta de aquella debilidad, se lanzaba en pos de poemas burdos, de un pobre vuelo proletario, monótono y rígido como una consigna del Partido Comunista. Era una chica guapa, de flequillo y ojos rebeldes, tal como la recordaba Maurizio, que llegaba al Museo de Arte en el Covida, uno de esos autobuses que toman el nombre de la línea que recorren y que en Lima suele ser extenuante, sinuosa e indescifrable, con lo que resultaba imposible para mí cerciorarme de que Dinorah hubiera vivido en Magdalena o que la casa familiar estaba en ese distrito, tal como me dijo Ampuero. El Covida pasaba por allí, sí, pero como otras cientos de esas líneas espurias que florecieron en los años setenta y ochenta para paliar la inofensiva red municipal de autobuses. No era una chica que se integrara rápidamente, me dijo Maurizio. En el descanso, cuando todos salían a fumarse un pitillo y charlar, Dinorah solía quedarse en el aula, escribiendo o mordisqueando una manzana, como una colegiala aplicada y vagamente huraña.

—Pero quien realmente la conoció fue el Gabo.

—¿García Márquez? —pregunté un segundo antes de sentir que enrojecía de vergüenza por mi puerilidad. Claro que no podía ser García Márquez.

Maurizio sonrió paternalmente.

—No hombre, el Gabo Proaño, el poeta —explicó y luego se acercó a mí, algo confidencialmente—: Se llama Gabriel, pero siempre ha querido que lo llamen Gabo. ¿No lo conociste, no lo trataste nunca?

Hube de confesar que no, que no me acordaba haber tratado nunca al poeta Gabriel, Gabo Proaño. Maurizio miró su reloj. Se había tomado la libertad de invitarlo esta noche para hablar de Dina, dijo, y si yo no conocía al Gabo era preciso que me pusiera rápidamente al tanto. Proaño no solo había conocido a Dina sino que podía ser la clave para encontrarla en Lima. Pero había que ser cautos con el poeta.

El Gabo Proaño era un vate cerril, algo entrado en carnes, de cabellera larga e hirsuta, y una lenta cortesía cardenalicia. Se acercó a nosotros y dejó su morral en una de las sillas antes de sentarse y pedir una cerveza o mejor aún, corrigió viendo mi vasito de pisco, lo que toma aquí el amigo. Llevaba una casaca verde tornasolada y unos increíbles anteojos oscuros, baratos, sesenteros, que le conferían un desagradable aspecto de vieja pasada de moda, y unos calcetines color guinda que apenas cubrían sus canillas morenas. Se frotaba las manos constantemente, como a punto de saborear un manjar o una infidencia. Medo hizo las presentaciones y Proaño se interesó educadamente por mis libros, bostezó sin poder contenerse cuando Maurizio le habló de una de mis novelas, me preguntó finalmente por un poeta peruano que vivía en Madrid y con el que, por las frases que deslizó mientras vaciaba su pisco de un trago, había mantenido una de esas camaraderías brutales a las que son proclives ciertos poetas y quizá los estibadores del Callao. Se alegró con sinceridad cuando le dije que le iba bastante mal y sableaba tragos y bocadillos en los bares de Malasaña donde se reivindicaba uno de los mejores poetas del mundo, y pareció despertar de su sopor cauteloso al tercer pisco, glosándonos pasajes de sus años en España. Puta mierda de país, resumió.

Proaño había sido —según me instruyó Maurizio poco antes de que llegara el bardo— un poeta bastante conocido en el medio limeño de los años noventa. Belicoso y feroz, tan pronto aparecía en broncas manifestaciones contra el gobierno como en delicados recitales poéticos, y aunque a simple vista ambas actividades parecían bastante alejadas entre sí, la presencia de Proaño tenía la ventaja de conferirles un vínculo tan inequívoco como intenso: siempre acababan a puntapiés. Editor ocasional que daba esquinazo a sus autores, autor que exigía anticipos a sus editores por libros que no concluía, librero de ediciones piratas, agitador cultural y poeta de iluminados aunque escasos versos (Medo *dixit*), Proaño había sido un referente para el mundo contracultural capitalino en esos años. Temido y menospreciado, se rodeaba de acólitos aquí mismo, en el Queirolo, en el Cordano o en lupanares de la Victoria y Comas o más allá, en esos barrios ajenos a la entropía literaria y artística de la capital. Hasta ahí la biografía más o menos común de tantos poetas ensordecidos por su propio ruido y enajenados por su propia furia. Maurizio lo había conocido e incluso habían cultivado una liviana amistad que Proaño exageraba con grandes abrazos cuando necesitaba un pequeño préstamo o cuando veía a Maurizio con sus alumnas del John Logie Baird donde por entonces dictaba clases. Pero Medo empezó a alejarse del poeta contestatario, que por aquellos tiempos lucía una barba de personaje evangélico y gafas de pasta, como de intelectual disidente, al observar cómo el discurso de Proaño dejaba paulatinamente el verso libre y el endecasílabo para impregnarse de ditirambos y apostillas

incendiarias de claro corte senderista, en esos años en los que
el terrorismo enajenado de Abimael Guzmán hacía del Perú
un inmenso mural estalinista pintado con las vísceras de
los enemigos de clase. Proaño era una habitual del Queirolo en sus tiempos más álgidos y no era raro verlo allí por
las noches. En una de esas ocasiones Maurizio se lo encontró, orondo y despatarrado a una mesa, rodeado de escritores jovencillos que miraban con reverencia y arrobo al poeta. Entre ellos estaba su alumna del taller, la chica de los
ojos verdes y rebeldes.

Fue precisamente en este punto de su narración
en que apareció Proaño por la puerta del Queirolo, se
sentó frente a nosotros, pidió su pisco, se frotó las manos,
denostó al pobre poeta radicado en Madrid y finalmente
nos dijo si pedíamos algo de comer, él venía con hambre. Sin esperar respuesta tronó los dedos en un recla-
mo carcelario y ofensivo que pareció expulsar de su mo-
dorra al mozo famélico que se recostaba contra la barra.
Proaño pidió por todos un plato de mondonguito con
mucho picante, panes con chicharrón y algún otro guiso que ahora no recuerdo. Pidió también cervezas y más
pisco. Cuando el mozo hubo puesto todo sobre la mesa,
el poeta bajó la cabeza hasta rozar con la barbilla el plato, como si temiera que alguien osara quitarle la comida,
metió la cuchara sopera en el guiso y desde allí sus ojillos
suspicaces me enfocaron por primera vez directamente.

—Así que España, ¿no? Te debe ir bien, pata.

—No me quejo.

Gabo hizo un gesto extraño con la mandíbula y
las cejas. Entendí que nos alentaba a compartir el plato.
Maurizio negó mostrando el cigarrillo y yo no hice caso.
Proaño masticó concienzudamente el bocado, bebió un
largo trago de su Pilsen, contuvo con delicadeza un eruc-

to en la palma de la mano y comentó que él tenía recién acabado un libro de poemas, que ya estaba harto de las triviales publicaciones en el Perú, un país de mierda («ya van dos», anoté mentalmente) en manos de unos pituquitos que se creían virreyes, una auténtica mafia que no dejaba espacio para que surgiera la verdadera poesía, la poesía que venía del pueblo, carajo. Luego me miró con cierto desafío, como calibrándome o esperando alguna protesta por mi parte. Normalmente me hubiera levantado con cualquier pretexto o quizá sin ninguno porque hace tiempo que he perdido la costumbre de lidiar con los infelices. Pero estaba allí porque necesitaba saber de Dinorah, de su vida, de si acaso Proaño podía decirme algo acerca de esa chica que él había tratado hacía tanto tiempo ya. Quizá, deduje por esos fragmentos desesperanzadores que me mostraban a una Dinorah extraña, ajena a la que yo conocí y de la que me enamoré en Damasco, Proaño la frecuentaba aún o tenía noticias frescas de ella, sabía de alguien que la conociera, sí, claro: quizá yo conociera en Madrid a algún editor que se interesara en los poemas que él había terminado...

—¿Perdón? —dije un poco confuso porque no había entendido bien lo que decía el poeta.

Maurizio tenía las mejillas ligeramente teñidas de rojo y se afanaba en arrancarse un pellejito del dedo meñique, muy concentrado en su labor.

—Sí —insistió el Gabo Proaño buscando en su morral unas cuartillas que extrajo con gesto triunfal—. Tú seguramente conoces a algún editor español que quiera publicarme. Con toda probabilidad allí tendrá más aceptación que aquí. No es por nada, pero creo sinceramente que es uno de los mejores, si no el mejor, que se ha escrito en los últimos años.

Cogí los folios, los encuadré dándoles unos golpecitos aquí y allá, y los miré un rato sin saber qué decir, calibrando si aceptaba el chantaje. Porque el Gabo Proaño sabía, desde que se sentó a la mesa, que yo quería noticias de Dinorah. Y calculó con la mezquina pericia de un tasador cuánto valía esa información.

—No te puedo prometer nada —dije al fin.

—Seguro conoces a alguien, a algún buen editor —sonrió con un poco de sorna—. Tú inténtalo. Te estaré muy agradecido.

—Claro —mentí—. Por qué no.

Y me quedé con el poemario.

# Cusco

El hotel estaba en una pequeña calle del barrio de San Blas y no era nada ostentoso —casi más bien austero—, de recios muebles pasados de moda y un vestíbulo lleno de bronces y florituras. Pero en mi habitación, además de vistas espléndidas de la ciudad y una buena conexión *wifi*, tenía una cama grande y cómoda, agua caliente y calefacción. Y estaba el bar, tras cuya barra a toda hora encontraba al providencial Filomeno, un cajamarquino simpático y de bigotillo a lo Pedro Infante que servía deliciosos combinados. Cómo había llegado allí un hombre del cálido norte del Perú hasta el frío y más bien huraño Cusco, era para mí un misterio. Pero ya bastante enigma tenía con averiguar si la pista que me había traído hasta esta ciudad española e incaica, infinitamente más cosmopolita que cualquier otra del Perú, incluyendo la capital, era cierta. Yo no había pisado el Cusco desde hacía por lo menos veinte años y me sorprendió que el casco antiguo estuviera tan bien cuidado, aunque apenas a los diez minutos de camino hacia cualquier punto del extrarradio la pobreza ecuménica del Perú siguiera presente como una estampa desoladora y hambrienta de niños mugrosos y campesinos mustios, casi mendigos, rodeados por una tropilla de chuchos huesudos y ladradores. Y la ciudad resulta entonces como un espejismo de casas bajas y encaladas, de festivos tejados rojos, de soberbios y orondos edificios españoles recostados en esas piedras de una geometría inenarrable que son las construcciones incaicas.

Nada más llegar al hotel y beberme un mate de coca salí a dar una vuelta para serenarme —con el papelito en el que había anotado los teléfonos de Bruno Ancajima bien guardado en mi cartera— y de paso perder el resuello subiendo y bajando los cientos de peldaños que te llevan de un lugar a otro de San Blas: el Cusco está a más de tres mil metros de altura y se nota, vaya que sí: el traqueteo del corazón, la sequedad de la nariz y ese leve mareo en el que uno flota constantemente. No hay rincón de esta ciudad que no sea transitada por un gentío de gringos cámara en ristre, con la expresión entre alelada y curiosa que se le pone a los turistas frente a la Historia, incongruentemente vestidos con sus zapatos de siete leguas y sus pantalones cortos de explorador de cómic que los lugareños siempre miran con un cierto desdén o con la condescendencia con que aceptamos los juegos infantiles. Pero no creo que nadie se llame a engaño: esos mismos gringos anclados en la infancia gracias a sus tarjetas de crédito dejan mucho dinero y los cusqueños lo saben y lo aceptan. Desde hace mucho, el monocultivo de la ciudad es el turismo y por aquí y por allá se abren tiendas de souvenirs donde cuelgan ponchos de colores y jerseys de alpaca, figuritas de plata, postales y vasijas de barro con motivos incaicos; restaurantes de toda laya que ofrecen carne de alpaca y cuy chactado, pero también pizza y hamburguesas, lavanderías al peso para que los turistas pobres quiten de vez en cuando la mugre de sus harapos peripatéticos; cafés y bares que abren a todas horas y donde se apostan los *bricheros,* esos cusqueños que explotan el fenotipo para que caigan en sus redes las turistas ansiosas de una aventura con exóticos descendientes de los incas, un poco hippies, un poco pasotas, nimbados de marihuana y soltando a las chicas frases almibaradas, destinadas a convencer, a seducir, a camelar, demostrando así lo que en el Perú se llama tener *floro*. Por la noche es frecuente verlos merodear a sus presas con su estudiado desgarbo de románticos príncipes nativos, bebiendo sus copas con parsimonia y zumbando melosos al oído de alguna holandesa o americana rubicunda ternuras y promesas para que esta caiga redonda, pague las cervezas, la comida, algo de ropa y —con suerte— se convierta en su pasaporte para llegar al extranjero, en su puente a una vida mejor. De allí el término, al parecer: de bridge viene brichero. Esto yo no lo sabía, me lo contó Maurizio ya en el aeropuerto, mientras esperábamos aburridos mi vuelo al Cusco, que ya llevaba una hora de retraso y nosotros teníamos la cabeza como una losa, después de la mala noche.

—Que tengas suerte —me abrazó Maurizio cuando por fin anunciaron la salida del vuelo de Lan.

Había partido la mañana siguiente de habernos citado con Proaño: me dije que hice bien en no avisar prácticamente a nadie de mi llegada a Lima porque de lo contrario hubiera tenido que explicar aquel viaje repentino, cumplir con la familia y con los amigos, asistir a almuerzos, cócteles y festejos con los que normalmente te agasajan en Lima. Pero en esta ocasión yo no tenía ni tiempo ni ganas para ello, devorado por la impaciencia de encontrar por fin a Dinorah, quien podría estar viviendo en el Cusco desde hacía un año más o menos. De manera que luego de terminar con los platos que pidió en el Queirolo y beber cerveza y pisco además de endilgarme su poemario, el Gabo Proaño se encontró repentinamente espléndido y decidió que deberíamos ir «por ahí», a rematar la noche. Antes de ello, cuando impaciente por saber de Dinorah le interrumpí un largo cotilleo maledicente sobre un poeta viejo, pobre y homosexual preguntándole casi a quemarropa si conocía a Dinorah, los ojillos del bardo parpadearon con reproche y sus labios desaparecieron en una muda desaprobación, como si no pudiera creer que yo hubiera cometido la inaceptable grosería de saltarme el protocolo. «Sí, claro que la conozco», se limitó a decir, y a continuación sin dejar de mirarme ofensivamente a los ojos pidió otro pisco. Entonces comprendí que el protocolo consistía en que deberíamos seguir bebiendo hasta que él quisiera... si yo deseaba saber de Dinorah, claro. Por fin, una vez que hube pagado la cuenta y que el poeta pidiera disculpas para ir al baño, Maurizio se volvió a mí, las mejillas levemente encendidas de contrariedad:

—Coqui —me dijo utilizando ese apodo infantil que ya solamente él y mis hermanos usaban—. Si quieres lo mandamos al carajo a este hijo de puta. Pero si se porta así, estoy convencido de que tiene buena información sobre Dina. Tú decides.

Maurizio tenía razón. Proaño pertenecía a esa familia de carroñeros que venden caro lo que saben y que, puesto que viven de ello, no se aventuran con un farol así. Simplemente le pedí a mi amigo que me acompañara. Iríamos a tomar esa copa que reclamaba el vate y yo obtendría la información que necesitaba. Después se podría ir con viento fresco.

—¿Nos vamos? —dijo entusiasmado el Gabo cuando nos alcanzó en la puerta del Queirolo.

Cogimos un taxi y Proaño se sentó adelante, dejándonos al zanquilargo Maurizio y a mí comprimidos en el asiento trasero de aquel pequeño coche.

—Al Country Club —ordenó. Y hacia allí partimos.

Pero había valido la pena. No solo porque siempre me ha parecido un espectáculo la gente que hace ostentación de su mezquindad sino porque Proaño, al cabo de un segundo whisky que paladeó con delectación, se repantigó plácidamente en los mullidos sofás de piel del bar inglés de aquel hotel, y se avino por fin a hablarme de Dina. Claro que la había conocido, empezó, después de encender un cigarrillo. Y mucho. Dina había sido una chiquilla inteligente, llena de fuego y rebeldía, que nada más entrar en la Universidad de San Marcos mostró gran interés por los asuntos sociales que aquejaban al país, sobre todo a la gente del Ande, la más olvidada de nuestro Perú...

Yo no había leído la poesía de Proaño, pero sin duda alguna al ensayar la crónica era más bien previsible y organizaba una sintaxis gazmoña y afectada, como de revista del corazón. Me ofusqué por aquella semblanza entre pastoril y hagiográfica que estaba haciendo de Dinorah, porque ni siquiera tenía la brutal economía de frases que suelen o solían usar los camaradas maoístas al hablar, por ejemplo, de Edith Lagos, una especie de Sarita Colonia lunática y lobotomizada del panteón senderista. Por desgracia, Proaño no era así. De forma que en un momento dado lo interrumpí con una pregunta concreta para ahorrarme sus especulaciones sobre la rebeldía y la sensibilidad social de Dinorah y poder así averiguar algo muy concreto de ella, de su actual estancia en el país, por ejemplo. Como Proaño se me quedara mirando con aire enigmático y nuevamente sus labios se esfumaran en un gesto de reproche, hice algo que jamás antes había hecho con nadie y que creo que nunca volveré a hacer. Pero yo estaba impaciente y furioso: cuando su mano se dirigía hacia el segundo vaso de whisky de malta que había ordenado y que el mozo ya disponía en la mesa, se lo retiré sin decirle una palabra. Yo estaba dispuesto a pagar todos los tragos del mundo y lo que hiciera falta por lo que me contara, pero tampoco iba a permitir que me tomara por un cojudo, le dije, para horror de Maurizio que asistía a la escena entre fascinado e incrédulo. Por un momento pensé que Proaño se iba a levantar con insultos (me lo hubiera merecido) o quizá simplemente se iría de allí sin decir palabra. Pero no, no hizo nada de eso, simplemente sonrió contrito, murmuró que claro que sabía dónde estaba ahora Dinorah, solo que él se vio en la obligación de contarme algo más sobre su vida porque entendía mi interés, claro que sí.

Y así pude enterarme de que Dinorah había estado en Lima hacía poco más de un año. Venía, según creía recordar Proaño, de Ginebra o de París. Ellos se habían visto, habían salido juntos a visitar a los viejos amigos, a tomar unas cervecitas, a que Dinorah volviera a reencontrarse con el Perú profundo. Pero estuvo un par de semanas y luego se marchó al Cusco.

—Es más, estoy casi seguro de que todavía debe estar allí —afirmó Proaño y por primera vez en lo que iba de noche vi sinceridad en su mirada—. Y si alguien sabe de ella ese es Bruno Ancajima, el mejor poeta vivo de la ciudad imperial.

Yo debía encontrar pues a Bruno Ancajima, un poeta cusqueño que era, por lo que deduje, amigo de Proaño. Este me había dado su número de celular y un teléfono fijo pero decidí no usarlos hasta que no estuviera instalado en el Cusco y supiera con claridad qué era lo que le diría. Mientras sobrevolaba el macizo rocoso y perpetuamente nevado de los Andes, casi al alcance de las manos, pensaba que estaba muy cerca de encontrarme por fin con Dinorah, pero caí en cuenta de que no sabría qué diantres decirle, cómo presentarme después de tanto tiempo, qué era exactamente lo que quería pedirle, si acaso quería pedirle algo.

Habían trascurrido más de tres años desde que la viera por última vez, con la nariz enrojecida y su mano leve diciéndome adiós a bordo de un taxi que se alejaba por las calles de Nueva York; había llovido tanto desde entonces y sin embargo en ese momento, cuando descendí del avión y caminé hacia la terminal del aeropuerto Velasco Astete cegado por la luminosidad de un sol que no calentaba, sentía mi corazón trepidar, y no precisamente por el mal de altura. Nervioso esperé a que apareciera en la cinta de equipajes la pequeña maleta que había facturado; con urgentes ganas de fumar alcancé un taxi cochambroso al que le di la dirección de mi hotelito en San Blas, recomendación de Medo, incapaz de esperar otro minuto, me registré en el hotel y bajé al bar para pedirme un mate de coca y un pisco extemporáneo y contundente —eran apenas las doce del día— que hizo brillar de suspicacia los ojillos del barman, el cajamarquino Filomeno, y salí a callejear para dedicarme a pensar con exactitud qué le diría a Bruno Ancajima. Pero lo único que hice fue distraerme viendo turistas alelados, lavanderías de tres al cuarto y tiendas de souvenirs. En realidad lo que quería era serenarme y poner en claro qué era realmente lo que quería de Dinorah, qué era lo que le diría en el caso de que la pudiera encontrar. Por más que caminaba de aquí para allá, por entre las estrechas calles de San Blas, empedradas y bulliciosas, no lograba enfocar con claridad mi argumento. También era cierto que ni siquiera había llamado a Marta y que había visto que tenía tres correos electrónicos suyos. Me estaba portando como un perro con ella y eso me mantenía oscilando entre la agitación y el abatimiento... y a todo esto debía unir mi cansancio físico: prácticamente había rascado un puñado de horas para dormir desde que llegara de Europa, y me sentía enervado, al borde de mis fuerzas. Tenía que llamar a Marta sin falta en cuanto regresara al hotel, antes de que se hiciera tarde allá en España. Almorcé sin muchas ganas en un restaurante cerca de la plaza de Armas y luego de apurar un café algo aguado regresé al hotel. En Madrid, el teléfono de Marta timbró largo rato hasta que al fin oí su voz, algo seca y distante, como si hubiera sabido antes de contestar que era yo. Contrito le pedí disculpas, le expliqué que el cambio horario me había hecho imposible coordinar mis viajes y mis encuentros con las posibles llamadas (lo cual en rigor era cierto) y volví a pedirle disculpas. Pero esta vez, sin darme tiempo a arrepentirme, le dije la verdad. Escuché su silencio lleno de escarcha al otro lado de la línea. «Tú verás», dijo al fin y en su tono había acritud, pero también decepción y tristeza. Me senté en la cama y busqué el paquete de tabaco. Encendí un cigarrillo, me llené los pulmones de humo, dándome tiempo para pensar. «Mira, Marta», le dije, «yo sé que es una putada lo que te estoy haciendo, pero necesito arrancarme de una vez por todas este sentimiento». Y aquello era del todo verdad. Le expliqué que de lo contrario nunca podría ofrecerle nada a ella ni a nadie, no sería capaz de construir nada, agobiado por esa sensación infame de cosa inconclusa. Pero Marta no dio su brazo a torcer. Después de un largo rato escuchándome insistió: «Tú verás. Tú verás lo que haces». Y colgó. Me tumbé transversalmente en la cama, incapaz de pensar en nada, fumando sin tregua, con los músculos tumefactos, agotado, con un leve zumbido en la cabeza que presagiaba jaqueca. Me incorporé y saqué el papelito donde tenía los teléfonos de Bruno Ancajima. Y llamé al fijo primero, pensando qué le diría, cómo abordaría el tema, si debía hacerme el amigo que de casualidad estaba en el Cusco o si debía decirle la verdad. Pero no fue necesario: el teléfono timbró y timbró sin que nadie lo levantara. Ni siquiera saltó un contestador automático. Marqué entonces el del celular, con mucho cuidado, como si encendiera la última cerilla de una caja ya vacía. Y de inmediato me saltó una grabación anunciándome que ese número no correspondía a ningún usuario. Presa del pánico volví a marcar pensando que me había equivocado al hacerlo la primera vez, mientras maldecía en voz alta al infame Gabo Proaño, y me volvió a saltar la misma imperturbable grabación. Intenté ponerle un 9 delante, como me habían dicho que a veces había que hacer con ciertos números en Perú debido a los cambios de los prefijos introducidos cuando Telefónica se hizo con la vieja Compañía Peruana de Teléfonos. Marqué un cero también, volví a marcar una y otra vez, y luego a espacios de media hora llamaba al teléfono fijo que timbraba y timbraba eternamente, como olvidado al fondo de un corredor oscuro, en una casa abandonada. Tenía apenas ceniza en las manos, pensé maldiciendo minuciosamente a Dinorah y a Cremades, al Gabo y a todos sus muertos, pero sobre todo maldiciendo mi vida.

Cuando al cabo de un par de horas bajé al bar estaba allí Filomeno —así se había presentado, algo ceremoniosamente por la mañana—. Me sonrió e hizo una media venia. Secaba con diligencia unas copas que iba colocando boca abajo, como bellas y tintineantes estalactitas que florecían sobre su cabeza. Elegí un rincón de la barra y encendí un cigarrillo. Le pedí un whisky que bebí despacio, acompañado de soda, como hacía mucho tiempo que no lo tomaba. Necesitaba ahora saber cómo demonios podía localizar al tal Bruno Ancajima. Pensé en llamar a Maurizio para que le ajustara las clavijas al timador aquel de Proaño, pero deseché rápidamente la idea por aparatosa y dilatada. Además, la vida cultural de provincias en ningún lugar del mundo es suficientemente grande como para no encontrar a alguien, me dije intentando sosegarme, de tal forma que pensé en buscar primero alguna asociación cultural o ateneo. O quizá mejor un bar, me iluminé. ¿Dónde se encuentra a un poeta peruano? En un bar. Pero en el Cusco lo que sobran son bares y cafés: tumultuosos y solitarios, modernos y derruidos, ruidosos e insomnes, apagados y fieros, vernaculares y de diseño... También podía buscar su nombre en la guía telefónica. Le pedí a Filomeno un segundo whisky y una guía telefónica que el barman de inmediato rescató de debajo de la barra, como en esas comedias de situación en las que las cosas más inverosímiles siempre están al alcance de quien las necesita. Pero no encontré ningún Ancajima allí. Ni uno solo. Más bien debería buscar asociaciones culturales y ateneos o similares. Filomeno me miraba de reojo, limpiando las copas, intrigado por mis afanes y por mis anotaciones. Me volví hacia él, resoplando. ¿Conocía aquellos cafés o bares donde se reunían los poetas del Cusco? Parpadeó confuso, sin dejar de sonreír. No supe qué parte de la pregunta no había entendido y cuando la iba a repetir me dijo «¿los escritores?».

«Sí, esos.» Dejó de secar una copa y se quedó mirando hacia el infinito. «Hay varios, pues. Pero por lo general van aquí a la vueltita de la Catedral donde uno que no sé cómo se llama.» Antes de que pudiera protestar agregó:

—Pero es facilito de encontrar.

Y me dio las señas. También me dio las señas, más bien confusas, escasamente catastrales, de otros tres bares donde se reunían los escritores y los músicos. Y esa misma noche partí en busca de los poetas cusqueños.

El primero del que me hablara Filomeno era un bar grande, oloroso a humedad y a cerveza pasada, donde tronaban los dados de una partida de cacho entre varios hombres encorbatados que tenían a su vera una caja de cervezas de litro, como dicta la costumbre peruana de beber hasta el delirio. Me planté en la barra y pedí un Capitán, dedicado a mirar a los hombres que charlaban a gritos y jugaban a los dados. No había allí ni chicas ni turistas. Al cabo de un rato le comenté al camarero que era un bar precioso, seguramente muy antiguo y lleno de historia. El tipo observó el tugurio lleno de barriles y mesas oscurecidas por los años y quizá recordó viejos tiempos porque su primera mirada de desconfianza se desvaneció. Efectivamente, lo era, caballero, afirmó acomodándose la pajarita. Y seguro allí vendrían los intelectuales, los periodistas, los escritores cusqueños, ¿no? La desconfianza volvió a brillar en los ojos del camarero. ¿Intelectuales? Allí solo venían borrachos, ¿no veía? Y diciendo esto se fue a otro lado, quizá pensando que yo era algún tipo de marica especializado en letraheridos de todo pelaje. Terminé mi café y me marché de allí. Yo no conocía a ningún escritor en el Cusco y Maurizio tampoco. Lo había llamado antes de salir del hotelito para contarle lo mal que me había ido y mi amigo rechinó los dientes, jurando que Proaño se las iba a pagar. Pero intentaría averiguar si alguien conocía a algún escritor cusqueño. Así que los dos días siguientes me dediqué a husmear en los bares donde no recalaban turistas sino solo gente del lugar, pero todos mis intentos resultaban infructuosos, pues los bares y cafés adonde acudí se llenaban con gente que bebía infusiones y licores leyendo el periódico o conversando ruidosamente. En ninguno nadie supo darme la más mínima pista acerca de dónde se reunían los intelectuales cusqueños, aunque todos parecían conocerlos: «Aquí a la vuelta, en el bar Ayllu». «En el Muki, a dos calles de aquí nomás.» «Pregunte usted en el Comercial.» Algunos eran simples bares de copas para guiris, recomendados por ese afán algo absurdo de ciertas personas para quienes es mejor dar una dirección falsa que admitir que no saben lo que les preguntamos. Otras eran abiertos consejos publicitarios —«En ese bar verá chicas muy guapas y los tragos no son nada caros, señor»—. Pero la mayoría de las veces simplemente me remitían a otros cafés, al mismo de donde había partido inicialmente, o se me quedaban mirando con suspicacia, como si mi pregunta contuviera un acertijo o, peor aún, una trampa cuyas consecuencias no podían calibrar con exactitud.

—¿Y? ¿Ha encontrado a sus poetas? —me preguntó con sorna Filomeno cuando regresé, agotado, de la segunda noche de mis rondas.

—No —le dije—. No he encontrado poetas, solo borrachos, que por una vez no son lo mismo.

Se quedó mirándome perplejo. Luego rio educadamente mi comentario. No quería quedarme más allí. Por la tarde había vuelto a hablar con Marta y le había pedido excusas, le había intentado explicar que no quería nada con Dinorah, simplemente pasar página —«¿Y para eso necesitas irte hasta el puñetero Cusco?»— y por un momento pensé que en el fondo se divertía con todo ello. Pero no era así, simplemente su sarcasmo habitual le ponía una nota de humor negro a sus observaciones. Al final de una larga charla (que me costaría una fortuna, estaba llamando desde el hotel), quedamos en que hablaríamos a mi regreso a Madrid, pero que mejor nos olvidábamos de buscar piso juntos por el momento. Quise protestar, pero no tenía derecho alguno. Sentí que estaba en un tris de perderla, si no lo había hecho ya.

Me sentí cansado de haber ido dando tumbos por todos los cafés de la ciudad pues al final terminé entrando a cualquiera y preguntaba ya sin esperanzas hasta que en una de esas vueltas me encontré con la calle de mi hotel e inopinadamente decidí concluir la búsqueda. Y allí estaba, acodado en la barra solitaria.

Me terminé el whisky tardío que me puso Filomeno con celeridad, aunque ya eran casi las dos de la mañana y le prometí que sería el último. Pero él parecía no tener prisa alguna: siempre que llegaba al hotel, a cualquier hora de la mañana o de la tarde o de la madrugada, allí lo encontraba, limpiando sus vasos con una meticulosidad algo enfermiza. Por un momento se me cruzó la disparatada idea de que dormía ahí mismo, bajo la barra. Filomeno me había contado de su vida en el Cusco, de cómo conoció a aquella linda cholita a la que siguió desde sus secas y candentes tierras hasta la remota capital de los Incas, de los cinco hijos que tenía, del restaurancito que pensaban poner y en fin, de su planes y de su modesta dicha. Por eso, aquella última noche en que ya había decidido pasarme por la agencia de viajes al día siguiente, y viendo lo tarde que era, me sirvió un segundo whisky diciendo: «La casa invita». A continuación, mirando aquí y allá, hizo aparecer un vaso frente a él, le puso un par de hielos, le sirvió un chorrito de whisky de malta y levantándolo en mi dirección me dijo:

—Salud.

Y bebimos los dos, chocando nuestros vasos. Luego me preguntó nuevamente por los poetas, y por qué tenía yo tanto interés. ¿Acaso era periodista, pues? No, le dije señalando el vaso, que él volvió a llenar —«pero este sí lo paga, ah?»—, no era periodista. Simplemente quería encontrar a un poeta. ¿Solo a uno? ¿A cualquiera? Me hizo gracia su interpretación. No, no era cualquier poeta, qué carajo, en realidad ya ni siquiera sabía de dónde había sacado que era poeta, tal vez por mi ofuscación con Proaño, porque así me lo dio a entender cuando hablamos en el Country: «El mejor poeta vivo de la ciudad imperial», había dicho, borracho e hiperbólico. Pudiera ser que Ancajima hubiera tonteado con la poesía, como miles de jóvenes, y que incluso publicara algo en aquel entonces. Pero habían pasado más de diez años, si mis cálculos no me engañaban. Me bebí el whisky de un trago y Filomeno leyó mis pensamientos: volvió a llenar el vaso. Esa noche el whisky me ayudaría a dormir, a no pensar. ¿Y entonces pues cómo? ¿A quién buscaba yo? «A un tal Bruno Ancajima, busco», le dije con impaciencia, y no sabía si era poeta o no, solo que se llamaba así, Bruno Ancajima.

—¿A Brunito? ¿Busca usted a Brunito?


—Linda chica, Dina —dijo al fin, pronunciando con delectación aquel nombre.

Estábamos en un bar de la plaza del Regocijo, donde Ancajima me había citado para ese mismo día luego de que finalmente diera con él de la manera más extravagante, pues resultaba que Filomeno lo conocía de su barrio, eran buenos amigos desde hacía mucho tiempo y no tenía idea de que fuera poeta, más bien mujeriego, juerguista y muy bueno con la guitarra. Pero bien buena gente el flaco. Era sabida su fama de conquistador, hasta había estado viviendo con dos mujeres, una profesora española y otra muchacha de aquí nomás. Un trome el Brunito. ¿Su teléfono? Claro que sí, mañana tempranito me lo conseguía porque ahora estaba arrejuntado con una gringuita en no sabía qué pensión, pero era fácil de averiguar. Esa noche le dejé una espléndida propina al bendito Filomeno y a la mañana siguiente llamé a Bruno Ancajima para concertar una cita.

Ahora, frente a él, me sorprendió que se pareciera tanto a la imagen que me había hecho de su persona, cuando lo habitual es que la gente no se parezca a la arbitraria composición que de ella nos hacemos antes de conocerla. Ancajima era alto, llevaba el cabello largo y unas barbas ralas de adolescente que él acariciaba con primor. Hablaba con una voz bien timbrada y la dicción precisa de los cusqueños. Gastaba vaqueros y una chompa con alpaquitas que pastaban mansas en el pecho del poeta. Tenía unos ojos ígneos y negros, pestañas largas y un perfil mozárabe que delataba su herencia andina y peninsular. Podría haber pasado por un gitano español sin ningún problema. Pero como se vestía con el afectado descuido étnico de los contraculturales de los años noventa, supongo que para las guiris que recalaban en el Cusco era un ejemplar típico de macho andino. Y eso sería suficiente para que cayeran redondas. De hecho, Bruno Ancajima no dejaba de mirar de soslayo hacia la puerta cada vez que entraba alguna turista y seguía hablándome, mientras con los ojos calibraba aquellas carnes blancas y al parecer suculentas, exactamente con la avaricia con la que un zorro se acerca a husmear a un gallinero. Y eso me empezaba a poner nervioso porque si ya me había resultado difícil vencer su primera suspicacia, aquellas continuas distracciones hacían poco menos que imposible centrarnos en la charla.

—Ustedes eran buenos amigos, ¿no? —pregunté impaciente, al detectar que Ancajima se entregaba a la quietud alerta del depredador, casi sin respirar, olfateando hacia una posible presa que acababa de hacer su aparición en el café y buscaba una mesa libre.

El poeta volvió lentamente sus ojos soñadores hacia mí, sí, eran muy buenos amigos, me dijo con su voz de seductor impasible. De la época de la universidad, me aclaró después de una pausa. Yo volví a llenar su jarra y puse algo de cerveza en la mía. Ancajima miró su vaso antes de beberlo, como al parecer era su costumbre, de un solo largo trago que lo hacía suspirar al final. Se repantigó en la silla y entornó los ojos como enfocándome por primera vez: ahora en serio, flaco, ¿yo era algo de ella? ¿Por qué tanto interés?, preguntó al fin. Bruno Ancajima era un hombre muy suspicaz. Decidí que debía avanzar con mucho tino so riesgo de que se cerrara en banda. Porque eso precisamente había estado a punto de suceder luego de que Filomeno me consiguiera su teléfono y yo lo llamara de inmediato para preguntarle, un poco bruscamente, si conocía a Dinorah Manssur. Bruno Ancajima se había quedado en silencio al otro lado de la línea y por un segundo temí que hubiera cortado, pero no, de pronto escuché su voz melodiosa y un poco arrecha —supongo que sabría que era bonita y la explotaba— diciéndome que quién preguntaba por ella, si se podía saber. Entonces di un largo rodeo lleno de protocolo y apocamiento, presentándome como amigo de Filomeno Cáceres, amigo también de Dinorah Manssur, y que me encontraba en el Cusco con sus señas, quizá él me podría indicar... Bruno Ancajima volvió a atrincherarse en un mutismo efectista y me dijo que *tal vez* la conociera. Quise reírme por el recurso puerilmente cinematográfico. Insistí en que era un viejo amigo de Manssur —así, dije, Manssur, tal vez para darle a mis palabras un tono inequívocamente desapegado— y que en Lima me habían dicho que se encontraba en el Cusco y como yo viajaba a esa ciudad, precisamente, por turismo quería decir... me embrollé más de la cuenta y algo en todo aquel penoso descuido mío debió picar la curiosidad de Ancajima. Él solamente esperó a que por fin me callara para citarme a las ocho de la noche en aquel bar donde ahora bebíamos cerveza tibia.

Pensé que no tenía mucho sentido seguir mintiendo o dando evasivas.

—Fuimos pareja hace ya unos años. Solo quiero saber de ella, al cabo de tanto tiempo.

Ancajima me miró largo rato. Había descubierto el poder de sus silencios teatrales y ahora se balanceaba con molicie en la silla, calibrándome con los ojos entrecerrados como seguramente había visto hacer a Al Pacino en el cine de su barrio. Por un segundo incomodísimo pensé si querría *brichearme* a mí como hacía con las gringas. Después de todo, yo estaba pagando las cervezas. Espanté esa idea absurda y mostré las palmas de mis manos en un gesto inocente, como diciendo «eso es todo», para obligarlo a expresar algo. Pero Ancajima exageraba su papel y corría el riesgo de que lo mandara a la mierda. Porque sentí que estaba al borde de mis fuerzas, al pie mismo de un precipicio sin fin. Sí, sí: de pronto entendí que me sentía exhausto, frustrado, lleno de rencor y confusión, impaciente y deprimido, presa de un agotamiento emocional que no me dejaba dormir, arrepentido de encontrarme allí, no en el Cusco sino en el Perú, a casi diez mil kilómetros de mi casa, de mi vida, de Marta, de súbito extinguido el helio que había alimentado aquel globo de insensatez y especulación por esa mujer que tan intensamente se había incrustado en lo más profundo de mí. Era cierto lo que le había dicho ayer a Marta: ya solo quería saber de ella para quitarme de una maldita vez su recuerdo. Estaba seguro de que me hallaba cerca de conseguirlo, que el Cusco era —tenía que ser— la última estación de ese recorrido de extensión siberiana que había realizado durante tanto tiempo en pos de un fantasma. Necesitaba verla, cerrar lo que nunca cerramos en Nueva York. Necesitaba oír su voz una vez más, tocarla, escucharla y confirmar que esos tres años me habían arrebatado a una mujer para entregarme a otra completamente distinta, una obtusa, medio loca, fanatizada por el dolor y la consigna, llena de rencor hacia el mundo: necesitaba pues que me entregaran el cadáver de Dinorah Manssur, mi linda traductora siria, para poder llorarlo hasta hartarme. Para dejarle flores en una tumba. Porque de lo contrario me alcanzaría esa peste sin tregua de quienes viven alimentando la fantasía de que aquella hija, aquel hermano, esa novia, ese esposo desaparecido tiempo atrás pudiera seguir vivo.

Ancajima dejó de mecerse como un seductor de película barata y apoyó sus manos huesudas en la mesa. ¿Un antiguo amor, decía? Nunca había oído hablar de mí. ¿Y había venido desde tan lejos para buscarla? Comprendí que nuevamente debía reorganizar mi acercamiento, ganarme su confianza para poder llegar a Dina. No era así exactamente, dije. Y ensayé una dubitativa explicación acerca de lo que había estado pensando hasta ese momento, de cómo nos conocimos y cómo vivimos esos hermosos e intensos encuentros que no condujeron a nada. Le dije que solo quería «cerrar el círculo», despedirme de ella, saber qué tal le iba. Nada más. Luego volvería a Europa y ella no tendría por qué saber de mí nunca más. Yo tenía una novia esperándome en Madrid, ¿sabía?, me escuché decir, esperanzado no sé si en convencerlo o en conmoverlo.

—¿Te has venido desde tan lejos solo para eso? Eres bien raro, pata —fue todo lo que dijo Ancajima.

No quise desesperar más, así que encendí despacio un cigarrillo y ensayé por otra vía.

—Háblame de ella, entonces. Porque ustedes se conocen de hace tiempo, ¿verdad?

Bruno Ancajima se rascó la cabeza con la punta de un dedo. Sí, bufó al fin, se conocían hacía un huevo de años. De la universidad. Ambos estudiaban Sociología. Fueron años muy bravos, muy bravos. Y cerró los ojos un momento, como para recordar mejor, con esa maldita afectación que entendí que ya era parte de él. Dina apareció un día en la Facultad y se refugió en un rincón del aula, embutida en unos pantalones feos de pana, el cabello cruzado por un lápiz, con una chompa dos tallas más grande y unas botas grandes, como usaban muchas chicas en ese entonces. Ella quería por todos los medios que supieran que había llegado ahí para estudiar, para participar políticamente incluso, pero no para que la vieran como una hembrita más, una tontita de esas que ella miraba con desprecio. Pero por mucho que se afeara se notaba que era guapa. Una chica blanquita y de ojos verdes en ese salón de clase lleno de cholos, de zambos, de mestizos como él, dijo Ancajima con una sonrisa más bien amarga y burlona. Sin embargo pronto se supo ganar el respeto del grupo de estudios al que se unió y donde participaba el propio Ancajima. Pero él no solo era parte de un grupo de estudios, sino de algo más comprometido políticamente, dijo y volvió a sumirse en ese silencio teatral que tanto le gustaba. Conté despacio hasta cinco y levanté las cejas, instándolo a seguir.

—Eran tiempos políticamente muy comprometidos, flaco. Muchos se metieron hasta el cuello, muchos lo dejaron. Pero Dina no.

Luego siguió contándome, con su dicción lenta y de erres aplastadas, ese par de años en que estuvo con ella: cómo era, qué le gustaba, qué detestaba, de quién se enamoró, deslizando frases cautas que daban a entender que ellos también habían vivido un romance. Era bastante tarde cuando me despedí de Ancajima con la cabeza dándome vueltas por los tragos, el cansancio y todo lo oído: eso terminó por desinflar mis ya exiguos ánimos y solo me quedaban unas ganas horribles de regresar a mi viejo piso en el Madrid de los Austrias. Dina había pasado por el Cusco pero solo estuvo unos días, quizá una semana. Ancajima no sabía a dónde había partido después. Pero la notó algo flaca y llena de una tristeza alerta y malherida. Una sola tarde se abrió a él: le faltaba algo a su vida. Por eso había venido al Cusco, para hacer un trabajo de ayuda social en un pueblito cercano. Esperaba a un compañero suizo que pondría en marcha aquel proyecto. Seguía doliéndole este mundo atroz y lleno de injusticias. Habló con Ancajima largo rato de aquella rabia que la reconcomía, del país, de todo aquello que ambos había compartido en sus tiempos universitarios y que en Dina, al cabo de tantos años, parecía no solo intacto sino florecido y temible, Ancajima no encontraba las palabras para explicarlo, carajo, pero esa tarde solo la dejó hablar y hablar. Aquí cerquita, en un café lleno de gringos. De eso hacía un año más o menos. Venía de París, donde dijo haber estado viviendo algunos años. Estaba desencantada de Europa, no le quedaba nadie en Siria ni en el Perú donde muchos de sus amigos estaban muertos o se pudrían en cárceles o peor aún, como politicastros reencauchados y corruptos. No sabía dónde ir ni cómo resolver su dolor. Ancajima lo pensó un momento, alejó su vaso de cerveza como si hacerlo diera más credibilidad a sus frases o como si recién se diera cuenta de lo que le había ocurrido a Dina en aquella oportunidad: estaba perdida. Después de trabajar en aquel pueblito, se iría. Pero adónde, insistió Bruno aquella vez. Ella solo se encogió de hombros.

Ancajima terminó su cerveza y se quedó un buen rato callado, aunque esta vez entendí que no era una pose. «Todo ese dolor florecido y temible», murmuró aún, con infinita pena, con nostalgia, para sí mismo. Se volvió hacia mí con su sonrisa de dientes recios y muy blancos: no sabía más, flaco. Eso era todo. Le agradecí su tiempo, nos despedimos sin mayor protocolo. Lo vi alejarse mirando aquí y allá la calle solitaria antes de cruzar hacia los portales de la plaza de Armas. Yo encendí un cigarrillo y me fui caminando a San Blas tratando de no pensar en nada. Era una noche realmente preciosa, tibia y serena. Pensé en Marta y en lo estupendo que hubiera sido tenerla a mi lado en aquellos momentos.

Al día siguiente cancelé mi cuenta del hotel (casi me caigo de espaldas al ver la factura del teléfono) y pedí un taxi para el aeropuerto. Mientras esperaba la llegada del coche, bebiéndome un último café, pensando que cualquier intento de seguir buscando a Dinorah sería, ahora sí, una verdadera insensatez, tuve tiempo de mirar distraídamente el revuelo de gente que se agolpaba frente a la televisión instalada en el *lobby*. Desde donde estaba apenas podía ver nada. Mire a Filomeno interrogativamente, pensando que se trataba de la llegada de un futbolista o peor aún, un autobús de los que se despeñan con tanta frecuencia en la serranía peruana.

—Acaban de liberar a Íngrid Betancourt —me explicó el barman—. Está hablando un ministro colombiano.

En ese momento apareció un hombre bajito y escurrido que preguntó por mí. Era el taxista, ¿ya estaba listo, maestro? Y se apresuró a coger mi bolsa. Me acerqué a Filomeno y le di un abrazo, conmovido tontamente. Busqué una tarjeta y le dije que si pasaba por Madrid, allí tenía mis señas. «Muchas gracias, señor. Y ya sabe: estamos aquí para atenderle.»

Me acomodé en el asiento posterior, cerré los ojos y cuando el taxista puso la radio le pedí por favor que la apagara o que le bajara el volumen.

—Han liberado a Íngrid Betancourt —se excusó el hombre.

Recuerdo que pensé que aquella noticia venía de muy lejos, como de otro mundo, un mundo adonde ahora anhelaba regresar. Y arrancamos en silencio al aeropuerto Velasco Astete, rumbo a Lima.

Raúl Tola hojeaba una revista en el *lobby* del hotel. Vestía de traje y corbata porque en una hora escasa tendría que estar en el canal de televisión donde todas las noches leía y comentaba las noticias. No nos veíamos hacía tiempo y por eso debió sorprenderle mi llamada de la noche anterior, al borde mismo de la madrugada. Me escuchó con atención y me dijo que sí, que él podía conseguirme una copia de aquel video, pero necesitaba más datos. ¿Estaba seguro de que lo habían pasado por su canal? Le dije que no, que no lo estaba. Solo que había sido por la tarde y que era bastante importante para mí.

—Eso me basta —dijo Raúl—. Dame un día o a lo sumo dos.

Y ahí estaba, esperándome en mi hotel, con un sobre en la mano. Nos dimos un abrazo, me gruñó que por qué carajo no lo había llamado al llegar y por qué demonios me quedaba en un hotel teniendo su casa a mi disposición. Me disculpé como pude, prometí que no volvería a ocurrir, buscamos la barra del bar y nos sentamos finalmente a tomar un café. Allí estaba el CD, dijo empujando el sobre en la madera pulida. Y entrecruzó los dedos en actitud de beatífica espera. Entonces le expliqué un poco embrolladamente por qué estaba yo en Lima sin avisar de mi presencia a nadie, por qué le había pedido con tanta urgencia la copia de aquel video. Y también de lo extraño y terrible que puede ser a veces el destino. Que fuera un poco más despacio, me atajó, que no estaba entendiendo mucho. Y entonces le conté.

Al llegar a Lima desde el Cusco había decidido instalarme en el mismo hotel donde me había alojado menos de una semana atrás. Es un lugar tranquilo y además está muy cerca de la biblioteca a donde me gustaba acudir cuando era universitario, en el corazón mismo del Olivar. Entré a mi habitación y me tomé dos pastillas para dormir, pidiendo que no me pasaran ninguna llamada, por favor. Después de darme una ducha caliente me bebí un botellín de agua mineral y me tumbé en la cama para ver la televisión y esperar que las pastillas hicieran su efecto, intentando no pensar en nada. Estaba harto, asqueado, hasta la coronilla. Tenía planeado quedarme unos días para ver a mi familia, a la que mentiría con toda impunidad acerca de mi estancia y del motivo de mi fugacidad. Acababa de llegar —diría— aprovechando que viajaba a Santiago de Chile para una charla a la que me habían invitado en la Universidad Católica de esa ciudad. Solo me quedaría un par de días en Lima. Supe que no iba a tener ánimo para ver a nadie más y ya que mi vuelo salía el sábado por la mañana, después de cumplir con mi familia, me metería en el hotel o pasearía por el Olivar. Luego regresaría a Madrid a tratar de resolver las cosas con Marta o, al menos, a pedirle disculpas. Pero sobre todo buscaría por todos los medios escapar del recuerdo de Dinorah y su huidiza vida. Por momentos pensaba si acaso no era víctima de un fantasma, de una historia irreal, que nunca había ocurrido y que yo, damnificado por un delirio, me había empeñado en creer que sí, que era parte de mi pasado.

Mientras hacía *zapping* por todas las cadenas que seguían hablando machaconamente de la liberación de Íngrid Betancourt, recordé lo que Ancajima me había dicho en el Cusco. Muy poco, en realidad. Lo suficiente, en todo caso, para que yo pudiera recomponer esa imagen de Dinorah que nada tenía que ver con la chica que yo conocí y amé hacía ya más de tres años atrás. Qué cambiada tenía que estar, qué distinta después de todo lo vivido, pensé con desasosiego. Y con cierto agotado alivio me dije que, después de todo, ya tenía su cadáver para llorarlo. Ya podía descansar y dejar de buscarla. Dina se había marchado del Cusco, se había perdido para siempre quién sabía dónde. No, no había ido a aquel pueblito del que le habló a Ancajima. Porque cuando llegó el suizo a quien ella se supone esperaba, no la encontró por ninguna parte. En la pensión le contaron que la chica se había marchado sin decir a dónde. Ni una nota, ni nada. «Así, sin más», dijo Ancajima tronando los dedos como un mago desencantado. Y a mí me empezó a parecer familiar que ella desapareciera tan inopinadamente como había llegado. Esa era la historia de Dinorah desde que empezara a buscarla después de encontrarme con Cremades en Venecia.

Tumbado en la cama de aquel hotel limeño, exhausto y febril, sentí un agradable zumbido en los oídos, una deliciosa blandura que tiraba desde dentro de mí —las pastillas, sin duda— mientras veía amodorrado en la cama las declaraciones de la Betancourt, las de Sarkozy en París, las de un misionero que la había conocido, la del militar que había estado a cargo de la operación: en todos los canales, las noticias relacionadas con la liberación de la política colombiana después de seis años, cuatro meses y nueve días de cautiverio, apenas dejaban paso a esporádicas noticias acerca de los testimonios de Montesinos sobre Fujimori o la renuncia de Del Solar a la dirección de la selección de fútbol.

Al día siguiente, luego de almorzar en la vieja casa familiar con mis hermanos y mi madre, y pretextando una cita con un amigo, decidí dar un paseo por el malecón de Miraflores. Había tenido que hacer grandes esfuerzos para que no notaran mi tristeza. Era el *jet lag,* el cansancio, mentí con convicción. Mi madre, aprovechando un momento en que nos quedamos a solas, me miró a los ojos directamente: «A mí no me digas que es el *jet lag.* A ti te pasa algo. Espero que sea pasajero, aunque a tu edad ya las cosas no son pasajeras. Así que piensa bien en lo que haces, que ya no eres un jovencito». Sonreí, le di un beso en la frente y cuando la empleada sirvió el café ya mis hermanos estaban contando chistes y recordando anécdotas de nuestra niñez, con esa camaradería tribal que siempre habían mantenido entre ellos y de la que yo, poco a poco, me iba sintiendo excluido. Muchos años fuera, pensé. Nos reímos un buen rato y al cabo, pretextando una cita con un viejo amigo, me marché. «¿Te jalo?», se ofreció Carlos. No, no, estaba bastante cerca. Les prometí que pasaría mañana sin falta a tomar lonche y despedirme y salí de ahí.

Caminé por el malecón con la levedad de un convaleciente, crucé el puente Villena Rey mirando el océano brumoso de donde provenía un salino olor de algas y microscópicas gotas de agua que se estrellaban contra mi piel poco protegida. Me crucé con chicas y chicos que hacían *footing,* con parejas que buscaban un banco solitario para besarse y contemplar el mar, con niños que patinaban raudos en sus *skates,* pensando que en el fondo Lima apenas había cambiado y que más allá de sus edificios modernos y la multiplicación de restaurantes de lujo, seguía siendo una ciudad con cara de siesta y placidez, al menos en esa parte de Miraflores que tan bien conocía y que tantos recuerdos me traían de mi juventud. Me metí en un café de Larcomar, a esa hora bastante solitario, y me acerqué a la barra. Pese a que era el único cliente, la chica se tomó su tiempo para atenderme. En la tele estaban emitiendo un reportaje sobre la liberación de la Betancourt y la guerrilla colombiana. La voz en *off* explicaba los años que había vivido en cautiverio y pasaban largos planos secuencia de guerrilleros marchando por la agobiante selva amazónica, otros de ataques del ejército, imágenes que mostraban hileras de campesinos muertos al pie de un camino de tierra, discursos del presidente Álvaro Uribe, fundidos constantes a escenas de la liberación de la política colombiana y casi al final una entrevista a un jefe de las FARC que estaba rodeado de guerrilleros cuyos pañuelos apenas dejaban ver la nariz y los ojos. Había algunas mujeres. Mientras el cronista explicaba la participación femenina en las FARC, pasaron unas imágenes tomadas en la zona desmilitarizada del Caguán que presentaba a varias mujeres que contaban su vida de guerrilleras, las razones de su alistamiento, la maternidad en medio de aquella pesadilla.

La cámara ofreció entonces un plano largo de varias de ellas, fumando, charlando, algunas a cara descubierta y otras ocultas bajo pañuelos y gorras militares caladas hasta las orejas. De pronto, entre aquellas mujeres soldado me fijé en una que pasaba detrás de las que hablaban con el reportero, al parecer sin percatarse de la cámara, que la enfocó unos segundos, atrapando su atención. Entonces volvió el rostro orgulloso, cubierto hasta dejar apenas entrever los ojos furiosos, verdes, burbujeantes, que parecían desafiar a la cámara. Sentí que se me agarrotaban los músculos del estómago.

—Su café —apareció no sé de dónde la camarera tapándome momentáneamente las imágenes que emitía la tele.

La hubiera ahorcado ahí mismo. Porque las imágenes ahora daban paso a otra secuencia de Ingrid Betancourt bajando de un avión y a otra más de Uribe y finalmente a otra con cadáveres y una bandera colombiana que ondeaba al fondo.

—Eso fue todo —dije y me sonó a disculpa. Encendí un cigarrillo y apuré mi bebida.

Raúl Tola me miró fijamente, sin decir palabra. Bebió lentamente su café con leche y se distrajo observando hacia los ventanales del bar. Había empezado a caer obstinada, limpia, una lluvia mínima de esas que dejan las aceras de Lima engañosamente relucientes. Quizá pensaba que aquello era una tontería, me oí decir, pero estaba casi seguro de que se trataba de Dinorah. Unos ojos así no se olvidan, agregué algo dramáticamente y yo mismo recelé de mis recuerdos. Estaba agotado, hecho un manojo de nervios, pero sobre todo estaba obsesionado, era fácil que viera a Dinorah en cualquier parte, eso era cierto. Por eso mismo, para quitarme las dudas, nada más ver aquel extenso reportaje, llamé a Raúl. Él podía ayudarme, pensé en el taxi que me llevaba de regreso al hotel, con la cabeza hecha un nido de avispas.

—Bueno —dijo mi amigo mirando su reloj—. Ahí tienes la cinta. Ojalá te sirva de algo.

Se tenía que marchar. Mañana pasaba por mí para almorzar juntos en un nuevo japonés que había abierto en Barranco, no podía irme de Lima sin probarlo, afirmó. Nada más alejarse mi amigo subí a la habitación y con manos húmedas, impaciente, sin saber si servirme un trago antes o qué, puse por fin el disco en el ordenador. Este emitió un zumbido y de inmediato se activó el lector de DVD. Abrí el minibar, saqué un botellín de Glenfiddich y cogí un vaso del baño donde eché dos piedras de hielo que había encargado y luego el whisky, que bebí de un trago ardiente, mirando la pantalla. Aparecieron unos créditos con el nombre del realizador, del reportero, de los cámaras, así como fechas, lugares y otros datos técnicos seguramente destinados al archivo del documental, pues la grabación que me había conseguido Tola era el original de la copia que yo había visto en el café de Larcomar. Cuando brotaron las primeras imágenes no tuve duda: era el mismo reportaje. Impaciente busqué adelantar la grabación y tuve que intentarlo dos veces, hasta que por fin lo conseguí. Aparecieron las mujeres que fumaban y charlaban hablando con su acento cansino de la vida como guerrilleras, de lo difícil que resultaba conciliar sus labores de madre para quienes lo eran, la pesadilla que vivían. Y aparecieron finalmente los ojos verdes, encendidos y rabiosos. Lo que me había perdido por la interrupción de la camarera fueron apenas tres segundos. Tres insignificantes segundos. Todo muy rápido, muy confuso. Repasé la secuencia y congelé la imagen pero ahora volví lentamente hacia atrás hasta que la mujer fue apareciendo en la escena, su perfil difuso, las manos con un balde que depositaba en el suelo mientras en el primer plano una chica morena y delgada hablaba con un cigarrillo entre los labios. La cámara desplazó entonces su objetivo hasta la otra y ofreció su perfil cubierto por un pañuelo palestino que revelaba apenas la nariz delicada. Entonces la mujer volvió el rostro desafiante, sorprendiendo a la cámara con sus ojos verdes intensos, como llenos de burbujas. Y en ese instante se quitó la gorra militar sin dejar de mirar al objetivo, como llena de orgullo y provocación, y se llevó una mano a la nuca para refrescarse quizá, levantando un poco la cabellera castaña que llevaba recogida en una cola. Fueron solo unos segundos antes de que la cámara siguiera elaborando un plano largo de casuchas de esteras, gallinas, guerrilleros abanicándose y espantando mosquitos: después mostraron una secuencia de la Betancourt bajando del avión que la trajo de vuelta del infierno. Eso era todo. Repetí esa escena mil veces, hasta la extenuación, hasta que las imágenes parecieron esfumarse de mi vista, como si mi cerebro no pudiera reorganizar una vez más aquella secuencia. Pero ya no me hacía falta. Porque ahora estaba completamente seguro de que se trataba de ella. La fecha de la grabación distaba aproximadamente un par de meses de la fecha en que Dinorah Manssur, Tina, Dina, la camarada Dina, se hubo esfumado del Cusco, un año atrás, según me contara Ancajima. Me asaltaban mil preguntas. ¿Cómo llegó allí, pero sobre todo por qué? No supe encontrar otra explicación que aquello que Ancajima dijera como para sí mismo en aquel bar del Cusco: «Todo ese dolor florecido y temible». Me quedé un momento tumbado en la cama, incapaz de dormir, con aquellas palabras dándome vueltas en la cabeza porque en realidad eran el epitafio que, sin haberme dado cuenta, hacía mucho había estado buscando.

Antes de caer derrotado por el sueño recuerdo que miré por la ventana de mi habitación el Olivar tranquilo, la luz hepática de las farolas, su silencio adormecido y nocturno que me trajo nuevos recuerdos de mi vida en esta ciudad, tan lejana, tan ajena ya. Pensé en Marta y en lo mucho que significaba para mí. Intentaría que me perdonara, que volviera a confiar, que supiera que había sido víctima de unas horribles fiebres sin paliativos pero que ya todo había pasado. Pensé también en mi novela inacabada y que trabajar en ella sería la mejor manera de desterrarme de toda esta historia pasada para vivir la mía. Entonces entendí que yo también estaba en paz.

# Venecia

Frente a la marítima Venecia siempre he preferido la conspirativa Florencia, cuna de los Médici. Quizá sea solo una frase ostentosamente rotunda que utilizo cuando sale el tema de estas islas lamidas incesantemente por el Adriático y que a todo el mundo parecen encandilar como la luz a las polillas. Y no es que no me guste Venecia, pero tampoco nunca me ha parecido para tanto, con sus vetustos edificios y el olor laxante de sus canales sucios, carísima y recorrida de arriba abajo por procesiones de turistas embobados. Por eso suelo resolver el tema así, con esa frase tan tajante.

Eso iba pensando mientras el taxista que me recogió en el aeropuerto Marco Polo intentaba practicar conmigo su pésimo español durante los casi treinta largos minutos que dura el viaje hasta Piazza España, cruzando por el larguísimo puente de la Libertà que une Mestre con las islas. Había reservado, por cuenta del periódico, habitación en un hotelito austero y céntrico, a dos pasos de todo. Estaría un par de días, no más. Cremades había accedido encantado a hablar conmigo, y yo pensé un poco mosqueado, «sí, claro, por la cuenta que te trae».

A Albert yo lo conocía de los tiempos en que ambos publicábamos en la misma editorial y coincidíamos en algunos cócteles que organizaban nuestros editores dos o tres veces al año, y que eran excusa suficiente para que él y otros tres o cuatro amigos termináramos hasta las tantas en el Del Diego o en cualquier otro bar de la noche madrileña. Creo que nos caímos bien desde el principio. Nunca nos lo hemos dicho, pero nada más vernos se establecía una corriente de contento y complicidad entre nosotros pese a que nos convertimos a ultranza en antagónicos valedores de dos ciudades italianas llenas de historia y encanto: yo defendía Florencia y él declamaba su amor incondicional por Venecia. Pero eran pugnas divertidas y cruzadas por una esgrima rabiosa de datos y detalles curiosos que inclinaban la balanza a un lado y a otro, sin aparente vencedor definitivo. En su caso además, había un verdadero flechazo con la ciudad de los canales porque acariciaba la idea de vivir allí aunque fuera una temporada. Hubo incluso algún tiempo en que él encabezaba sus mails diciendo «Mi querido Florentino...» y yo empecé a seguirle la cuerda de manera similar: «Mi apreciado Veneciano...». Cremades era un buen conversador y aguantaba las copas como he visto a muy pocos: siempre nos quedábamos los dos hasta las tantas e íbamos en busca de otro bar y otro más y después lo acompañaba caminando hasta su hotel —invariablemente se alojaba en uno que está ahí, en la Gran Vía, no me acuerdo ahora cómo se llama— y seguíamos todavía un buen rato charlando de lo divino y de lo humano, como si nos faltara tiempo para ponernos al día de tantos temas aunque casi nunca hablábamos de nuestra vida privada más allá de lo tangencial y previsible.

A Cremades le encantaba hablarme de Lima, ciudad que al parecer conocía mejor que yo, al menos la Lima de la última década. Allí había vivido seis años con su primera mujer. Fue director de la Casa de España y luego profesor en la Universidad del Pacífico, y de ese entonces conservaba una nostalgia entusiasta por el ceviche y los pisco sours, y multitud de amigos, sobre todo escritores y periodistas. Resultaba muy divertido cuando usaba jerga y modismos limeños que su acento cerrado del Ampurdán desmentía de inmediato. Era también una enciclopedia de cine: una noche nos sorprendió el amanecer a mí y a dos o tres amigos, escuchando fascinados una detallada e inteligente comparación entre Fassbinder y Franz Biberkopf, el proxeneta de *Berlin Alexanderplatz,* novela que el cineasta bávaro convirtiera en la serie más cara de la historia de la televisión alemana. Además, Cremades contaba chismes y anécdotas de la vida intelectual barcelonesa con mucho salero, y «los madrileños» lo esperábamos con impaciencia por la dosificada e ingeniosa maldad que imprimía a sus narraciones. Pero además tenía una virtud completamente inusual entre los escritores: sabía escuchar. Los escritores, por regla general, son unos pesados mononeuronales que no salen de esta burda estrategia temática: te hablan de lo que están escribiendo hasta que cuando te ven ya mareado y con ganas de irte, te dicen: «Bueno, háblame de ti: ¿qué opinas de mi última novela?». Parece un chiste tonto, pero por desgracia es bastante real. Albert Cremades no era así. Quizá por eso una noche en que nos quedamos solos, bebiendo dry martinis en el Cock, me animé a contarle la historia de aquella antigua compañera de clase que había reencontrado inesperadamente en Damasco, una vez que me invitaron al Cervantes de aquella ciudad. Se trataba de una chica peruana de origen palestino que estudió en la Universidad Garcilaso de la Vega, unos cursos más atrás que yo. Dinorah era una muchacha muy de izquierdas —atrozmente de izquierdas, digámoslo ya— y yo, como hasta hoy, un simple descreído. Cuando jóvenes, alguna vez coincidimos en un concierto, otra en la cafetería, y cosas así. Creo que yo le gustaba tanto como ella a mí, pero estábamos en círculos de intereses muy alejados: a mí no me preocupaban más que las clases y ella era de un activismo agotador. Aunque quién no lo era: en aquellos años sombríos de hiperinflación y terrorismo, casi todos habíamos tomado de una u otra forma parte activa en la protesta. Un día ya no la vi más en la universidad y al cabo de un tiempo me llegó la noticia —nunca confirmada— de que había estado presa por senderista. Aquello me conmocionó mucho, pero uno es joven y por lo tanto ingrato, de tal forma que pasó el tiempo y poco a poco su recuerdo se fue disipando entre exámenes parciales y fiestas de fin de curso. Muchos años después me la encontré en Damasco, nada menos, asistiendo a mi conferencia. Se había convertido en una mujer realmente espléndida, bastante carnal y hermosa, con la misma intensidad de cuando chiquilla brillando en sus llamativos ojos verdes. Se acercó a saludarme y se divirtió un poco haciendo bailar frente a mí el espejuelo de los recuerdos, ¿no sabía quién era?, ¿no me acordaba, en serio?

Esa noche salimos, charlamos, paseamos, tomamos vino, nos reímos mucho, nos bebimos la del estribo en el bar del hotel, se quedó, en fin, a pasar la noche conmigo. Nos contamos nuestras vidas hasta entonces, como si quisiéramos reconquistar el tiempo que nuestras circunstancias nos habían arrebatado, nos besamos con pasión una y otra vez, y ya de madrugada llegamos a aquel asunto espinoso, el de la cárcel. Sí, había estado en la cárcel, me confesó Dinorah con la voz velada. Estuvo cuatro años presa. Al salir decidió emigrar para romper con aquella época de pesadilla y no se le ocurrió otro sitio mejor que Damasco, donde tenía familia. Tumbada en la cama, su piel desnuda y herida por la luz lunar que entraba por la ventana, fumando sin tregua, con un brazo cubriéndole el rostro, me pareció que de pronto quiso extenderse en su confesión, quizá explicarse, pero yo preferí cambiar de tema.

Cremades, bebiendo despacio su dry martini, me escuchaba con absoluto y total interés, apenas haciendo comentarios o pidiendo alguna explicación sobre tal o cual detalle. Proseguí mi relato: la cosa es que pensé que la vería al día siguiente en la cena de despedida que me organizaban. La esperaba porque la noche anterior había sido un poco brusco con ella al cortar su intento de confesión. Pero ella no llegó nunca. Y recién caí en cuenta de que no tenía su teléfono, ni su correo electrónico ni ninguna seña suya. Había dado por supuesto que vendría esa noche. Cuando le pedí su número al director del Cervantes, este me prometió que me lo conseguiría, pero añadió en voz baja y tras cierta enojosa vacilación algo que me dejó de piedra: mejor no andar con ella, decían que tenía relaciones con algunos movimientos fundamentalistas islámicos. «¿Te imaginas? ¡De un terrorismo a otro!», se asombró Albert encendiendo un purito. A los pocos días de regresar a Madrid, recibí un correo electrónico muy cariñoso de Dinorah disculpándose por no haber podido asistir a la cena, pero esperaba que nos viéramos pronto, pues estaba a punto de conseguir una beca para estudiar en España. No sería Madrid, como en un principio pensó, sino Barcelona. ¿Podríamos vernos, verdad? A ella le encantaría. Y terminaba con un beso. Y yo dudaba si contestarle o no: en el fondo, aquella historia del terrorismo me mortificaba, pues con los años he ido sintiendo cada vez mayor aversión hacia todo tipo de fundamentalismos. Simplemente no quiero escuchar el enfermizo razonamiento de un desviado moral, le dije a Cremades. Sin embargo, también era consciente de que todo aquello había pasado hacía mucho tiempo, cuando ambos éramos jóvenes, y ella había pagado sus cuentas nada menos que con la cárcel. Éramos dos adultos hechos y derechos cuando nos reencontramos en Damasco. Dos adultos que se sentían atraídos no por el recuerdo, sino por el presente y, quizá también, aunque de manera muy incipiente, por un probable futuro juntos. A los dos días recibí un nuevo e-mail suyo preguntándome si había recibido su correo anterior. Me apresuré entonces a contestarle disculpándome y haciendo todo tipo de piruetas verbales para no comprometerme a nada con ella. Pero me gustaba. Y mucho. No solo porque era guapa, sino porque resultaba fresca, llena de ingenio, del tipo de mujer cuya sola presencia nos llena de entusiasmo y buenos propósitos. Me costaba imaginarla embarrada hasta el cuello con los oscuros senderistas peruanos, salidos como de un delirio indigesto de Pol Pot.

Como yo por entonces —cuando se lo conté a Albert Cremades en el Cock—, empezaba a salir con Marta, estaba medio confundido por toda aquella tromba emocional traída de Damasco. Cremades me había escuchado sin pestañear y luego elucubró algo gaseosamente sobre el tema, pero entendí que lo que realmente le fascinaba era el asunto del terrorismo de doble vía, por decirlo así.

Después nos vimos unas cuantas veces más y en alguno de aquellos encuentros Cremades me preguntó educadamente por el final de la historia. Yo, a grandes rasgos, le conté que, cansada de mis evasivas y mi tibieza epistolar, Dinorah me había puesto un correo lleno de hielo en el que me decía que no entendía bien los motivos de mi comportamiento y que si para mí ella había sido solo una noche de diversión, estaba equivocado. Pero que ya no me molestaría más. Y así lo hizo, pues nunca me volvió a escribir. No me extendí mucho más con Albert en aquella ocasión porque estábamos rodeados de otra gente que hablaba de literatura y de lo que estaban escribiendo o iban a escribir.

A Albert en cambio no le gustaba mucho comentar lo que hacía y menos que ello fuera tema de conversación. «Si lo has escrito tú, te creo», le interrumpió una vez a un amigo que empezaba a discursear sobre una novela que estaba escribiendo o había terminado, no lo recuerdo. Todos nos reímos, pero quedó claro que para él los amigos no hablan nunca de trabajo. Y menos los escritores. De forma pues que nosotros dos rara vez compartíamos nuestros proyectos literarios y no incurríamos en el elogio de nuestros respectivos quehaceres, por lo que la relación era siempre distendida y realmente amistosa.

Sin embargo, Albert Cremades no había tenido mucha suerte con sus libros, y la última vez que lo vi, por pura casualidad, fue en El Prat. Haría cerca de un año. Yo llegaba a Barcelona, él partía a Ámsterdam, creo recordar. Entonces, rompiendo el tácito principio de no hablar de sus asuntos literarios me dijo que ya no publicaría más con la editorial. Eso se había acabado. *Finito.* Al principio, mientras tomábamos unas cañas esperando nuestros respectivos vuelos, creí entender que era cosa de él y de Laura Olivo, su agente, pero a medida que me iba explicando la historia colegí que en realidad la editorial no le había aceptado su último manuscrito. Me quedé callado, sin saber bien qué decirle porque era una situación realmente penosa y más frecuente de lo que uno desearía. Él pareció notar mi desconcierto y sonrió diciéndome que pese a todo tenía mucha confianza en su manuscrito —«Te va a sorprender, ya verás»— y también en su agente. Hablamos un poco de todo, me preguntó por Marta y yo le pregunté por su mujer, de quien sabía que había estado algo delicada de salud. «Nada, nada», dijo esfumando las palabras con una mano, ya estaba bien. Y escuetamente agregó: «Nos hemos separado». Yo no supe qué decir y él miró impaciente su reloj. Dijimos que nos llamaríamos para quedar por nuestra cuenta: ahora que él ya no iba a publicar con la misma editorial que yo tendríamos que buscar otra excusa para vernos, *caro florentino*, bromeó antes de partir rumbo a su puerta de embarque. Me quedé con la sensación de que todo el tiempo había querido decirme algo pero que no se había atrevido.

Al cabo de unos meses me enteré por Pepe Verdes, de la Oficina del Autor, que Albert Cremades había publicado por fin su novela —Pepe no recordaba el título en ese momento— en un sello más bien modesto de Barcelona. Le escribí de inmediato un correo para decirle que me había enterado y que le desea mucho éxito con su nuevo libro. Albert me contestó a los pocos días agradeciéndome y quedó en pedir que me enviaran un ejemplar, pero este nunca llegó a mis manos. Supongo que cosas del exiguo presupuesto del editor, pensé. Todo esto ocurría en mayo o junio. A principios de septiembre me enteré de que recibía elogiosos comentarios de críticos que yo respetaba mucho. Javier Goñi se había entusiasmado con la novela en el *Babelia*, y Guillermo Busutil le había hecho una entrevista para *Mercurio*. Salió también una estupenda reseña de Andrés Ibáñez en el suplemento cultural del *ABC*. Pero no pasó de ahí. Pese a que la editorial había apostado con entusiasmo por la novela, esta desapareció en la montaña de libros que mes a mes levantan la monstruosa cordillera editorial española. Una novela que pretenciosamente —decían— hablaba de una novela que vendía mucho. Bueno, tampoco era tan raro. Hubo también algún comentario sarcástico al respecto. Le envíe entonces otro correo con mis saludos y afectos pero no me respondió. Supuse que estaría enfrascado en la promoción del libro y no le di importancia a aquello.

Salvo si se trata de nuestros amigos, los escritores somos poco proclives a leer a los contemporáneos, sobre todo cuando se cumplen estos dos casos: si venden mucho, tal que aquello fuera ignominia suficiente como poner en cuarentena una novela; o bien que apenas vendan nada, en cuyo caso suelen merecer el más lapidario de los silencios, salpicado de algunas palabras de aliento o quizá de pésame. Y como la novela de Cremades, luego de un amago que me hizo pensar en lo contrario, pasó sin pena ni gloria, nadie de mi círculo más cercano la comentó. Pero eso pronto cambiaría.

Creo recordar que fue Patricio Rojas, el escritor chileno, quien me escribió primero. Rojas había accedido a leer la novela a regañadientes porque su mujer le insistió en que lo hiciera. «Aparece un escritor igualito a ti», le dijo Judith, muerta de risa. Y Patricio, picado en la curiosidad, leyó la novela y me escribió de inmediato un mail diciéndome algo crípticamente que debería hacerme con ella. No le hice caso porque lo conozco y es un poco exagerado. Además yo andaba lleno de trabajo, escribiendo artículos con los que me había comprometido y preparando unas clases para la Universidad de Viena, a donde volvía en breve a dictar un taller de narrativa. Pero poco después empezaron a escribirme otros amigos que, al parecer, también «salían» en la novela de Cremades. Algunos lo tomaron a broma, otros se enfadaron un poco y sé que muchos le escribieron, bien para felicitarlo o para encararlo, pero fue en vano: Cremades no respondía aquellos correos. Casi un mes después de atender la primera llamada de Rojas, un martes en que decidí no ir a la biblioteca, muy temprano, recibí la llamada de Óscar Lamadrid. Fue la puntilla. ¿Había leído ya la nueva novela de Cremades? No, no la había leído. Entonces tenía que leerla. Salía él. ¿Él? Bueno, un trasunto mío, dijo Lamadrid engolando la voz y lo escuché toser y crepitar al otro lado del hilo telefónico, seguro ya encendiendo el enésimo cigarrillo de la mañana.

—En realidad salimos varios, solo que a ti te ha bordado —y soltó una risita.

«Cómo habrá hecho para llenar las páginas de nicotina si sales tú, mariconazo», pensé y colgué después de agradecerle el dato. No me quedó pues más remedio que ir a la Casa del Libro y allí me encontré con que quedaban un par de ejemplares de la novela de Cremades. «Se estuvo vendiendo muy bien hace unos meses», me animó el vendedor, mirando el libro con perplejidad, como si fuera un artilugio aquejado de un incomprensible desperfecto. O quizá solo buscaba el código de barras.

Leí la novela de un tirón, una tarde en que Marta no estaba en casa. Ya anochecía cuando la terminé. En un primer momento no supe cómo reaccionar, claro. Me sentí un poco ridículo, un poco traicionado, también, así que le volví a escribir a Albert, esta vez un mail levemente atufado de reproche y de mosqueo. Pero fue en vano.

No recibí respuesta. Tampoco contestaba su móvil y no tenía su teléfono fijo. Al igual que ocurría en su novela, Cremades parecía haber desaparecido misteriosamente. Pero como después de las navidades los mails y las llamadas telefónicas, las charlas y los cotilleos de quienes se encontraron como personajes de aquella novela se extinguieron sin dar ya más de sí, yo también me olvidé de aquel asunto. Y pensé que todo quedaba así zanjado, con la novela disuelta entre tantas otras y retirada de la mesa de novedades de las librerías para pasar lentamente a sepultarse en el olvido hasta que al cabo de unos años se rescatara algún ejemplar en el Rastro o en una triste librería de saldos.

Sin embargo, al cabo de unos meses recibí una llamada de Juan Cruz: en el periódico querían hacer un reportaje sobre escritores españoles que hubieran vivido algunos años en el extranjero. Él sabía de mi amistad con Albert Cremades, dijo, y quizá me interesara entrevistarlo. Pagaban bien. Iba a decir que lamentablemente no sabía dónde ubicarlo cuando repentina, luminosa como sencillamente, me vino a la cabeza dónde podía estar.

—Sí, por supuesto —acepté encantado.

No me fue difícil ponerme en contacto con su agente, Laura Olivo. Sí, sabía quién era yo, claro, dijo con cierta burlona mala leche nada más ponerse al teléfono y estuve a punto de soltarle que por qué carajo se reía, si ella tampoco salía muy bien parada en la novela. Aunque supongo que, a su retorcida manera, debía estar halagada. Le expliqué que había perdido las señas de Albert en Venecia y como iba a ir por allí, pensé que ella quizá podría dármelas. Se quedó un momento callada, se rio entre dientes con su mala uva habitual, pero no tuvo inconveniente en decirme que sí, que Albert estaba en Venecia. Y me dio su dirección, su correo actual y hasta su móvil italiano, que anoté con diligencia. Por un momento había temido que el loco de Cremades hubiera decidido partir a la ciudad de los canales al igual que el Cremades de su novela, con el absurdo propósito de promocionarla y hacer que la vida se pareciera a la ficción y que, en fin, todas esas tonterías. De allí que no contestara ni a e-mails ni a llamadas. Pero el asunto era más prosaico: Cremades no estaba desaparecido, ¿eh?, simplemente andaba dando clases en la Universidad de Venecia, me espetó Olivo haciéndome sentir que enrojecía sin saber dónde meterme. Seguramente se dio cuenta de mi confusión porque aprovechando mi momentáneo silencio agregó:

—Vosotros los escritores sois así, igualitos —y percibí su asco al otro lado del teléfono—: creéis que todo es literatura. Ilusos.

«Vieja mala. Vieja fea, bruja y cabrona», pensé al tiempo que le daba las gracias y balbuceaba que eso yo ya lo sabía, simplemente que había perdido las señas de Crem... pero Olivo ya había colgado, inmune a mis pueriles maldiciones. De todas maneras, me alegré por él. Yo sabía que siempre había acariciado la idea de vivir en Venecia. Y allí estaba, impartiendo un semestre en la Università Ca'Foscari. Le escribí pues a aquel nuevo correo contándole mis intenciones de visitarlo y hacerle la entrevista. Pero también le amonesté por no contestar a su habitual dirección de correo. Me respondió esa misma tarde: mil perdones, pero había cerrado esa cuenta y ya no tenía acceso. Ya le habían llegado más protestas similares. Y con el número de móvil... mejor ni me contaba el calvario pues sufrió unos líos de pesadilla con su compañía telefónica y lo tuvo que dar de baja. Él pensó que yo tenía esta nueva dirección. Y sí, claro que sí, aceptaría encantado la entrevista. De la novela no comentamos ni una palabra. Pero ya me encargaría yo de hacerlo, ya...

Así que allí estaba, desempacando mis camisas y mis pantalones en aquel hotelito veneciano, pensando vagamente en qué le diría respecto a su libro y al retrato que hacía en él de mí. Porque este Truman Capote de garrafón había contado, sin mi consentimiento, mil cosas que yo le había confiado en nuestras charlas: algunas bastante distorsionadas, era cierto, pero otras no. Y era muy fácil —para quien me conociera un poco— adivinarme en aquella benevolente caricatura que había hecho de mí. Dormí una breve siesta de la que desperté agarrotado y confuso, salí a caminar un poco, procurando no recorrer los caminos que frecuentan los turistas, me aburrí mirando unos Tintorettos en la Madonna dell'Orto y regresé a buscar un bar en el que tomarme una cerveza donde no me clavaran con el precio, tarea poco menos que imposible. Finalmente se hizo la hora de la cita pactada y me dirigí al bar del Rialto. Entendí que había mucho juego en aquella cita, porque era precisamente en ese hotel donde, supuestamente, nos encontrábamos por primera vez. En todo caso, un poco de cachondeo sí que había.

Albert Cremades apareció con aire somnoliento en la terraza del hotel, como si lo hubiera despertado de la siesta y quisiera cobrarme esa impertinencia haciéndome partícipe de sus estiramientos y bostezos mientras encargaba un par de gin tonics al camarero que se acercó y a quien Albert trataba con afectada familiaridad. Llevaba unos pantalones azules y gruesos y una camisa blanca, remangada. Lo encontré un poco fondón, a decir verdad. «Mi querido florentino», exclamó, dándome un abrazo de oso. Luego me escudriñó un buen rato tras sus gafas de miope y en el rostro empezó a formársele un amago de sonrisa. Me dio una palmadita en el hombro, ¿no estaría enfadado, verdad?, y ahora sí sonreía abiertamente, divertido al parecer por la situación. No, claro que no lo estaba, mentí fatal y él encendió un cigarrillo justo cuando aparecieron los gin tonics, hombre, no te vas a enojar por una cosa así, hasta ahora nadie se ha enfadado.

—Claro —le dije sin poder evitar que mi voz sonara agria—. Porque nadie queda tan abiertamente retratado como yo.

Cremades echó el cuerpo para atrás hasta que crujió la silla y soltó una carcajada redonda y franca, exultante, que hizo girar la cabeza a algunos parroquianos. Si le daba un empujoncito a la raquítica silla de terraza seguro que se vendría al suelo. Estuve tentado. Pero entonces tendría que decirle adiós a la entrevista y necesitaba la pasta.

Es cierto que para la serie del periódico se hablaría más bien de la vida de los escritores en el extranjero, los motivos que les impulsaron a radicar fuera, la influencia de esos países adoptivos en su trabajo literario, su perspectiva de España... cosas así. Ya estaban apalabrados Lolita Bosch, José Ovejero, Antonio Orejudo, otros dos más que no recuerdo y Albert. No tendría prácticamente que hablar de aquella novela, pero era imposible no mencionarla, pues por sus páginas desfilaban muchos amigos escritores a quienes Cremades había cambiado el nombre y algunos datos mínimos, casi para que los aludidos se divirtieran (o se enfadaran) buscando similitudes y diferencias, para que se reconocieran en el espejo innoble de la chanza, quizá. Pero a mí era facilísimo reconocerme y creo que era el que peor parado salía allí, salvo tal vez Laura Olivo. O el propio Albert.

No sabía por dónde empezar la entrevista y volvía a subirme el fastidio a la cabeza una y otra vez, como una resaca de mala leche. Encendí la grabadora y Cremades, al ver mi gesto, se cruzó de brazos como un padre incrédulo frente a la reacción airada de un hijo.

—No me digas que realmente estás enfadado.

En realidad era una tontería que me enojara, agregó bebiendo un largo trago de su gin tonic. Pero sobre todo porque las semejanzas con la realidad eran mucho mayores de lo que yo creía. Después miró a un lado y a otro como temiendo descubrir alguna presencia molesta y clavó sus ojos en mí.

—Te ruego que apagues la grabadora un momento.


Como tú sabes, empezó a decirme con una voz más ronca o dramática, mi relación con Eliana no marchaba bien hacía tiempo. Luego se quedó callado un momento, como si se hubiera arrepentido de lo que iba a contarme o quizá sin saber muy bien por dónde seguir. No sé si te enteraste de que ella estuvo en una clínica de desintoxicación. Recién entonces recordé que Eliana era su mujer. ¿En una clínica, como en la novela?, le pregunté sin ocultar mi incredulidad, porque de los muchos chismorreos que habían crecido al calor de la novela de Cremades ninguno jamás había hecho alusión a aquello. Pues sí, había estado, dijo Albert mirando ceñudo el paso inofensivo de una góndola que cruzó frente a nosotros como un elegante espectro de otra época... Pero no exactamente como en la novela, no. Cremades sonrió fugazmente: Eliana nunca fue dada ni a las fiestas ni a los excesos, pero se enganchó a los tranquilizantes. La *saudade* portuguesa, suponía.

—Llegó a tomar una cantidad escalofriante de Trankimazin —Cremades se frotó un brazo enérgicamente, como si de pronto tuviera mucho frío.

A tal punto consumía aquel fármaco que empezaba a hablar con dificultad y tuvo problemas de coordinación hasta para caminar. Fue muy duro, sobre todo porque ella meses atrás le había pedido el divorcio: se había enamorado de un viejo amigo suyo, Francesc Pernau, un catedrático de Sociología de la Pompeu Fabra. Un hijo de puta y un traidor de la peor calaña. Albert creyó entender con un escalofrío que asistía al gran cataclismo que derrumbaba su vida, pero no dijo nada. No estaba preparado para recibir una embestida de tal magnitud y que, al parecer, resultaba irrevocable. Esa misma noche se largó a un hotel y luego de meditarlo un poco, se convenció de que al menos quería que Francesc le diera la cara. Lo citó en una cafetería de las Ramblas —«aceptó muerto de miedo, pensaba que lo iba a matar»— para hablar del asunto. Muy civilizadamente todo, pero en el fondo solo quería meterle un patada en los putos *collons*. Porque él amaba a su mujer y aunque las cosas últimamente no marchaban bien, nunca sospechó que las evasivas de Eliana para hacer el amor, su lento distanciamiento, sus mosqueos intempestivos, sus largos silencios frente a la ventana, tuvieran un motivo tan concreto. Pernau le dijo contrito que había sido inevitable, que las cosas con Pau, su mujer, iban de mal en peor y Eliana lo había ayudado mucho en todo ese tiempo difícil. Ella a menudo se quejaba de que Albert apenas si le hacía caso, metido como estaba en el trabajo y con su novela... Albert tuvo que contenerse para no romperle la crisma a aquel miserable. No insistió en el tema y dejó a Francesc con la palabra en la boca, desinteresado súbitamente de sus melifluas explicaciones.

A Cremades no le iba del todo bien en el periódico donde colaboraba por ese entonces y se dedicaba a impartir talleres de creación literaria por barrios de Barcelona, pero sobre todo estaba bloqueado con una novela que no sabía por dónde arrancar. Y por si esto fuera poco, la Pompeu Fabra había cerrado el Máster de Edición donde él impartía clases. Aquella noticia de Eliana y Francesc fue pues como la puntilla. Se vino abajo, la vida se le convirtió en un caos: dormía en el salón porque el ático lo estaban pagando a medias y él no tenía a dónde irse. Como Eliana es de Madeira y toda su familia vive allí, tampoco tenía dónde mudarse hasta que resolviera su relación con Francesc, que todavía vivía con su mujer. La situación era insostenible. Por entonces Eliana, que siempre había tenido cierta propensión a los tranquilizantes, empezó a portarse raro, como si estuviera permanentemente colocada. Una noche Albert, que procuraba llegar tarde a casa, la encontró en el salón, sentada en el sofá pero estática, como una estatua. Se acercó a ella y vio que se había meado encima. No respondía a nada, le dio cachetaditas, la zarandeó, le frotó las manos, le gritó que respondiera y terminó llamando al servicio de emergencias. Naturalmente Francesc Pernau desapareció cuando Eliana necesitó ayuda y cuidados. El muy cabrón. Cremades tuvo que hacerse cargo de su mujer y cuidarla en ese tiempo atroz.

—Pero no creas que era por abnegación, no, nada de eso. Lo hacía por venganza, por deseo de sacárselo en cara en cuanto tuviera oportunidad.

Cremades hizo una pausa para encender un cigarrillo y dar un par de caladas hondas, mirando hacia la multitud que se agolpaba en el embarcadero cercano para abordar un herrumbroso *vaporetto*. Luego se volvió nuevamente hacia mí y retomó el hilo de su narración. Mientras todo este terremoto desbarataba su vida, encallada la novela en la que venía batallando mucho tiempo atrás, Albert iba siendo emboscado, lentamente y sin saberlo, por una nueva trama que pugnaba abrirse paso en su interior. «¿Cuál?», reflexionó en voz alta, sin dirigirse a mí: pues aquella historia que yo le contara en Madrid, aquella historia sobre la antigua compañera de estudios a quien reencontré en Damasco, ¿recordaba? Su pregunta, entendí, era más bien retórica: toda la trama de su novela tenía que ver con ello.

—Claro —me exasperé bebiendo un sorbo de gin tonic—. Pero la historia no fue así. Yo nunca la perseguí por medio mundo como un obseso. Ni siquiera he vuelto al Cusco ni conozco a Raúl Tola ni a ese tal Maurizio Medo. Y en cuanto a los otros, apenas los he tratado...

Albert chasqueó la lengua e hizo un gesto de reproche, por supuesto que no había sido así. Le extrañaba que yo, siendo escritor —y aquí, al decirlo, bufó mirándome de arriba abajo—, me creyera que la ficción tenía que calzar de manera inequívoca con la realidad. Se quedó un momento en silencio, medio encorvado, mirando ahora el gentío que colmaba el puente de Rialto. En realidad, admitió al fin, lo que quería contarme es que el obseso fue él. Y levantó sus ojillos de miope hacia mí como esperando una reacción.

—Porque desde que me contaste aquella historia yo no dejé de pensar en aquella chica, en aquel singular caso de, digámoslo así, obcecación terrorista.

Albert cogió un nuevo cigarrillo del paquete que había dejado sobre la mesa y hurtándose al viento que repentinamente empezaba a levantarse, lo encendió. Él sabía muy bien lo que había sido el terrorismo de Sendero Luminoso en el Perú, claro, dijo detrás de una larga bocanada de humo. De hecho, le tocó vivirlo bastante de cerca. Incluso alguna vez le encargaron un reportaje para una revista española. Así tuvo ocasión de entrevistar a un grupo de presas senderistas en un penal limeño. Nunca, así viviera cien años, olvidaría la conmoción que aquella experiencia le supuso: Cremades quedó fascinado por aquel ejército de zombis de mechas largas que repetía disciplinadamente consignas con la convicción de un loro, apenas mantenidas por un odio que parecía bombear en sus venas rechazo y aversión a cualquier cosa que no fuera el Partido y sus dogmas. Como todos los fanáticos, aquellas mujeres estaban atrincheradas en una especie de Nirvana perverso y unidireccional. De tanto mirar el abismo habían terminado cayendo en él: Cremades divagó otro poco sobre aquellas terroristas que formaban en filas disciplinadas con un rigor hitleriano en el patio de la cárcel y luego de remontar sus recuerdos volvió a su historia: no me sería difícil entender que cuando le conté mi historia con Dinorah y el inverosímil final ocurrido tantos años después en Damasco, él entendió que estaba frente a una magnífica historia, potente y bastante real, ¿no era cierto? Y además para la que, dada su experiencia en el Perú, se sentía sobradamente preparado para encarar.

—Hasta aquí, con toda seguridad y ya que has leído la novela, no encontrarás nada sorprendente —me dijo Albert entrelazando los dedos y haciéndolos crujir con placer.

Admití que, en efecto, aquello era bastante previsible, a juzgar por lo que había contado en la novela. Así más o menos empezaban todas, dije: una historia que inesperadamente nos salta, como un gato al regazo, y entonces no queda más remedio que recibirlo y hacerle caricias. Cremades hizo un gesto impaciente y continuó explicándome, porque aunque todo eso del gato y el regazo y las caricias era cierto, él no supo que tenía la historia hasta mucho después. Al principio, cuando me escuchó contársela en aquel bar madrileño, solo le quedó orbitando a la deriva esa tragedia del fundamentalismo, el guión infrecuente de la chica que ha sido senderista, que tiene que huir después de pasar un tiempo en la cárcel y que termina al otro lado del mundo, lanzada de cabeza a las llamas de otro fundamentalismo, como si fuera incapaz de huir de su destino, ¿entendía? Y Cremades, en medio de su propio drama —Eliana, el trabajo, la novela estancada—, intuyó que dentro de él empezaba a bullir, casi sin darse cuenta, el germen de una aventura. Porque recordó que aquella chica de la que yo le hablara había postulado a una beca para la Pompeu Fabra. Y Albert pensó que no sería muy difícil, con los datos que yo le proporcioné durante esas charlas nocturnas, contactar con ella. Entonces Cremades, ganado ya por completo para aquella historia, entendió que debía conocerla, que si hablaba con la mujer, si la veía, si registraba el tono de su voz, sus ideas, sus maneras, tendría lo único que le faltaba para empezar la novela: verosimilitud, la pasión necesaria para contarla. Y empezó a acariciar esa idea. ¿Podría ubicarla? ¿Valía la pena hacerlo? Porque la historia le vino a la cabeza ya completa, casi tal cual la había yo leído. Y cuando una historia llama así a nuestra puerta no podemos ignorarla. Por eso tenía que aparecer yo, ¿entendía? No vio otra forma de contarla, de hacerla suya: era como si ya estuviera lista y él solo debiera escribirla.

Habíamos pedido otros dos gin tonics y fumábamos de cara al canal, ajenos al bullicio en sordina que nos llegaba desde el puente y los alrededores. Empezaba a hacer frío por lo que resolvimos entrar a la penumbra cálida que nos ofrecía un saloncito discreto del hotel. «Aquí nos dejan fumar», me guiñó un ojo Albert y luego miró al camarero: «un *posacenere, per favore,* Gianni?», y este apareció al cabo con un cenicero, cerillas y una sonrisa de complicidad. Reinstalados allí, Cremades preguntó divertido si quería que me siguiera contando lo que podría llamarse el génesis de su novela. Asunto, por otro lado, bastante trivial. Excepto quizá por un detalle, agregó levantando un dedo.

Al cabo de un tiempo, subsumido en aquella novela que empezaba a reclamar cada vez más atención, decidió hablar con Laura Olivo para decirle que abandonaba momentáneamente la anterior novela, que tenía una que estaba seguro de que funcionaría. Con el entusiasmo y la decisión con la que habló, Albert no necesitó mucho para convencer a su agente, quien ya le había advertido que sería difícil vender algo suyo en una editorial de peso y que se tendría que conformar con algún sello modesto. Y eso, si había suerte. Pero a Cremades aquel aspecto —que siempre había considerado más bien fenicio y de jaez ordinaria— en ese momento le importaba menos que nunca. Y es que con aquella novela a punto de caramelo en su cabeza, con la yema de los dedos impacientes por posarse ya en el teclado, había ocurrido algo más: en medio de todos sus correteos y preocupaciones, se había enamorado.

—Sí, sí —cloqueó feliz, bebiendo un trago de su copa—. Cuando uno menos piensa llega el amor, aunque suene cursi y pongas esa cara.

Y al contrario de lo que muchos piensan, se escribe mejor cuando las cosas nos van bien. Él siempre había huido de esa idea del escritor atormentado: ¡a tomar por

culo con los estreñidos culturetas! Cuando Eliana por fin
salió de la clínica de desintoxicación, evaporando de paso
los ahorros de Albert, él ya no tenía fuerzas para odiarla
ni para vengarse ni para echarle en cara nada, como en
un primer momento había pensado. «Porque ¿sabes qué
es lo peor del rencor? Lo peor del rencor es que nunca
dura lo suficiente», dijo levantando unos ojos sombríos
hacia mí. Quedó otro momento en silencio, recordando quizá. En cualquier caso, aquel inesperado amor había
hecho que Cremades se decidiera por fin a aceptar que
Eliana se marchase con Francesc o quien le diera la puta
gana. Se lo dijo una tarde en que llegó más temprano que
de costumbre a la clínica: había entendido que no podía
luchar contra lo inevitable. Si ella no lo quería más, era
libre de irse. Arreglarían los papeles y todo lo que hiciera falta y en paz. Él se mudaba a un piso modesto en El
Born y Eliana podría quedarse en el ático hasta que en-
contrasen comprador, dijo advirtiendo que aquellas palabras estaban dejando descolocada a su mujer. Quizá porque una vez desaparecido su pusilánime Francesc de la
escena y viendo el esmero con que Albert había cuidado
de ella, se estaría replanteando lo del abandono. Pero ya
era tarde. No, no podía negar que hubo un punto sabro-
so de revancha cuando ella entendió que Albert se iba definitivamente, que no pelearía por recuperarla. Porque la
pobre Eliana no sabía que él ya estaba saliendo con otra
mujer. Una mujer que lo entendió, lo rescató y además
aceptó, divertida, ayudarlo con su novela. La conoció en
la cafetería de la Pompeu Fabra gracias a un amigo que
enseñaba allí. Era guapa, joven e inteligente. ¡Ah! Y tenía
unos burbujeantes ojos verdes.

Creí sinceramente que me quedaba sin respiración
cuando escuché la última frase de Cremades y si hubiera

estado bebiendo un sorbo de mi bebida en ese momento estoy seguro de que la hubiera escupido, como en las malas películas, llevado por el asombro.

—Sí, sí —me dijo Albert, no sé si con impaciencia, con fastidio o recochineo—. Se trata de Dinorah, claro, ya lo sabes. No me fue difícil encontrarla en la universidad.

No, no le había sido difícil, insistió. Una vez que dio con ella, Albert se guardó de decirle que la estaba buscando y prefirió contar con su amigo el profesor para que pareciese un encuentro casual. Pero lo que él pensó que sería algo aséptico, la simple satisfacción de una curiosidad de escritor, útil para engrasar la maquinaria de la ficción, se convirtió en otra cosa. Aunque no solo porque, tal como yo le había contado, aquella mujer fuese realmente hermosa, sino porque cuando Albert se acercó un poco más no vio en los ojos de Dinorah la enajenada frialdad que había visto en los ojos de las senderistas que conoció en el penal de Lima. ¿Esa mujer había sido parte de Sendero Luminoso? Por favor... Para esa primera ocasión Cremades, en connivencia con el profesor, se hizo el encontradizo en el bar de la universidad. Y allí, con unos cafés de por medio, jugó su mejor baza: contarle que había vivido en el Perú. Y dio resultado, porque de inmediato se encendieron con interés aquellos ojos hermosos. Y quedaron para otra ocasión y luego para otra más y otra más y de pronto Albert entendió que le gustaba pasear por las Ramblas con ella, que cuando salía de la clínica donde visitaba a una cada vez más recuperada Eliana, se sorprendía contando los minutos que le faltaban para verla, que ponía un esmero de colegial enamorado en elegir sus chaquetas y zapatos, que nada más sentarse frente a ella a la mesa de un restaurante —«de esos con velas y música suave»— se sentía ingenioso, parlanchín, conmovido, capaz de mirar el futuro como si fuera una mañana de mayo, gracias a la presencia de Dinorah. Y mientras, escribía enfebrecido la novela que se iba nutriendo de ella, de lo que le contaba acerca de aquellos años. ¿Terrorismo islámico? No señor, nada de eso, lo que me habían contado a mí eran patrañas.

—Pero una cosa sí que era cierta —continuó Albert y sus ojos se afligieron súbitamente—. Aquella vez en Damasco, cuando intentó contarte acerca de su encarcelamiento, tú no quisiste terminar de escucharla. Te bastó con saber que había estado en la cárcel.

Y lo que ella quiso decirme, según el apasionado relato de Albert, era que todo había sido un atropello, que jamás fue miembro de Sendero Luminoso, sino una simple chica de izquierdas en ese Perú espantoso que nos tocó vivir y que él mismo había vivido, horrorizado de tanta sinrazón y crueldad, de tanta muerte absurda, de tanto odio.

Sin darnos cuenta había empezado a caer la noche y ya apenas nos veíamos los rostros. El camarero se acercó con la nueva ronda de tragos que habíamos pedido y encendió una luz más bien mortecina. Entonces me di cuenta de que Albert Cremades tenía los ojos húmedos y enrojecidos. No supe qué decir aunque me encontraba molesto, intuyendo que, oscuramente, era víctima de algo parecido a una encerrona, a un reproche que de tan tardío era casi una venganza. La misma sensación que tuve al terminar de leer aquella infeliz novela. Pero no dije una palabra y seguí escuchando. Cuando Albert al fin se atrevió a decirle la verdad a Dinorah, a confesarle que aquel primer encuentro entre ellos no había sido casual ni mucho menos, pensó que ella montaría en cólera, que se sentiría engañada, que quizá dejaría de verlo. Pero no fue así. Al contrario.

—Primero pareció divertirle la idea de que fuera por ti que me hubiera interesado de esa manera tan rocambolesca por ella.

Albert no iba a negar que al principio hubiera, aunque muy fugazmente, una cierta incomodidad, quizá porque mi nombre había aparecido allí de pronto, como el cadáver de una mosca en un plato de sopa. Pero inmediatamente después, al ver el entusiasmo y la ilusión que Albert ponía en aquella novela, Dinorah convino con él en que la forma que había elegido para contarla era una buena manera de colocar las cosas en su sitio pues estaba bien que la ficción intoxicara la realidad como solo la literatura podía hacerlo, le dijo: confundiendo, volviendo todo del revés, contaminando la realidad para que esta no contaminara demasiado la ficción. Ella estuvo de acuerdo, pues, en aparecer en la novela tal como yo había creído que era, tal como mi preocupación y mi resquemor, allá en Damasco, me la habían sugerido. Pero Dinorah no me guardaba en absoluto rencor, agregó Albert, porque entendía perfectamente mi actitud, mi miedo y también mi rechazo hacia ella. Aquello era agua pasada y la novela había servido para conjurar todo lo malo: ya estaba, ya se acabó. No era cierto pues, como interpretaba yo, que saliera mal parado en la novela. Haría bien en leerla con otros ojos...

Ya era noche cerrada cuando salimos de aquel bar a orillas del más emblemático puente veneciano, ahora envuelto en las sombras y un silencio algo dramático. No recuerdo bien el incontenible torrente de frases turbulentas con que Albert Cremades terminó de contarme la evolución de su intimidad con Dinorah, ahora convertida en su pareja. No recuerdo tampoco todo lo que yo le dije, aunque sí que hubo un segundo en que me puso una mano en el hombro para aplacarme porque estábamos en ese punto de una discusión bizantina y regada de gin tonics en que podíamos zanjar la cuestión de malas maneras. Pero sí recuerdo que cuando salimos del hotel, saturados de nicotina y turbiedad alcohólica, Albert me preguntó si quería ir a su casa, si quería verme con Dinorah.

—No, por supuesto —le respondí de inmediato, algo molesto.

Quedó un poco desconcertado de mi rotundidad, como si no la hubiese esperado. Empezamos a caminar en silencio por detrás del hotel, por la calle Larga Mazzini, la parte más solitaria y sosegada de aquel *sestiere*. No quería ir porque ambos estábamos con copas de más, le dije para que mi negativa no fuera tan cortante. Mejor mañana, porque todavía tenía que hacerle la entrevista para el periódico, ¿lo había olvidado?, y le di un cachete cariñoso.

—Eso —me dijo, apuntándome con un dedo—. Eso: quedemos para comer mañana. En casa.

Y me deslizó una tarjeta con sus señas. Era un poco endemoniado, claro —se rascó la frente—, pero si quería, él pasaba por mi hotel para recogerme. Sí, mejor así, le dije cerrándome inútilmente la chaqueta ligera que imprudentemente había llevado para aquel viaje: mejor quedábamos mañana. Miré mi reloj, caramba, qué tarde se había hecho, le dije. ¿Sabría llegar a mi hotel? Por supuesto. Nos dimos un abrazo. Y me alejé de él, rumbo nuevamente al puente Rialto. Cremades se quedó allí, al fondo de aquella estrecha calle, mirando cómo me alejaba. Podía sentir sus ojos en la espalda, así que al llegar a la esquina me di la vuelta y levanté una mano haciéndole un ampuloso gesto de adiós, una de esas largas despedidas que se hacen desde la cubierta de un barco que zarpa. Él también levantó la mano y nos quedamos un momento así, despidiéndonos exageradamente, como si ambos supiéramos no solo que la cita de mañana no se cumpliría, sino que no volveríamos a vernos más. Para que ellos pudieran poner a salvo su amor y yo mi tranquilidad. Y para que la realidad no siguiera contaminándose de ficción.

# Índice